阿拜与阿拜学

哈拜 著

中国国际广播出版社

目录

前　言

上　编

一、阿拜的身世及仕途 \ 003
（一）哈萨克民族 \ 003
（二）库南拜家族 \ 005
（三）艰辛多难的仕途 \ 009
二、光辉的业绩及历史功勋 \ 013
三、阿拜的作品 \ 024
（一）别具一格的论诗诗 \ 024
（二）言简意赅的哲理诗 \ 030
（三）体裁多样的翻译诗 \ 035
（四）充溢着东方意蕴的叙事诗 \ 042
（五）关于哈萨克谚语的评述 \ 051
（六）《阿克利亚》（《阿拜箴言集》）——哈萨克民族哲理名言 \ 057

下　编

一、早期的阿拜评介：从民间阿肯吟唱开始到阿拜研究 \ 073
二、阿拜学的形成 \ 083
（一）阿拜学的奠基人——穆合塔尔·阿乌埃佐夫 \ 084
研究文集《阿拜·库南拜耶夫》 \ 089
传记性历史小说《阿拜之路》 \ 120
（二）对拓展阿拜学做出过贡献的人 \ 138
沙比特·穆坎 \ 138
白山拜·肯捷拜耶夫 \ 140
哈菲孜·玛塔耶夫 \ 143
别依布特·萨帕尔阿里 \ 145
三、关于阿拜的比较研究 \ 147
（一）阿拜和普希金、莱蒙托夫之间的比较 \ 148
（二）阿拜和东方诗人纳沃依之间的比较 \ 155
（三）阿拜和民间阿肯江布尔之间的比较 \ 158
四、阿拜文学理念中的接受美学 \ 161
五、阿拜作品在中国 \ 165

附　录

附录一：阿拜简历 \ 173
附录二：阿拜作品目录 \ 175
附录三：阿拜诗歌选录 \ 186
附录四：从阿拜到唐加勒克
——兼谈关于编写我国哈萨克文学史的一些思考 \ 201
附录五：跨世纪的阿拜现象
——阿拜 150 周年诞辰纪念活动回顾 \ 210

结　语

主要参考文献

前　言

阿拜是从中亚大草原走出来的享誉世界的哈萨克诗人，1845 年 8 月 10 日出生于哈萨克汗国斜米州青格斯县，即今天的哈萨克斯坦阿拜县。阿拜是哈萨克族伟大的思想家、哲学家、教育家、作曲家，被称为哈萨克人民的精神支柱。这些都不是空泛无实的虚名，而是人民大众依据他的业绩、他为民族的兴旺发达付出的毕生精力和心血敬献给他的至高荣誉。

阿拜的政治理想以及有关促进人类精神文明和社会发展的思考主要是由他富有艺术魅力的诗歌表达的，因此阿拜又被哈萨克人民推崇为诗圣——这是实至名归、最能体现阿拜生命价值和人文情怀的称谓。联合国教科文组织正是据此于 1995 年将阿拜列入世界名人的行列，称他为伟大的诗人。

阿拜的诗是将民歌的韵律、东方古典诗人写作的艺术技巧以及俄罗斯作家的现实主义融会在一起，精心淬砺的哈萨克新体诗。由于诗歌真实反映了广大人民群众的生活现实且富有音乐感，很快由阿肯（哈萨克族民间歌手）们唱遍哈萨克草原及大小城镇。随着诗歌的普及，阿拜的声望逐日增高，终于成为哈萨克民族众望所归的著名人物。

然而个别部落及家族里心怀叵测的头人却无端攻击甚至陷害阿拜。阿拜的一生是从险峻、多难的人生道路上走过来的。他那些“曾点燃智慧和仇恨的火焰”“在思想的原野上恣意驰骋”的优异诗篇，虽然曾震颤千万读者的心弦，但因为受到一些佞人的阻挠和旧俗的制约，阿拜生前宏伟的政治抱负未能得到充分施展。

在苏联时期，阿拜的名字像云层里的月亮，有时露出半轮光环，将青光洒到哈萨克地区及周边的兄弟邻邦；有时却被乌云遮住，从云层的缝隙中透出微弱的光束。直到 1991 年哈萨克斯坦宣告独立，阿拜的名字才像一轮满月光照大地。他创作的新体诗和称作箴言的散文也随着独立国家正常的文化交流走向世界。由阿肯们最初吟唱的作品，经过文学艺术界长时间的评价、研究和宣传，终于成为今天完整的阿拜学。世界各国的学术界无不公认它是哈萨克斯坦名副其实的国学，是哈萨克民族的光荣与骄傲。

哈萨克斯坦首任总统纳扎尔巴耶夫在 2015 年阿拜诞辰 150 周年庆祝大会的讲话中曾说："我们为有像阿拜这样能够提高我们的声望，展现我们的精神风范的俊杰而倍感欣慰，为我们有了能够使我们的俊杰扬名天下的我们自己的国家而分外欣喜。"①

哈萨克民族也是我国多民族大家庭的成员之一。阿拜在世时我国的哈萨克学者中就有人曾拜访过他。著名学者型诗人艾赛特曾长期在新疆伊犁哈萨克同胞聚集区宣传阿拜的先进事迹，介绍他的作品。20 世纪上半叶，阿拜的作品已入选我国哈萨克语中小学课本。新中国成立后，我国哈萨克文学艺术界中有多人研究阿拜的作品。

近几年，部分大专院校的文科也在关注阿拜学。但从报刊上发表的文章看，研究人员涉猎早期阿拜研究的较少。而早期阿拜研究是深入研究阿拜的文化遗产不可或缺的资料。为了对拓展阿拜学尽微薄之力，本书中对早期阿拜研究、对阿拜学的奠基人穆合塔尔·阿乌埃佐夫的文集《阿拜·库南拜耶夫》②、传记性历史小说《阿拜之路》以及我个人探索的点滴成果做了简略介绍。其中除极少部分是以前积累的文字外，大部分是耄耋之年的赘述，难免有观点陈旧、议论偏颇之处，望识者指正。

为了使读者尽可能全面了解阿拜和他体裁多样的诗歌，了解他的创作

---

① 译自哈萨克斯坦首任总统努·纳扎尔巴耶夫在阿拜诞辰 150 周年庆祝大会上的讲话（见北京民族出版社 2000 年 5 月《前进中的哈萨克斯坦》一书《论阿拜》182 页，译者师忠孝）。

② 哈萨克斯坦出版的图书中有多部书名为《阿拜》或者《阿拜·库南拜耶夫》。在阿拉木图 1995 年出版的《阿拜百科辞典》第 47—51 页中就有 8 部同名书。其中有作者的专著，有学者编辑出版的阿拜作品。

活动对我国哈萨克文学的发展起到的推动作用以及他在世界各地的影响，笔者特意在后面的附录中增添了阿拜不同体裁的十余首诗和《从阿拜到唐加勒克》一文，以及回顾阿拜诞辰 150 周年纪念活动的《跨世纪的阿拜现象》。希望读者在尽览正文后能翻阅附录中不多的文字，这有助于更全面地了解为世人所敬仰的阿拜。

上　编

一、阿拜的身世及仕途

我自己是哈萨克人。我究竟是喜欢哈萨克呢，还是讨厌他们？——这是《阿拜箴言集》第九篇开头的两句话。本书旨在做出确切回答：阿拜不但喜欢哈萨克，而且喜欢世界上的各个民族；所讨厌的只是在他那个年代本民族顽固的劣根性。

（一）哈萨克民族

哈萨克是古老的东方民族，在历史上以经营畜牧业为主。他们曾在东起贝加尔湖，西至伏尔加河，包括中亚以及准噶尔广袤的草原上游牧，常年驱赶畜群在崇山峻岭、莽原野林逶迤的牧道上穿行，过着逐水草而居的生活。大山的巍峨、草原的辽阔、骏马的昂奋锻造了哈萨克民族倔强、豪放、率直的性格。从阿肯们今天吟唱的诗歌和冬不拉的琴韵中依然可以领略山风的呼啸、万马奔腾的轰响。而年复一年风霜雨雪的磨砺、攀山涉水的劳苦更增强了哈萨克民族敢于向一切苦难挑战的勇气。

哈萨克也是一个多难的民族，在和各种自然灾害斗争的同时不断抵御和抗击外部敌人的侵扰。从15—18世纪，哈萨克人民几乎是在战乱中度过的。其中反抗准噶尔的斗争几乎延续了一个多世纪。而抗击沙皇俄国掠夺的斗争从18世纪到19世纪中叶从未中断。1847年的哥涅萨尔起义是哈萨克人民反对沙皇最大规模的一次武装斗争。起义失败后，开始了沙皇政府长逾半个世纪的殖民主义统治。哈萨克人其后的分布状况（地区），到19世纪中叶已基本定型，除一部分归属我国清政府管辖外，大部分沦为俄国的殖民地。

对哈萨克人臣服俄国的历史，阿拜曾指出，是“失去了自主的权利”[1]。

---

① 见民族出版社2008年版《阿拜诗文全集》（哈拜译）15页《我的哈萨克民族》。（本书所有引文均为哈萨克文和个别俄文。）除注明译者姓名的以外，均为本书作者所译。

19世纪下半叶，即阿拜生活的年代，沙皇政府的各级官吏已完全控制俄国殖民地的哈萨克的大小部落。沙皇政府旨在强化殖民统治的各项政策、法规，像一具具沉重的枷锁捆住了哈萨克人的手足。而受害最深的是广大的牧民群众，他们要在沙皇大小官吏和部落头人的双重盘剥下生活。

为了严加控制向往自由、不愿受人管束的哈萨克民族，沙皇政府不得不制定某些蛊惑人心的政策。比如在部落中推行任期三年的卜勒斯选举制度，筛选唯命是从的基层官吏；在军队中安排可以任意摆布的个别哈萨克下级军官；向儿童灌输殖民主义教育等。这些带有欺骗性的手段，确实加快了沙皇殖民化的进程，使哈萨克民族长期处于落后状态。

由于周边民族商业经济的渗入，哈萨克各部落宁静的牧区开始出现新型集市。刁钻的行商和穿走阿吾勒的小贩擎着并不稀罕的洋货换取超值的畜产品。牧民赶到集市上的一匹马或一头牛只能换到几尺绸缎或数量不多的生活用品。哈萨克人民认识到单一的畜牧业经济的薄弱，但不知道怎样去寻找出路。有条件有远见的人家最先把孩子送到市镇小学去读书，把希望寄托在下一代人身上。阿拜正是在这种情况下迈进了学校的大门。

20世纪初，哈萨克人民参加了震撼世界的十月革命，嗣后加入了苏维埃社会主义联盟。对哈萨克民族来说，苏联时代是交织着爱与恨、欢乐与痛苦、奋进与退萎的漫长历史过程。哈萨克人民曾在中亚辽阔的土地上建设自己的家园，也曾和苏联各族人民一起抗击德国法西斯的侵略。他们曾为经济建设取得的成就欢呼，也曾为恐怖时期遭受的迫害哭泣。在20世纪30年代的大清洗中一大批哈萨克知识分子被杀害，其中包括恰克日木·库代别尔迪耶夫、阿合买提·巴依吐尔逊、马格江·朱马巴耶夫等哈萨克民族优秀的儿女。甚至像哥涅萨尔这样的历史人物也不可避免地被加重罪愆，重新定罪。而阿拜仅仅由于他在哈萨克人民心目中的地位不可撼动，因敬仰者的誓死捍卫才幸免于难。如果没有哈萨克全民族的抵制，没有觉醒的人民群众的捍卫和保护，阿拜也会像夜空中的流星，从灿烂的星座上陨落。

1991年苏联宣告解体。12月16日哈萨克斯坦宣告独立。哈萨克作为独立国家的主体民族登上了国际舞台，以完全平等的地位参与国际上的各种交往，启动了哈萨克民族历史的新篇章。

哈萨克被誉为诗歌民族，在书面文学普及以前，哈萨克的诗和歌是不分家的，统称为“沃领”（олен）。民间艺人——阿肯们的创作都是要演唱的。老百姓的婚丧嫁娶也都要诗歌伴唱。像传统的《庆贺诗》、《加尔、加尔》（劝嫁诗）、《揭面纱》、《悼唁诗》等一般人都会唱几段。在历史上，阿肯们晋见部落头人进谏、游说时也都要采用吟诗的形式。遇到阿依特斯——阿肯之间较量时，数十里外的人们也会赶来欣赏。他们不但要为阿肯的出色吟唱喝彩，还可以随意点赞。而阿肯们即兴创作的精彩片段会流传下来供后人演唱。

为增添阿依特斯期间的欢乐气氛，在竞赛的间隙阿肯们会主动为听众演唱经典的英雄史诗和爱情长诗。这类长诗哈萨克约有三百多部。这些经典诗也都是历代阿肯们的创作，是哈萨克民族宝贵的精神财富。

哈萨克民族在马背的颠簸中蹚过了千曲百折的历史长河，他们越过每一处急流险滩时都有诗歌在伴随。这就是养育阿拜的诗歌民族——哈萨克的真实写照。

（二）库南拜家族

早在15世纪前，哈萨克已分为三大部分，历史上称为大、中、小玉兹，每个玉兹都有自己相对固定的领地。库南拜所属的托布克特部落是阿尔根大部落的支系，属于中玉兹。他们的领地大部分在锡尔河北部和卡拉套山区，夏季活动的范围主要在中部哈萨克斯坦。托布克特部落中曾出现过许多精明强干、能言善辩的人物。阿拜的祖父约斯坎拜即属于这类强人。他曾担任托布克特部落的毕官，在群众中有较大的影响。约斯坎拜过世后是由库南拜继任毕官的。库南拜由于得到上级的赏识，逐步擢升为大苏丹。他的门庭也逐渐壮大，成为富强、殷实的库南拜家族。

库南拜少年时即怀有雄心壮志，盼着长大后出人头地，轰轰烈烈地度过一生，为先辈和家族争光。命运也给了库南拜这种机遇。他从最初担任部落总管起，很快上升为卜勒斯，继而成为大苏丹（这原是由王室后裔继承的职位），掌握了托布克特部落的大权。曾有传说，库南拜最为沙皇赏识的“功绩”，是他带领自己管辖的部落和家族参加了征讨哥涅萨尔的战争，这是库南拜飞黄腾达的主要原因。但这种传说已被彻底否定。

库南拜在职期间，曾提出过某些有利于平民百姓的施政主张。例如，引导牧民定居，开办牧区小学，兴办医药卫生工业等，显示了他的才干。但他却未能消除周边部落及家族间历史上留下的矛盾。即使在他权势的鼎盛期，周边家族间依然在发生草牧场纠纷，部落间的敌对情绪并未停息。譬如窝勒加依家族和季格铁克家族之间就发生过两次大规模的械斗，双方有多人伤亡、大量的财产损失，严重影响了子孙后代的成长，也冲击了阿拜的爱情与婚姻。因为阿拜初恋的情人托葛建即生长于季格铁克家族，由于两大家族的仇恨而未能结成眷属。这对青年阿拜的心灵造成了巨大的伤害。穆合塔尔的传记性历史小说《阿拜之路》中真实记载着他们由相爱到最终生离死别的历程，读之催人泪下，被喻为“哈萨克的罗密欧与朱丽叶”。

库南拜的妻妾共生七男一女，在众多孩子中库南拜最喜爱的当属阿拜。他发现阿拜有过人的天赋，想培养阿拜做部落的掌门人。阿拜 12 岁时被送到市区小学，可未等他读完小学课程便被强令召回父亲身边协助管理部落事务，这时阿拜刚满 14 岁。阿拜在父亲的管束下开始了长达数十年类似随从文书的生活。随着年龄的增长和知识的积累，阿拜逐渐确立了自己的人生观，选择了新的人生道路。

在阿拜研究中，库南拜是关键人物。他的身世、思想品德对阿拜的影响一直是研究人员关注的重点。在联盟时代，民间对库南拜的评价大相径庭。亲者说他从善如流，曾为人民兴利除害；仇者说他专横跋扈，骑在人民头上作威作福。在传记性历史小说《阿拜之路》中库南拜近似反面人物。由于小说作者穆合塔尔在学术界的声望和地位，哈萨克斯坦独立前各类艺术作品中有关库南拜的描述都靠拢穆合塔尔的观点，特意在阿拜父子之间划一条鸿沟，示意他们断绝了父子关系。这样做是因当时政治条件的制约，更是为了维护阿拜的社会地位和声望，担心在大清洗的年代某些恶作剧者给阿拜泼上污水，将他逐出历史舞台。

哈萨克斯坦独立后，人们可以毫无顾忌地各抒已见。随着阿拜研究的开展，库南拜的形象逐渐发生了变化。学者也不惮于直言库南拜对阿拜童年时的教育。一位颇有威望、曾去麦加朝圣的著名学者别依布特·萨帕尔阿里于 1995 年出版了详细记录库南拜生平事业的《库南拜哈吉》。从书名用“哈吉”[1]一词，即可领会书的主旨。他是要让读者真正了解一位应当受人尊重、对阿拜走上诗圣位置产生过影响的库南拜。这不可避免地要指出穆合塔尔小说中对库南拜描绘的非真实性。而这种论点在其他论著中也不罕见。在民族出版社（北京）1996 年出版的《荟萃》第 18 期米德哈特·热孜旦的文章《有关阿拜的人和事》一文曾指出：“伟大的学者穆合塔尔·阿也不得不避讳阿拜的父亲及兄弟手足的真实情况。”

在库南拜家族中对童年阿拜影响较大的是他的祖母泽列。泽列在她的几位儿媳中选择阿拜的母亲乌丽澌和自己住在一起，单独组成了一个大阿吾勒。按照哈萨克民族的习惯，这种大阿吾勒一般都会成为整个大家族乃至整个部落头人议事的中心。在库南拜担任大苏丹时，每逢外出归来都要先到这个大阿吾勒向泽列请安。额尔格孜拜家族众多阿吾勒的这种布局成为阿拜成长的优异环境。

阿拜的孩提时代是在祖母和母亲的共同抚育下度过的。泽列是一位讲故事的能手，在他们祖孙相处的岁月中，祖母常把自己所知道的故事，包

---

① 哈吉：穆斯林群众对曾去伊斯兰教圣地麦加（沙特阿拉伯西北部城市）朝拜者的尊称。

括部落里的奇闻逸事、人物传奇讲给阿拜听。这既让童年阿拜萌发了对未来生活的憧憬，也孕育了阿拜的文学情趣。人们都说，阿拜是听祖母的摇篮曲长大的，是老祖母讲的故事最先开启了阿拜的文学天地，引导阿拜走上了创作之路。这在小说《阿拜之路》中有详尽的描写。

阿拜的母亲乌丽漸属于喀拉科斜克部落的别尔提斯家族。这个家族的人大都善于辞令，有辩才。乌丽漸的伯父彤台就是一位口齿伶俐、言语诙谐的人。乌丽漸既具有家族的这种天赋，又受过良好的家庭教育。她能和周围所有的人和睦相处，没有贵族女性的傲气。

在小说《阿拜之路》中，乌丽漸是典型的贤妻良母，知书达理，平易近人。由于这部小说的普及和影响，乌丽漸已成为哈萨克善良女性的典范。祖母和母亲对阿拜的呵护和教育在一定程度上抵制了部落上层对阿拜的负面影响。

由于乌丽漸的精心操持，泽列这个大阿吾勒——窝勒加依家族的核心地区，成了阿肯们向往的艺术园地。每到夏季，当牧民们搬迁到夏牧场时，周边部落和家族里著名的阿肯们，会接二连三地到泽列大阿吾勒做客。茶余饭后阿肯们总要弹着冬不拉琴，品尝着新酿的马奶酒吟唱他们的新作，或者唱一段英雄史诗。大凡具有批判意识的优秀阿肯还要吟唱讽喻诗，鞭挞部落和家族头人中的不良行为。至于阿肯们乘兴对唱、较量诗艺的阿依特斯就更多了。从专家、学者们发表的文章和随笔中可以看到，当时有许多著名阿肯如厥结、布尔漸都曾拜访过泽列和乌丽漸的阿吾勒，他们的艺术活动对年轻的阿拜产生过深远影响。

阿拜的第一夫人迪丽达是库南拜的好友阿勒欣拜的孙女。他们的结合是由父母做主的。迪丽达生有四男二女：长子阿克勒拜是按照哈萨克民族风俗由祖父抚养长大的，次子阿克木拜幼年夭折。阿拜最喜欢的第三个孩子阿布都热合曼曾由俄罗斯海军学校毕业，27 岁时因患肺结核病在阿拉木图去世。阿拜有多首怀念阿布都热合曼的诗，可以看出阿拜心灵受到的创伤。

1875年阿拜满30岁时结识了白雪拉家族的才女艾克里姆。他们互相倾慕对方的才华，很快结为伉俪。艾克里姆的出现为阿拜的创作乃至整个事业增添了活力。阿拜亲自谱曲的诗歌总由艾克里姆第一个演唱。阿拜晚年曾在自己家乡讲学，培养新一代诗人，这得到了艾克里姆的全力支持。由于艾克里姆是在阿拜作古14年后谢世的，她为后人了解和研究阿拜，甚至为穆合塔尔撰《阿拜之路》提供了可贵的第一手资料。穆合塔尔在他的文章《我的历史小说》中说："我对诗人的诸多往事是从他的妻子艾克里姆那里知道的，她死于1918年，活了六十多岁……我从已经模糊的往事中，努力去再现阿拜的形象。"

另一个事实可以更好地说明穆合塔尔和艾克里姆之间的交往：穆合塔尔的处女剧作《婴勒克和柯别克》正是在艾克里姆的大毡房初次演唱的。

在库南拜家族中出现了许多阿肯。阿拜的三个儿子：阿克勒拜、马高维亚、吐拉古勒都是著名诗人。侄子恰克日木不仅是诗人，而且是具有多方面知识的学者，有许多优美的长诗问世。可以说，库南拜家族更像维护诗歌民族形象而令人尊敬的阿肯群体。

（三）艰辛多难的仕途

阿拜于幼年时（1857—1859）在斜米市阿合买提·力扎小学求学。这是他一生中最舒心的年代。

阿拜跟随父亲库南拜授业期间有机会接触各阶层的人物，熟悉劳动人民的生活，观察部落及家族中发生的各类事件。这为他后期从政和写作积累了丰厚的生活知识。

阿拜童年时便立志做一名保护人民利益、有高尚品德的正直的部落带头人，为仕途上求索的人们做亲民廉政的榜样。他正是怀着这种愿望于1876年到洪吾尔·阔克斜部落担任卜勒斯职务的，这年他刚满31岁。

部落社会的矛盾极为复杂。家族之间、头人和平民之间、巴依和牧民之间的纠葛不曾有一天中断。在 19 世纪的哈萨克牧区当卜勒斯的大部分人都想利用手中的权力发家致富。而要达到这种目的必须拉拢部落头人，讨好上层巴依。阿拜却要用自己廉明公正的作风为所有卜勒斯做示范，彻底扭转官场的不良风气。他在任期间办了一系列对贫苦牧民有益的事。这严重损害了部落头人和上层巴依的权益，遭到他们的敌视，甚至污蔑和迫害。其中危害最大的是乌孜克拜·别日拜耶夫制造的一起假案。

乌孜克拜是克孜勒莫拉地区的上层人物。他于 1876—1878 年间多次捏造罪名，上告阿拜“接受贿赂，利用部落间的矛盾，组织人进行抢劫，霸占了他在台马克阔勒的草牧场”等。阿拜在任期间，甚至在卸任后不断受到执法部门的调查和传讯。发生在乌孜克拜和阿拜之间的陷害与抗争、诬告及反诬告实际是部落之间真理与邪恶、公理与强权之间的较量。周边群众在长达八年接连不断的听审、观察、评议过程中终于识别了真假，掀翻了横隔在家族及部落之间的樊篱，站在阿拜一边，谴责乌孜克拜的卑劣行径。在执法部门经年累月的办案过程中，先后有七百多人出庭为阿拜作证。1883 年乌孜克拜在大量人证与物证前被迫承认自己是受权威人士卡拉泰的教唆陷害阿拜的。1884 年斜米县法院正式宣判乌孜克拜败诉。

按照部落社会的传统，每隔一两年要在草原中心地带召集群众大会。比邻县区的毕官、卜勒斯以及部落里的头面人物都来参加集会。会议的主要任务是解决各县区部落及家族中重大的民事纠纷，诸如因争夺草牧场、争抢牲畜及婚姻关系引起的纷争。参加大会的毕官除协商解决上述各类纠纷外，同时承担部分律师任务，为本部落及家族辩护。而起决定作用的是由大会选举并经上司认可的首席毕官，他相当于临时法庭的审判长。

1885 年在离斜米市 70 公里的喀拉莫拉大草原（在今阿拜县境内）召开了斜米州下属五个县的群众大会。出席这次大会的毕官、卜勒斯及部落头面人物近百余人。会议召开前斋桑、约斯克绵等县的基层官员即暗中串通，杜撰各种罪名，向州政府上书，反对阿拜出席大会。但他们的阴谋没有得逞，阿拜不但出席了大会，而且被选为首席毕官。喀拉莫拉大会的召开不但提高了阿拜在人民群众中的威望，而且引起沙皇政府官员对阿拜的敬重。

阿拜的威信和与日俱增的声望，引起部落上层的忌恨与恐慌。1890年以乌拉孜拜为首的16名上层人物在吉连切的冬牧场聚会，组成了反对阿拜的集团。这个集团的活动同样延续了多年，其实质是保守势力向正在萌动的进步力量的挑战。这种新旧势力之间的斗争因为和部落及家族之间的斗争纠缠在一起，变得错综复杂。最初有许多不明真相的人跟随乌拉孜拜等一起反对阿拜，对阿拜造成了极大的危害。

1898年木库尔草原地区的卜勒斯选举，成为保守势力加害阿拜难得的机会。在选举前，乌拉孜拜向他的帮凶们宣告："你们听着！我有三千五百匹马，足够抵偿阿拜的一条命……即使打不死他，也要打他个半死不活。至少要给他脊梁骨上留下残疾……你们尽管狠狠地打，一切后果由我承担。"乌拉孜拜下决心要置阿拜于死地。

选举开始前，阿拜正坐在一顶毡房后面和人们谈话，乌拉孜拜的几名打手突然冲上来用皮鞭抽打阿拜。这时一位叫瓦伊斯的牧人趴在阿拜身上，用自己的身躯护住阿拜，阿拜才幸免于难。乌拉孜拜阴谋杀害阿拜的消息不胫而走，很快传到哈萨克三个玉兹的所有部落。克烈、乃曼等大部落的头人集聚在一起商讨了阿拜挨打的事件。他们宣称："阿拜是整个哈萨克民族正直的儿子，阿拜的荣誉不仅属于中玉兹，而且属于整个哈萨克，我们不能不干预这件事……"这是第一次发生的将阿拜的声誉、名望和哈萨克民族的命运联系在一起的重大社会现象。

克烈、乃曼部落派出15名代表，先到阿拜家表示慰问。接着到乌拉孜拜所属的季格铁克家族向他们宣称要过问此事，提出让季格铁克家族有关人员向阿拜道歉认罪，并赔偿100峰骆驼。

季格铁克家族的大多数人都承认他们受了乌拉孜拜蒙骗，悔恨"自己没有认出手中的金子"，最后牵着骆驼到阿拜家去请罪。阿拜认为这件事牵扯到许多盲目跟从的群众，处理不当会引起部落和家族间的械斗，酿成新的仇恨。他表示宽恕那些不明真相的众人，没有接受季格铁克家族赔偿的骆驼，让他们牵回去了。阿拜当时讲了一段教诲意义颇深的话：

> 没有必要再去挠旧日的伤疤，再不要追究那些荒诞和暴虐行为的根源，要教育那些过去因为斗气彼此疏远的亲友互相团结合作。过去因为没有亲人去消除他们心里的怨气，反而把已经结成的纽结扯得更紧，在背后挑拨离间，煽风点火，已经让人们吃了许多苦。以后应该想到生活的归宿，努力从做人的道德方面考虑行事，不要忘记这些……[1]

阿拜一生坎坷多难，而对他伤害最大的是以上两起事件。阿拜的恢宏大度不但化解了多年的积怨旧恨，而且起到了难能可贵的教育作用，成为全民族学习的典范。

① 译自阿拉木图文艺出版社1961年出版的《阿拜·库南拜耶夫》51页前言。

二、光辉的业绩及历史功勋

由于受当时政治环境及认知能力等因素的制约，阿拜的业绩及历史功勋尚未被充分认识：在沙皇统治时期，即阿拜生活的19世纪下半叶，他的同胞虽然称他为杰出的阿肯（即诗人），但未能预见他的作品及创作活动对哈萨克民族进步所产生的深远影响。十月革命后，随着阿拜作品的出版，学者开始研究和评介阿拜，逐渐认识到他的事业所具有的重大意义。但因为阿拜的身世和社会关系牵扯到诸多方面，阿拜研究曾是敏感课题，甚至带有一定的政治风险。对阿拜业绩的评估及历史定位，只能局限在最高当局圈定的范围而不敢越雷池一步。阿拜学的确立和拓展始终在曲折的道路上徘徊。他的同胞虽然渴望阿拜的名字从他家乡的青格斯山飞向世界的各个角落，但未能如愿。哈萨克斯坦独立后，人们才能畅所欲言，充分肯定阿拜的文化遗产对增进人类精神文明、维护世界和平起到的作用。1995年，经联合国教科文组织的倡议在世界各地开展了纪念阿拜150周年诞辰活动，这一年也被称作阿拜年。

由于多年积压在人们内心深处的情感像密集的山泉同时喷涌，很快形成了壮阔的洪流。哈萨克斯坦首位总统纳扎尔巴耶夫推崇阿拜的多次演说，将阿拜的声望扩展到世界的各个角落，使我们更全面地了解到阿拜的业绩。遵照纳扎尔巴耶夫总统的指点及哈萨克斯坦民众的呼声，可以将阿拜的丰功伟业及历史功勋归纳为以下几个方面。

第一，为人类创造了宝贵的精神财富，这主要指他的创作和译著。而由人民群众口碑相传、汇集成册的大量文献在颂扬他高尚品德和人格魅力的同时，也起着整肃和净化社会风尚的作用。

阿拜留下来的抒情诗（包括哲理诗等）近200首、叙事诗3部、散文46篇，另有翻译和改写的诗近60首。论数量，不像诸多文化巨人般作品等身，但阿拜作品中蕴含着人类思想的精华。阿拜将前人所未言或所言不详甚至偏颇的思想加以补充和梳理，臻于完善。下面试以阿拜涉及宗教及科学的几节诗为例：

称道安拉并不困难，
可信仰不崇尚空谈，
只要有一颗真诚的心，
其余的都可以从简。

要用你的全部精力，
掌握技术和科学；
用心灵的激情和智慧，
至诚地为安拉工作。

（1896 年）

安拉用爱创造了人类，
爱安拉要超过你的生命，
还要爱亲人般爱整个人类，
这才是对安拉圣典的敬重。

穆斯林要有真诚的信仰，
它会使你前进的道路拓宽，
要经常保持信仰的纯洁，
不可异教徒似的亵渎圣典……
穆斯林不可抗拒真理，
请记住，不要践踏做人的尊严！

（1902 年）

诗的意旨很明确，无须译解。需要说明的是，阿拜涉及宗教的诗只有为数不多的几首，而在散文集《阿克利亚》[1] 中却详尽地论述了宗教及科学，这里何故要用他的这几节诗举例？答案是：

阿拜虽然有思想家、教育家等多项尊称，但他首先是一位诗人，被他的人民尊崇为“诗圣”。这里首先引用他的诗是对他“诗圣”称谓的尊重，也是对这几首诗为人们长期争论不休的宗教问题做出的正确解释而表达我们对诗人由衷的敬佩。

诗歌被认为是以抒情为主的文学形式，一般诗人及读者不屑于诗歌有宣教及理论成分，历史上很少有哪位诗人的作品曾直面宗教，因此，阿拜几首指点宗教及科学的诗就显得弥足珍贵。可以肯定，这是由于创作激情不可控制，诗人的特质迫使他必须写出自己倡导的那样：“向愚昧与邪恶，进行强烈的论战……”[2]

阿拜深知，要让信仰伊斯兰教的人民群众从宗教的迷雾中走出来，在不放弃穆斯林身份的同时承认科学的巨大功能，从而达到普及科学的目的，是漫长的路程。而要向群众解释宗教的本质，讲透宗教与科学的分野及二者可以共存的理由，写诗显然不如写白话散文得心应手。正因为如此，阿拜在他的散文集《箴言集》中多次谈到宗教及科学。

阿拜具有渊博的宗教知识，同时慎重地接受了 19 世纪进步的民主主义思想，能够客观公正地分析复杂的宗教问题。阿拜认为对宗教要有全面正确的认识。宗教一方面对社会的进步造成一定程度的阻碍，但另一方面，宗教的劝善功能在一定的历史阶段是社会和谐发展不可或缺的条件。利用宗教弃恶扬善的教义进行人道主义教育，群众容易接受，与此同时，可以

① “阿克利亚”是哈萨克语的音译，原意是“智慧的语言”。1985 年新疆人民出版社出版的汉译本即采用音译称《阿克利亚》；1995 年民族出版社出版的汉哈文合订本称《阿拜箴言录》；2016 年中国国际广播出版社出版哈萨克民族哲理名著时称《阿拜箴言集》。《阿克利亚》在后文中简称《箴言集》。

② 引自阿拜首句为“像一束束喷射的愤怒的火焰”的无题诗（《阿拜诗文全集》232 页）。全诗见本书“附录”中“阿拜诗歌选录”。

有步骤地普及科学知识。阿拜撰写《箴言集》即是最好的范例。他语重心长地说："科学是真主的特性之一，它是真理……对真主的信仰即是对真理的追求，是人的品德的表现。"同时严肃警告："没有科学知识，什么今世后世，都是空话，离开科学，即使是做礼拜、斋戒、朝圣和祈祷都不能产生效应。"翻阅史书，只有阿拜反复讲过这样铿锵作响的肺腑之言。

阿拜有关宗教的诗文也是他对人道主义的解析，不仅在当时有超前意识，对于今天口口声声赞美真主，却成年累月互相仇杀、毁坏宗教圣地、灭绝人性的所谓宗教信徒，也无疑是严厉的警诫。仅此一例足以说明阿拜文化遗产珍贵的价值。

对于阿拜创作和翻译的诗歌、散文的艺术品位和思想深度，以及产生的效果，将在下面章节"阿拜的作品"中详细论述。

第二，为歧路上彷徨的民族指明了生存发展的方向。

由于内忧外患的侵扰，具有近四百年历史的哈萨克汗国终于灭亡。哈萨克民族该向何处去？是擎着哥涅萨尔倒下的旗帜继续反抗沙皇强大的军事集团，最终被肢解呢，还是做沙皇的顺民懵懵懂懂地苟活，最后被俄罗斯同化呢？除了在以上两者间选择外，有没有其他路可走？

在关系到全民族生死存亡的严峻时刻，阿拜为他的民族指出了一条兴旺发达的道路：休养生息，力图发展，赶上周边的先进民族。

在逆境中休养生息，不是要人们逆来顺受，做唯唯诺诺的顺民，而是要恢复被削弱的民族意识，挺直腰杆，和俄罗斯人平等和睦地相处，在和平环境中学习俄罗斯和其他民族先进的文化和科学技术，发展生产。提高全民族的文化素质，最终站在先进民族的行列。

要使失去土地家园、怀有复仇心理的人民群众和征服者和睦相处，而又不丧失民族气节，是漫长而艰苦的路程。首先要让人们认识俄罗斯人民和沙皇统治集团的区别，认识不同民族劳动人民的命运是相同的，使哈萨克人民逐渐消除对俄罗斯民族的仇恨心理，为自己创造可以不断进取和发展的和平环境。

更为重要的是，必须让人们清除被征服者的悲观绝望情绪，根除自身固有的轻浮、涣散、尔虞我诈等恶习。因为正是这些劣根性被殖民者利用，导致部落、家族间长年累月的械斗，最后沦为被殖民者。只有根除这些恶习，才能增强民族的自信心与凝聚力，才有望提高全民族的文化素质。

阿拜矢志振兴自己的民族，到洪吾尔·阔斜部落担任卜勒斯职务，即是他迈出的第一步。他要让自己管辖的县、乡、阿吾勒成为和平友谊的模范地区，让哈萨克和俄罗斯劳动人民在和平环境中友好相处。他激励所管辖区的哈萨克人民振作起来，奋发图强，努力摆脱贫穷落后的状态，从而带动整个哈萨克民族地区。但现实却像他诗中所说的“我的思想常遇到遏制和非难”。在经历了近两年艰辛、坎坷的仕途生活后，阿拜认识到仅仅靠行政手段的示范作用，不可能唤醒沉睡的民族。他决定改用教育手段。可以认为，洪吾尔·阔斜的经历是阿拜思想认识的转折点。他用后半生写出了具有教诲及警诫作用的诗歌及散文《箴言集》。下面援引的文字令人确信阿拜指出的休养生息、力图发展的方针是哈萨克民族摆脱困境走向繁荣富强的唯一正确道路：

> 应该学习俄语——俄罗斯人的工艺、财富、技术、科学都比我们强，比我们多。为了既向他们借鉴，又防备他们，应当懂得他们的语言、教育、科学。他们因为掌握了世界上的各种语言，才有了今天。你如果掌握了他们的语言，你的视野将会拓展。学会其他民族的语言和科技，便可以和他们竞争。再不会向他们低头弯腰。
>
> ——《箴言集》第 25 篇

下面的诗不啻进军的号令：

不要颓废，要振奋精神，
不要让烦恼压住肩头，

在死胡同里绝望地踟蹰。
要像试飞的雏鹰挥动翅膀，
不甘心在巢穴里蜷伏，
要冲上蓝天，在云层里飞舞！

（1890 年无题诗）

哈萨克的近、现代史已证实，哈萨克民族正是在阿拜的社会思想指引下熬过了被切割得支离破碎的沙皇时代，度过了充满恐惧、惶惑，仿佛在险峻的牧道上穿梭的联盟时代。终于有了今天独立自主、昌盛的哈萨克斯坦共和国。正如开国总统纳扎尔巴耶夫讲的："无论是社会改革还是经济改革，都是阿拜首先向哈萨克民众提出的。"（民族出版社《前进中的哈萨克斯坦》中的《论阿拜》，译者师忠孝。）

第三，通过普及书面文学开创了新的哈萨克民族文化。

19 世纪下半叶在哈萨克人集聚的斜米、阿拉木图等城市已出现大型的企业和工厂，经济的发展在呼唤与之相适应的文化。虽然城镇地区当时已有俄式学校，也出现了几位文化人，但并未形成具有哈萨克民族特征的文化现象。正是阿拜的创作活动开创了哈萨克民族的新文化。

19 世纪 80 年代，阿拜周围集中了一批爱好诗歌创作的青年诗人，他们被称为阿拜的学生。其中包括阿拜诗艺的传承人恰克日木、著名阿肯阔克拜以及阿拜的儿子阿克勒拜、马高维亚等。他们经常在一起切磋诗艺，交流创作经验，形成了一个庞大的创作群体。这个群体的成员已不是只能即兴吟唱的民间阿肯，而是被誉为"书写阿肯"的新兴诗人。他们都有自己的作品面世，在当时产生了很大影响。阿拜作为新兴诗人的导师受到人民群众的爱戴与敬重，他的作品已被读者当作经典。斜米一带的青年中不断出现传抄阿拜诗歌的现象，不久在周边地区形成了阿拜作品的阅读群。在牧区开办的穆尔色依提小学更是用阿拜的散文《箴言集》作课本。在古迭拜（今阿拜县内）很快形成了学文化的热潮，这种现象逐渐波及其他部落及广大县区，成为引领新文化诞生的条件。

在哈萨克斯坦出现书面文学的时间早于阿拜作品的普及。但无论历史学家厥坎·瓦里汗诺夫的创作活动，还是教育家阿勒吞萨林的启蒙诗，因为影响范围小，都未能产生普及书面文学的效果。只有阿拜的创作活动和他的经典诗篇，因为真实反映了社会现实，且形式多样，富有音乐感，唱出了广大人民的追求和向往，在广袤的哈萨克大地上出现了普及书面文学的现象。

书面文学的普及无疑是草原新文化产生的催生剂，但作为上层建筑的文化必须有稳定的经济基础。阿拜深谙文化与经济的关系，他多次指出，依靠单一的畜牧业经济，不可能产生先进的文化，哈萨克永远无法赶超先进的民族。他深为自己的同胞在奶酒与羊肉中陶醉感到羞愧与痛恨。在首句为“饿汉的急需不过是一顿饱饭”的无题诗中写道：

认为马奶和羊肉无法超越，
这本身不正是贫困的表现？

在散文集《箴言集》第 3 篇中指出：“如果我们在发展牲畜的同时也兼顾务农、经商、习艺、科研，是不会落到这个地步的。”正是由于阿拜的指引，哈萨克民族从单一的畜牧业生产转向多种经营，才有了稳固的经济基础，有了今天发达的哈萨克民族文化。

阿拜所向往的新文化，绝不是对封建旧礼教、旧道德观念进行一番表面化的批判即宣告结束，而是要彻底根除束缚哈萨克民族发展进步的封建旧文化，创建具有科学发展观、能促使哈萨克民族繁荣昌盛的新文化。他为此特别强调要普及教育，从根本上抓起。他一再劝告做父母的送孩子上学：“即使付出一切代价，哪怕不给孩子成亲，不给他留下遗产，也要让他掌握科学……要走我指出的这条路，是不能吝啬的……要让孩子念书，别怕花钱！”可以看出阿拜要创建新文化的决心。（见《箴言集》第 25 篇）

阿拜学的奠基人穆合塔尔与另一位学者艾马吾托夫在两人合写的文章《阿拜的生平和事业》中提出，应把阿拜活动的年代——19 世纪下半叶到十月革命前称作“阿拜时代”。这一时代的特征正是阿拜的创作带动了书面文学的普及，从而引领哈萨克民族新文化的诞生和发展。因此可以认为，是阿拜开创了具有反封建、反殖民主义意识的哈萨克民族的新文化。

第四，整饬了“诗歌民族”的称号。

“诗和马是哈萨克的一对翅膀”虽说是象征性比喻，却非常贴近哈萨克人的文化传统。在书面文学普及前，哈萨克的诗和歌并未分家。诗歌既可以朗诵，也可以高声吟唱。哈萨克人没有不喜爱诗歌的，在他们的心目中，诗和歌不但是真善美的载体，也是向往和平与友谊的一声声召唤，而“诗歌民族”的称号是周边兄弟民族把最高品位的文学形式——诗歌和哈萨克民族联成一体的昵称，也是历史赋予他们的荣誉。

从阿拜诗歌卓越的艺术品位和呕心沥血的创作经历可以看出，他非常珍惜并正视“诗歌民族”这一称号。然而，当时的社会风气却令他焦虑。作为“诗歌民族”形象代言人的某些阿肯趋炎附势，热衷于赞扬贵族、巴依豪华侈靡的生活，使诗歌变得粗俗、乏味，严重损害了诗歌在哈萨克人民心目中圣洁的地位：

我观察过旧时的部落酋长，
他们喜爱用俚谚拼凑的诗行，
豢养着的阿肯无知而愚昧，
只会在垃圾堆里翻拣诗行。

弹着冬不拉、阔布孜信口开河，
逢人便唱谄媚和奉承的歌，

叫花子般到处哼哼着讨饭，
语言的精髓已被他们阉割。
（1886 年）

厥尔坦拜、杜拉特和布喀尔[①]的诗篇，
有的像布丁，有的像拼凑的碎片……
（1888 年）

当时写这种贬低著名阿肯的诗，需要非凡的胆识和魄力。阿拜怀着对历史、对民族的责任感，矢志扭转阿肯中滋生的不良风气。他担心，这种风气蔓延下去，诗歌最终会成为某些人的谋生手段，玷污哈萨克民族热爱诗歌、热爱吟唱的传统；“诗歌民族”的昵称不但会失去它真实的含意，甚至会被扭曲。阿拜决心改变这种状况。他要让哈萨克人热爱诗歌的感情上升到理性的高度。要让人们认识，诗歌不只是调节人们感情、增进生活情趣的艺术，它更有启迪人们思想、振奋人们精神的作用。他为此写了多首阐明诗歌本质的论诗诗供人们学习，同时培养了一大批青年诗人——书写阿肯，尤其对热爱吟唱的民间阿肯耐心地进行教导。

阿肯不可奢望他人的酬谢，
对听众的馈赠要婉言谢绝；
更要赞同热爱新诗的读者，
切戒不顾廉耻地出卖诗歌。
（1888 年）

歌曲有高雅和粗俗的区别，

① 厥尔坦拜、杜拉特、布喀尔均为 18 世纪末及 19 世纪初哈萨克民族著名的阿肯（民间诗人）。

粗俗的歌使听众感到懊丧，
只有健康有教育意义的歌，
才能唤起人们悠远的遐想。

庸人把一声“佳尔”捧作音乐，
歌手却要奉献精美的乐章；
优美的旋律使人意气风发，
使困境中的人们看到希望。

（1896 年）

以上的诗既是阿拜创作激情喷涌的纪实，也是他浸透多年心血的教诲。

2010 年，我国的新一代哈萨克阿肯在德国柏林、伯恩举行了阿依斯特表演。当地观众和文艺界人士都惊羡与赞赏阿依斯特独特的表演形式。作为民间诗人——阿肯的即兴吟唱和创作才能，将酷爱诗歌的民族的演唱技艺彰显得淋漓尽致。当哈萨克人回忆 20 世纪我国著名诗人库尔班·阿里的作品《从小毡房走向世界》时，对“诗歌民族”的称号肯定感到快慰，而历史将这个称号赋予哈萨克民族可谓实至名归。这里不能不敬重阿拜为整饬阿肯演唱秩序、为维护诗歌民族的声誉付出的心血和所做的巨大贡献。

在社会发展的进程中，每个民族由于生存条件和生活方式不同，走过的道路也不尽相同，在他们的足迹中必然会留下那个时代特殊的印记。对这些特征人们会有不同的理解。比如社会学的某些学者，把诗歌民族和哲学民族进行对比，指出其各自的特点：认为诗歌民族属于经济文化落后的民族，哲学民族是指经济文化发达的民族。我国著名学者夏里甫罕·阿布达里在 1997 年《新疆社会科学（哈文版）》上发表的《由诗歌民族提高到哲学民族》对此做过详尽论述。文章的意旨是激励我国的哈萨克民族摒弃妨碍他们前进的旧习，早日过渡到哲学民族的先进行列，而这正是阿拜渴望达到的目的。文章的积极效应不言而喻，但从阿拜的作品和言论中可以看出，他不会认为诗歌是落后民族的特征。他深知诗歌属于文化范畴，内容健康、进步的诗歌有助于文化的发展，也能振奋人们的精神，激励落后的民族向先进发达的民族学习。可以相信，当哈萨克民族达到作者所期望的高度时，将同时具有诗歌民族与哲学民族双重美好的特征。哲学素质会使哈萨克带着“诗歌民族”的称号走进发达民族的行列，这正是阿拜整饬“诗歌民族”称号的初衷和硕果。

上述论点是否全面、正确，希望与识者进一步深入探讨。因为要准确评定阿拜文化遗产的价值，做出令世人信服的结论，还应当与各国伟人的业绩进行比较。只有通过多方面的比较才能更清楚、更深刻地说明阿拜为增进人类精神文明、为促进人类社会发展所做的贡献。

阿拜有多种才能，因此有多方面的可比性。我国有人把阿拜和孔子进行比较，指出他们都是伟大的思想家和教育家。也有人把阿拜和唐代诗人杜甫进行比较，因为他们都有“诗圣”的尊称。在哈萨克斯坦阿拜和普希金、莱蒙托夫间的比较已是学术界多年的科研项目，因为他们都是世界著名的诗人。他们之间的比较研究，可以说成果斐然。后面有专门章节对这一问题进行阐述。

阿拜诗歌的主题总体上倾向于进步的民主主义，诗歌的内容囊括社会生活的诸多方面。他要以自己的超前意识向人民群众进行教育。至于阿拜诗歌的多种形式则是他在民歌的基础上借鉴东西方诗歌的形式独创的。阿拜还善于作曲，由他自己配曲的诗歌至今仍是哈萨克人节日舞台上的首选节目。一位称作谢里汗·穆尔塔扎耶夫的作家说：“一般来说，凡收藏书的哈萨克家庭，不会没有阿拜的著作；没有阿拜书本的人家，不能算作哈萨克人，也很难说他有觉悟。”[1] 可以想象阿拜作品在人们心目中占有何等分量。

---

① 译自阿拉木图出版的《哈萨克文艺》周报。1985 年 7 月 12 日《阿拜的光辉》一文，作者谢·穆尔塔扎耶夫。

三、阿拜的作品

在本书下编介绍穆合塔尔的研究文集《阿拜·库南拜耶夫》一节中有专门评介阿拜作品的篇章。这里不嫌冗赘特意介绍阿拜的诗歌和箴言，主要为适应中文读者的阅读习惯，帮助不能读原文的研究人员加深理解。此前笔者曾打算把穆合塔尔的研究文集全部译成中文，但因笔者已近耄耋之年，深感力不从心，因此只能将旧日积存的文字加以整理添进这部小册子里。

穆合塔尔不仅是阿拜学的创建人，谢世前也一直是这一学科的领军人物。他的专著几乎囊括了阿拜研究的方方面面，立论严谨，体系完备，早已成为研究人员参照的经典。20 世纪末哈萨克斯坦学者哈孜别霍夫在评论拙作《阿拜和他的诗》时曾指出："他论述的一切，都是以阿拜研究学科与建立其学科基础的伟大的穆合塔尔·阿乌埃佐夫的观点和研究为论据的。他是在此基础上结合本国新疆哈萨克历史——社会发展的状况而进行研究的。"[①] 所言确切。本书的论述权当对穆合塔尔观点的诠释，虽感冗繁，也许并不多余。

（一）别具一格的论诗诗

以诗论诗这种形式在其他国家和其他民族的文学中出现得要更早。在我国，自有诗歌时起，即有论诗诗。论诗绝句在唐代已经非常流行，而且一直延续到今天。20 世纪 90 年代初郭绍虞、钱仲联等人还合编了四卷本《万首论诗绝句》。阿拜写论诗诗的时间虽然靠近我们，但当时哈萨克书

① 原作见阿拉木图出版的《星》1989 年第 2 期，作者努·哈孜别霍夫。译文见中国社会科学院民族文学研究所出版的《民族文学研究》1990 年第一期《关于阿拜的全新研究》，译者穆塔里甫。

面文学还处于发轫时期，因而阿拜的论诗诗，就不能不带有那个时代的特征。他的论诗诗往往是用短得多的诗行来表达他对诗歌创作中一些问题的理解，有时不得不“触犯”艺术规律，在形象的描绘中掺进几行抽象的说理，但阿拜的论诗诗却赢得了他的民族的推崇。不仅19世纪文学鉴赏水平较低的人们喜欢阿拜的论诗诗，即使今天的哈萨克作家、诗人、文艺评论家，也对阿拜的论诗诗给予了高度的评价。

诗是形象的语言。俄国文艺理论家别林斯基曾说：“诗人用形象和图画说话。”因此，用诗论诗必然要有一个从抽象的概念向形象化的过渡，诗人须将自己的见解、观点和主张用形象的文学语言表达出来。否则，论诗诗难免要成为押韵的说理文，甚至变成概念化的文字堆砌，失去诗的韵味。从阿拜的论诗诗可以看出，他一方面尽可能用形象的比喻来表达他的观点，另一方面又不得不在形象的语言中挤进几行说理的文字：

诗歌为婴儿打开人生的大门，
也陪伴死者踏上天国的途径；
没有诗歌生活将失去欢乐，
要郑重地评价诗歌的作用。

——《如果某一家有丧亡事故》

很明显，后边两行概念化的诗句和前面的两句不甚协调，但哈萨克读者却说这是一组绝妙的诗歌，因为这节诗不仅说明了哈萨克是诗歌民族，也说明了诗歌和生活水乳交融的关系。阿拜的论诗诗大多都是这样，当不得不用抽象的文字时，他对那些显得概念化的诗行要反复润色，使它们的节奏更明朗，音韵更和谐，语言更精练。因此，阿拜的论诗诗和他的抒情诗、哲理诗一样，生命力历久不衰，一直为人们传诵。

阿拜从1890年开始写他的散文集《箴言集》，其内容包括政治、经济、哲学、历史、文化、教育及科学等各个方面，唯独没有提到诗歌。

可以肯定，阿拜要以诗论诗是他经过长期酝酿、思考以后做出的选择。事实证明，阿拜的选择符合当时的实际情况。在哈萨克群众中没有读过或没有读完《箴言集》的人不少，但很少有人没读过奠定哈萨克诗歌理论的论诗诗——《诗是语言的皇帝》。

阿拜的论诗诗，以及包括论诗短句的其他题材的诗歌约有十多首。其中除《诗是语言的皇帝》以外，还有《诗歌是你终身的伙伴》《心灵的鹰》《如果某一家有丧亡事故》等名篇。阿拜关于诗歌的主要论点在几首诗中交替出现，前后的观点基本一致。由此可以推断，他要探索诗歌的艺术规律、为哈萨克诗歌立论的想法是由来已久的。他的任何一首论诗诗都不是偶有所感的产物，而是他长期艺术实践的结晶，代表着他的审美追求和理想。

阿拜关于诗歌的主张，从他的论诗诗和创作实践中可以明显看出，他把诗歌的社会效果放在首要地位，多次强调，写诗应当有明确的目的，让读者受到有益的思想教育和美好的艺术享受。因而，他坚持诗歌要有健康的内容，诗人必须写出激励人们奋发上进、歌颂正义和真理的作品。阿拜自己就写了许多富有教育意义的诗歌，他的许多名句被人们长期引用，逐渐变成指导人们行动的格言。例如：

人应当像一块砖瓦，
嵌在最需要的地方。

——《不要显示耀眼的装潢》

即使给劣马披锦戴花，
劣马也不会超过骏马。

——《无题》

阿拜并不否认诗是感情的产物。他自己的抒情诗就是创作激情潮水般汹涌时写出来的，是他心灵颤动的真实记录，因此才能震撼人心，就连他的哲理诗和论诗诗也常把说理和感情糅合在一起：

年轻的阿肯们，请听我讲！
切不可拼凑空洞的诗行；
它不会给任何人带来好处，
只能减损诗歌的价值和分量；
难道堆砌华而不实的词句，
也能给你的诗歌增添锋芒?!
——《我写诗不是为消磨时光》

这短短的六行诗中，有劝勉，有教诲，有指导，语言亲切感人。再读下面的一节诗，会更好地理解阿拜是如何认识诗和感情的关系：

苦思冥想的诗句，
如清风溜过人们身边，
只有心灵的颤音，
能涌进人们的血管。
——《像愤怒的火焰》

阿拜经过长期的理论探索和实践追求，对诗歌的艺术标准逐渐有了固定的看法。这集中表现在《诗是语言的皇帝》的头两段中：

诗是文章的精华、语言的皇帝，
诗匠千锤百炼锻造奇句；
词句要精练，感情要真实，
韵辙要合乎语音的规律。

如果杂芜的词汇玷污了诗句，
是由于吟唱的阿肯缺少才气，
如今的歌手和听众大都平庸，
说明人们的欣赏水平太低。

这几行诗已经包括了诗的主题、格律、语言等要素。凡读过阿拜诗歌的人，没有记住这几行诗的人是不多的。人们公认这是评价诗歌的艺术标准。

从上面引的诗句可以看出，在诗歌艺术的诸要素中，阿拜很重视诗的语言。“诗是语言的皇帝”一语已经说明了语言在诗歌中的位置。接着他又进一步强调，高明的阿肯不应当用杂芜的词汇去玷污诗歌。阿拜之所以强调诗的语言，固然由于诗本身就是语言的艺术，但另一方面，还由于19世纪末的哈萨克阿肯中，有些人惯用低俗的语言撩拨人心，降低了诗歌在人们心目中的位置。阿拜关于诗歌语言的要求，既是为了提高诗歌的质量，也是为了整肃阿肯队伍。阿拜的创作为哈萨克语言的规范打下了牢固的基础。

哈萨克的格律诗特别强调韵辙和节奏。凡没有节奏和韵辙的文字是不被当作诗歌的。阿拜在创作新诗的格式时，肯定了哈萨克诗歌的这一传统。他在《如果某一家有丧亡事故》这首诗中，明确地指出：“诗歌是形象的、精练的语言，词句的搭配要和谐自然。”阿拜创作的各种自由体新诗，也都非常讲究韵辙和节奏。在近当代的哈萨克诗人中，还没有人提出过自由体诗要不要韵辙和节奏的问题，更没有为此进行无休止的争论。相反，他们却多次探讨过如何使诗歌的节奏更明朗、韵律更和谐，使诗歌更富于音乐感。这显然是受到了阿拜的影响。

在哈萨克新诗产生以前以及新诗的初创时期，“诗人”这一称号主要是指民间歌手——阿肯。由于诗歌在哈萨克生活中的重要作用，阿肯们也获得了一定的社会地位。在人们的习惯语中，“阿肯”这称号本身即带有令人尊敬的含意。因此阿拜强调，阿肯应当有高尚的情操，应该是被人尊重的艺人，阿肯应该把自己的才华无保留地献给人民，要写出无愧于“阿肯”这一光荣称号的诗歌。

阿拜的诗论受到哈萨克人民、哈萨克诗人、评论家推崇的原因，是他的观点准确地表述了哈萨克诗歌的发展规律，符合诗歌发展的趋向。阿拜的诗论是在总结前人经验的基础上，经过长期实践提出来的。阿拜不仅继承和发展了哈萨克民歌的优秀传统，而且认真借鉴了其他民族，特别是东方民族以及俄罗斯进步文学的创作经验。正因为如此，不仅他的诗论被公认为是评价诗歌艺术的标准，他创作的那些诗歌也被世人视作珍贵的文化遗产。

阿拜的论诗诗对哈萨克新诗的起步、发展都产生了重大的影响。在哈萨克中、小学语文课本中，没有不收入《诗是语言的皇帝》这首诗的。可以说，20 世纪的所有哈萨克诗人还在学生时代就受到了阿拜诗论的熏陶，他们从一开始创作，便有了一个共同遵循的艺术标准。研究哈萨克文学的人都注意到了这样一种现象。哈萨克新诗虽然起步晚，但却以较快的速度赶上了其他兄弟民族的文学。无论在我们伟大的祖国，无论在中亚，也无论在哈萨克斯坦，哈萨克诗歌都闪耀着令人惊羡的光彩。这固然因为哈萨克民族有悠久的诗歌传统，但也因为哈萨克新诗从一起步就找对了方向，在发展过程中少走了许多弯路。不得不说，这是阿拜为哈萨克文学做出的贡献。我国当代优秀的哈萨克诗人库尔班·阿里曾说：“哈萨克人民不仅对阿拜的作品喜闻乐见，而且在日常生活和文学创作中经常引用他的诗句，尤其是诗人和作家们，都把他的作品奉为典范，尊他为导师。”[①] 这里所提到的作品，主要是指那些引导诗人和作家走上

① 引自新疆文联原副主席、著名诗人库尔班·阿里在乌鲁木齐市民族文学讨论会上的发言《阿拜的生平及其作品的价值》（译者张世荣，见新疆社会科学院发行的单行本第 3 页）。

正确的创作道路的论诗诗。

阿拜的论诗诗，虽然没有汇集成册，他的诗论也没有形成明显的体系，但哈萨克文学发展的历史无可争辩地证明，阿拜的论诗诗为哈萨克的诗歌理论奠定了基础。阿拜逝世已逾一个世纪，哈萨克诗论经过长期发展，已经形成完整的理论体系。哈萨克人民都会承认，阿拜的论诗诗《诗是语言的皇帝》是哈萨克诗歌理论最早的典范。

（二）言简意赅的哲理诗

阿拜写的诗中哲理诗占有一定的比重。有的诗虽然是抒情的，却缀有哲理性警句。在 19 世纪的哈萨克诗人中能写出这样诗的人是不多的。

诗歌是抒情的文学形式。历史上，中外诗人的传世之作大都是抒情的。阿拜也强调诗歌的抒情作用，他在写抒情诗的同时，写了许多哲理诗。正是他的哲理诗中那些发人深思而富有哲理性的警句，使阿拜区别于其他阿肯，成为人们仰之弥高的诗圣。

哈萨克虽然被喻为诗歌民族，但在长期封闭的草原生活中，哈萨克的艺术传统长期处于停滞状态。在阿拜以前的漫长历史时期，哈萨克诗歌始终没有突破十一音节和七、八音节两种形式。诗的内容也没有摆脱生活琐事和对个别英雄人物的歌颂与赞美。阿拜意识到，诗歌艺术的停滞状态不仅影响诗歌本身的发展，而且会削弱诗与哈萨克人民之间的血肉联系，引起整个民族的思想僵化。正是觉察到这种危机，阿拜才创造了哈萨克新的诗体，写出了“七行诗”“八行诗”等多首哈萨克自由体新诗，包括树立了他“诗圣”地位的哲理诗。

阿拜晚年写出了著名的《回忆的画面》。这首诗虽然还保持着七、八音节的形式，但从诗的总体结构看，却是一首全新的自由体诗：

我细数自身的缺点，

多得像戈壁的沙砾……
原来是泥垢与灰尘，
污染了我的心壁。
对科学和智慧，
我已感到厌弃；
占据我心室的，
全都是阴谋诡计。
我像贪婪的老饕，
已不能控制自己；
羞耻和尊严，
早被我忘记。
假如有人说
“有谁能比得上你！”
我真的会认为
自己很了不起！

这首诗用第一人称幽默的独白，成功地塑造了一个厌恶科学、惯于玩弄权术、贪得无厌的庸人形象，使读者通过一个面目可憎而又飘飘然忘乎所以的艺术典型受到深刻的教育。而这首诗所要表达的正是生活中一个极普通的道理：人应当有高尚的思想境界，切不可过分抬高自己。如果不摆脱旧传统的束缚，不可能写出这样形象鲜明、令人沉思的诗句。

阿拜的哲理诗受到人们的普遍重视，是因为它所提示的“理”往往联系着人们生活中的大事，甚至联系着整个部落和民族的命运。所以能在群众中引起强烈反响，具有巨大的号召力：

团结一致的部落，
像草原中的清水湖；

清风徐徐吹拂，
芳草如波浪起伏。
从山泉流泻的小溪，
涓涓地注入水湖……
没有团结的部落，
像积满淤泥的臭水湖，
……

19 世纪下半叶，由于家族内部和部落之间的纷争，哈萨克草原长期动荡不安，严重阻碍着哈萨克民族的进步和发展，因而团结问题在当时就显得特别重要和突出。正是在这种形势下，阿拜写了这首教育人们团结的诗。诗歌通过不同现象的鲜明对比，启示人们团结起来去开拓新的生活道路。

作为一名诗人，阿拜被人民尊称为“诗圣”和导师，主要是由于他那些向人们提示了生活目的和方向的哲理诗。一个诗人抒情性的作品，如果缺乏哲理的思考，无论能在何种程度上满足人们的审美要求，也只能为作者赢得普通诗人的桂冠，而不会被人民推崇为导师。在阿拜的同时代，哈萨克曾出现过许多有名的阿肯，他们也留下了许多脍炙人口的作品。但因为他们的诗中缺少哲理的光芒，因而不能起到深刻的教育作用，更不能像阿拜具有重大意义的哲理诗那样，引起整个民族的思考。因此，在哈萨克历史上没有其他任何阿肯像阿拜一样占有如此重要的地位。

但应当说明，阿拜的哲理诗并不是每一首都具有鲜明的艺术形象，有的诗是直抒胸臆，用似乎不堪入诗的大白话写的，比如《当你未掌握科学的时候》就是这样：

要想真正地做人，
应根除五种恶习，
珍惜五种美德……

所指的五种恶习，
是造谣、说谎和吹嘘，
还有挥霍和懒惰。
所说的五种美德，
是勤劳、慈爱、克制，
还有坚强的意志，
和深沉的思索……

可能有人说，这是一首缺少诗意的作品，是抽象概念的堆砌。然而这首长达九十行的哲理诗并没有使哈萨克读者感到枯燥。相反，它像阿拜的抒情诗一样，被读者所喜爱，甚至有许多人能熟练地背诵这首诗。这是因为诗歌中所提示的"理"在人们的心中点燃了一盏明灯，使这首"概念化"的诗歌同样产生了感人的力量。阿拜在写这首诗时，尽可能发挥了哈萨克诗歌富有音乐性的特点，做到韵辙和谐，节奏舒缓有致。因此，尽管是抽象的文字，读来也朗朗上口。其次，这首诗虽然内容烦冗，但因为结构严谨，各个层次间的过渡比较自然，仿佛顺梯而上，每一句都紧扣着主题。读者一经开卷，总要一口气读完。阿拜还有几首较长的哲理诗，也都和这首诗一样，受到哈萨克读者的欢迎。

一首诗的审美价值，主要应由本民族的读者评议。离开民族审美心理去评价一部作品的优劣，往往会失之偏颇。有些诗人的作品在译成其他民族的文字时并不使人爱读，然而在本民族中却有"永恒的魅力"。当我们欣赏其他民族的史诗时，这种区别会更加明显。这除了审美心理的影响外，还有翻译的表达问题。而诗歌翻译的困难，已为各国翻译工作者所公认。阿拜的部分诗，包括一些哲理诗，译成别种文字后也有这种情况。

作为一名杰出的诗人，阿拜不会不理解诗歌的抒情作用，但他的抒情诗大都含有哲理的思考。他善于在抒情诗中缀入含有哲理性的警句，从而使他的诗闪烁着理性的光芒：

即使月亮和太阳同时闪光，
也不能把我阴暗的心室照亮；
对于我——没有任何人比得上你，
对于你——也许有人更比我理想。

虽然命运使我们天各一方，
虽然爱情曾使我苦闷和怅惘，
我却甘愿忍受无止境的磨难，
对于心爱的人一切都可以原谅。

这是一首表达爱情的诗，然而诗的最后一行却告诉读者：相爱的人应当互相体谅。如果没有最后画龙点睛的理性的结尾，这首诗无论写得如何缠绵悱恻，仍然是一首普通的爱情诗。

阿拜的许多诗，由于情与理水乳交融，要严格区分它们应属于抒情诗或哲理诗是困难的，因而这些诗被誉为哲理抒情诗：

爱情和情欲是不同的概念，
情欲只渴求短暂的缠绵。
我对你的爱情却始终不渝，
即使被抛弃也会为你祝愿。

这首诗前两句显然是在说明情欲和爱情有什么不同，这是属于生活的哲理。而后两句则是作者在表达自己的感情。这是抒情诗，但蕴含着哲理；又像哲理诗，有醇酒般浓烈的感情。这就是阿拜诗歌的主要特色。

假如可以把以上列举的诗也当作哲理诗看待，那么把阿拜的全部作品概括地称为“哲学诗篇”也许不是不可以的。当然，许多诗人不愿意把自己的作品和“哲学”联系在一起，担心这会弄巧成拙，减损诗的美感。但阿拜的诗绝不会因为加上“哲学”一词而降低它的审美价值。也许“哲学诗篇”这个名称能更准确地反映阿拜作品的思想性和艺术性。可以肯定地讲，也只有写出了这样“哲学诗篇”的阿肯，才能被他的同胞拥戴为“诗圣”和导师。

（三）体裁多样的翻译诗

阿拜不但写过许多富有教育意义和艺术价值的诗歌及散文，而且翻译和改写了俄国进步诗人普希金、莱蒙托夫等人的诗歌和克雷洛夫的寓言。他翻译的作品和他的创作一样，受到广大读者的欢迎。

根据1961年阿拉木图文艺出版社出版的阿拜作品全集《阿拜·库南拜耶夫》收入的诗歌计算，阿拜的全部译诗（包括《奥涅金》的八个片段）共56首。从阿拜的一生经历看，能为后人留下这些译诗是很不容易的。他的处女译作《波罗金诺》是1885年翻译的，而他的全部译诗（包括创作）是在停止社会活动以后的20年时间里陆续完成的。这是哈萨克历史上部落间互相倾轧的黑暗而又严酷的年代。由于民族偏见及民族狭隘心理的妨碍，在当时少数民族中学习汉语及俄罗斯语会遭到某些人的歧视，翻译俄罗斯的文学作品更被当作有碍民族尊严的行为。阿拜为了介绍进步的俄罗斯文学，抵制了社会舆论的种种压力，排除了部落内外的各种干扰。可以认为，阿拜的译著不仅是他辛勤劳动的艺术结晶，也是他和封建势力进行斗争的胜利果实。

阿拜译文的风格和他的创作非常接近，以致他的个别译诗和创作的诗歌无法区别：

辽阔的夏牧场像婴儿的摇篮，
安拉哺育的人类哪能遭受饥寒？

如果不注明这是从莱蒙托夫的译诗中转译的席勒的诗，读者肯定会误认为是阿拜的原作。事实上这首诗长期被当作阿拜的作品，甚至在1956年阿拉木图《新生活》杂志社出版的《阿拜诗选》都不曾指出这是阿拜翻译的诗。和这首诗一样长期被误认为是阿拜创作的还有许多首，如莱蒙托夫的《亲爱的，我长期地沉默着》、《蓝天在微微地笑》、《好吧！我相信你的话》和克雷洛夫的《我看见高大的桦树倒在地上》等共十余首。经过人们长期考证，在1961年阿拉木图出版的《阿拜·库南拜耶夫》中，才把上面的诗从阿拜创作中分出来，列在他的译诗里。

为什么阿拜翻译的诗被误认为是他的创作呢？这是因为阿拜的译文不拘一格，形式多样。阿拜的译诗有直译，有意译，也有摘译和节译的。还有部分诗，译文的自由化程度较大，只能说是改写的。如果把阿拜的译诗和原文进行对照，那么会明显地看到下面一些现象：

（1）译文和原作的篇幅之间差距较大。如《波罗金诺》，原诗98行，译文只有20行；《捷列克河的礼物》，原诗76行，译文有38行；而克雷洛夫的寓言《乌鸦和狐狸》，原文是26行，译文竟长达47行。

（2）译诗前面的一两节或三四行内容和原文接近，而其余部分已经离开了原文，譬如《当影子慢慢伸长》。

（3）译文中有些只属于哈萨克和某些信仰伊斯兰教民族的词，如“冬不拉”“米合拉布[1]”等。

（4）有些译诗，包括克雷洛夫的个别寓言，完全摆脱了原文的格式，是按哈萨克诗歌四行一句的习惯排列的。

（5）在《叶甫盖尼·奥涅金》片段中增添了一组诗，并拟订了小标题《奥涅金临死前的自白》，共18行。通过这组《自白》，奥涅金的形象变得正直又高大，赢得了人们更多的同情。

对上述现象，今天的翻译工作者可能认为这不符合翻译的原则。然而，哈萨克读者像阅读阿拜创作的诗歌一样，手不释卷地阅读他翻译和改

① 米合拉布：伊斯兰教清真寺正殿的壁龛。

写的诗歌，尤其是《叶甫盖尼·奥涅金》的片段。有些能够阅读俄文的诗人和评论家认为，艺术质量并不比原文逊色。甚至有人讲过：阿拜翻译的诗有的比原文还好。《哈萨克百科大辞典》的《阿拜》条目中写着："在某些诗的翻译中，阿拜仿佛是在和莱蒙托夫进行诗艺的竞赛，努力使自己译文的质量超过原作，有时似乎达到了这一目的。比如《捷列克河的礼物》译文中的个别描绘，好像比原作还要精彩……"

从严格意义上讲，译文比原文好的说法是不能成立的。特别是理论、政治、科技等文章的翻译，更要严格地遵循原文。但在文学作品的翻译中，译文的质量比原著好的例子确实是不少的。如果把翻译当作再创作，那么文艺作品译文的质量比原作好的说法并不违反科学。这样说，绝不是认为阿拜译文的水平普遍超过了俄罗斯文学大师普希金和莱蒙托夫的原作，其实《哈萨克百科大辞典》中也明确指出："也有的译文质量没能达到原作的高度。"上面举出个别例子，只是为了说明哈萨克读者对阿拜译著的评价和折服程度。

如果进一步研究阿拜的译文，将会产生这样的看法：虽然有的译文篇幅大幅度地增加或减少，但并没有歪曲原作的内容，也没有损害它的艺术质量。克雷洛夫的《乌鸦和狐狸》，译文虽然比原作增加了许多行，但哈萨克读者并不认为这是多余的。相反，他们认为这更适合他们的欣赏习惯。《捷列克河的礼物》行数虽然少了一半，译文却保留着原作的主要内容，也没有损害原作的主题。读者依然可以听到捷列克河愤怒的咆哮，看到河水像一条不可驯服的蛟龙翻滚着从眼前流过，奔腾着涌向大海。为了加深理解，这里引《捷列克河的礼物》的第一节进行对比：

不驯的捷列克河咆哮着，怒吼着，
从群山、巨石间劈开了一条道路；
它像雄狮的鬃毛不停地摆动，
像巨龙的身躯一样千曲百折。

上面的四行诗是根据阿拜翻译的哈萨克文转译的，下面是余振先生从原文译成汉文的诗：

在那巍峨峻峭的高山间，
捷列克河在狂暴地吼叫，
泪水化作了浪花在飞溅，
哭声好像那呼啸的风暴。[①]

余振先生的译文是逐字翻译的，准确地表达了原文。阿拜译文的后两句和原文不同，但也同样显示了捷列克河桀骜不驯的性格。肯定有人不同意阿拜的翻译方法，但哈萨克文学研究者包括前面援引的《哈萨克百科大辞典》都肯定了阿拜的译文。

《波罗金诺》是阿拜最早翻译的一首诗，应当说是试笔。阿拜从长达98行的原文中只摘译了20行，但却准确地选择了最能代表原作中心内容的两节，突出地表达了原作的主题思想：通过回忆前辈不屈不挠的反抗精神和他们在保卫祖国、打击侵略者的战争中所表现的英雄气概，批判了当代人的昏庸无能及无所作为。虽然这首处女译作的质量比不上他以后的译著，但仍然被认为是莱蒙托夫原作的有代表性的译文，在哈萨克中小学课本中也都收入了阿拜的这首译诗。

《当阴影慢慢伸长》等诗的翻译，是一种特殊情况，对此要做具体分析。如果在某首诗中由译者改写的比重大于翻译部分，这首诗应该属于改写。其实《当阴影慢慢伸长》等过去被认为是翻译的诗，在阿拉木图文艺出版社1961年出版的《阿拜·库南拜耶夫》中已归属于阿拜的创作。

为什么阿拜把一些哈萨克民族特有的单词“塞进”了他的译文里？譬如“冬不拉”“塔拉克”等。这样做会不会影响作品的民族特色？这是需

① 见上海译文出版社1983年出版的《莱蒙托夫诗选》222页《捷列克河的礼物》，译者余振。

要研究的问题。可以肯定，阿拜不是存心要普希金和莱蒙托夫的诗完全哈萨克化。阿拜之所以要这样翻译，可能出于以下两种原因：一是读者容易理解；二是在当时的条件下，也只能这样翻译。因为哈萨克当时还没有“竖琴”这种乐器，如果不译作“冬不拉”，只能采用借音的做法，那就要做一连串的注释，但这在当时是困难的。由于印刷条件的限制，阿拜的多数诗是凭人们口传和手抄保存的。阿拜不可能向读者作烦琐的说明，而只能选择感情色彩接近的词来顶替。这种情况，在其他民族早期的文学翻译中也是存在的。

至于诗歌形式的变动应该是容易理解的。在文艺作品的翻译中，形式和体裁变动的情况是常有的。荷马的史诗、莎士比亚的诗剧都曾译成散文，拜伦的诗最早也被译成五、七言体。阿拜把俄罗斯的格律诗译成哈萨克四行一节的诗，也是为了更好地表达原作的思想内容，适应读者的欣赏习惯。从哈萨克读者喜爱阿拜译文的情况看，如果硬套原诗的格式，也许不可能拥有那样多的读者。

阿拜从事文学翻译的主要目的是介绍和宣传进步的民主主义思想，因此他需要选择能达到这种宣传目的的最好形式。哈萨克民族虽然有悠久的诗歌传统，但在19世纪还很少有人系统地翻译其他民族的诗歌，哈萨克读者对俄罗斯的格律诗还很陌生。因此，用哈萨克诗歌的传统形式来翻译，能产生更好的社会效果。

哈萨克民族在历史上长期受其他民族的侵扰，这必然会产生一种戒备心理。他们在接受其他民族的文学艺术时，总要认真地进行鉴别。阿拜用哈萨克诗歌的传统形式翻译其他民族的诗歌，完全符合哈萨克民族的心理状态。阿拜的译诗像移植到北国草原的南方果木，既保存着它固有的气质，也吸取了草原的泥土气息，这就能为草原人们所喜爱。哈萨克读者正是通过他们所熟悉的韵律和节奏，逐渐地接受了进步的民主思想。

阿拜按照哈萨克传统长诗的创作方法改写了普希金的诗体小说《叶甫盖尼·奥涅金》。他根据小说的内容拟定了以下八个标题：

（1）奥涅金的性格

（2）达吉亚娜致奥涅金的信

（3）奥涅金的回信

（4）奥涅金的表白

（5）奥涅金致达吉亚娜的信

（6）达吉亚娜的表白

（7）连斯基的表白

（8）奥涅金临死前的自白

从标题就可以看出，长诗的主要人物都出场了，很明显，阿拜是要通过有重点的改写，反映《叶甫盖尼·奥涅金》这部诗体小说的全貌。实际上《叶甫盖尼·奥涅金》全文的哈萨克文正式译本问世以前，读者一直是通过阿拜改写的片段来欣赏《叶甫盖尼·奥涅金》的。

从上面介绍的情况看，无论是翻译还是改写，阿拜的目的在于表达原作的主题思想和内容，因而在形式上没有受原文的约束。但有的诗，如果逐字逐句地翻译能更好地体现原作的意境和韵味，阿拜并不执意采用意译，也没有改写。比如莱蒙托夫的短诗《孤帆》《被囚的武士》等就是直译的，译文的形式、内容、风格都接近原作。可以看出，阿拜翻译的原则是这样的：一是译文要准确，但要有诗意；二是形式上不受原诗的约束；三是节译和摘译的诗要译出原作的中心内容或部分重要内容。

为了准确反映阿拜的文学活动，对于过去认为是翻译的作品应该认真加以分类：根据真实情况对于节译、摘译、仿作、改写、部分改写的都在标题下加以注明，分类列在一起。哈萨克斯坦的学者曾有过类似的考虑，如《哈萨克文学史》中曾指出："根据这些现象，应当提出对阿拜翻译的全部作品进行认真对照和分析这样具体的任务。"[①] 遗憾的是，这样中肯的意见没有引起人们普遍的重视。迄今为止，所有出版的阿拜诗文集中都沿用以往的做法，只一般地分为创作和翻译两大类，而不指出节译、摘译、

① 译自哈萨克斯坦社会科学出版社 1961 年版《哈萨克文学史》第二卷 457 页。

改写等不同情况。这种做法，既不利于研究阿拜的文学活动，也不利于学习和借鉴阿拜的翻译方法。

这里特别强调对阿拜的译诗加以分类，还有另一层含意。它对于了解哈萨克文学翻译史和我国一般文学翻译史都有极为重要的意义。因为阿拜翻译普希金和莱蒙托夫作品的年代，要早于我国介绍俄罗斯文学的时间。阿拜的翻译活动和译著可以向我们提供文学作品早期的翻译情况。阿拜译文鲜明的个性，使它在文学园圃中别树一帜，是研究文学翻译史不可缺少的珍贵资料。

阿拜从事文学翻译的时间已逾百年，这期间翻译这门学科在不断地前进和发展，翻译技巧也一天比一天丰富和完善，并且形成了严谨的理论体系。在今天，当我们学习阿拜的翻译方法和翻译风格时，主要应学习他对原文精深的理解程度和驾驭文字的功力。但要严格区分哪些是属于阿拜改写的，哪些是属于翻译的，不宜提倡用阿拜改写《叶甫盖尼·奥涅金》的做法翻译文学作品。另外节译和摘译虽然是文学翻译中可以采用的方法，但在有条件的情况下，应该尽可能地译出全文。节译固然需要，全译更不可缺。阿拜之所以采用节译、摘译、改写的做法，也可能是受到当时游牧生活条件的某些限制。阿拜翻译的许多诗，包括改写的《叶甫盖尼·奥涅金》，已经由哈萨克翻译工作者重新翻译过。这当然不是出于对阿拜译文质量的考虑，而是为了让读者在今天翻译出版条件已经具备时能看到原著的全貌。

应该说明，在哈萨克知识界中有人和阿拜同时，甚至比阿拜更早翻译过其他民族的文学作品。譬如阿勒吞萨林[1]翻译克雷洛夫寓言的时间比阿拜还早。哈萨克人民同样尊重他们的劳动。但无论是阿勒吞萨林还是其他翻译工作者所做的贡献，他们的译著所产生的影响，都不能和阿拜相比。只有阿拜的译著达到了当时哈萨克文学的高峰，也只有阿拜的译著能和当

① 阿勒吞萨林：19世纪下半叶著名的哈萨克教育家及社会活动家，曾翻译多首克雷洛夫寓言诗，被认为是世界观及社会思想接近阿拜的学者。

时世界著名翻译大师的译著并列而毫不逊色。哈萨克文学翻译这块园地，尽管有许多人耕耘过，但真正开辟这块园地并辛勤护理和浇灌的人应首推阿拜。哈萨克人民正是通过阿拜的翻译，第一次比较全面地认识了进步的俄罗斯文学。而哈萨克璀璨夺目的民间文学和作家文学，也是通过阿拜开拓的这一条道路走向世界的。

（四）充溢着东方意蕴的叙事诗

阿拜一生只写了三首叙事诗，诗的内容是根据东方的故事和其他作品改写的。阿拜一方面借鉴前辈阿肯们改编长诗的做法，一方面认真学习东方其他民族以及俄罗斯民族叙事诗的创作经验，这使他的叙事诗别具一格。

把其他民族、其他地区的故事和传说改编成诗歌，是哈萨克阿肯的传统创作方法之一。经过阿肯们改编的长诗，不但形式完全变了，连故事情节也会有一定程度的变化。哈萨克群众历来把这种改编的长诗当作阿肯们自己的创作，看来是有道理的。

非常有趣的是，阿肯们在改编长诗的过程中，往往伴随着演唱。这不但使哈萨克人民群众在交通闭塞的年代，有幸接触到草原以外的大千世界，同时也丰富了他们的文化生活，因此改编长诗的做法是深受人们欢迎的。在哈萨克民间叙事诗中，由阿肯们改编的长诗，占有相当的比重，习惯上称作“黑萨”（汉文有的译作“传奇长诗”），以区别于民间原有的“英雄叙事诗”和“爱情长诗”。

和历代阿肯的做法一样，阿拜的三首叙事诗《麻斯胡特》《伊斯坎德尔》《阿吉木的故事》也是按照自己的艺术思考和审美追求改编的。从《麻斯胡特》内容看，阿拜在改写这首长诗时，依然遵循着自己的创作原则：“绝不为个人消遣去挥舞笔墨，只为了勉励那些上进的青年。”在《麻斯胡特》里蕴含着阿拜关于人生重大问题的思考。

《麻斯胡特》是由以下两个故事构成的：

住在巴格达的青年麻斯胡特，在郊外遇见了手持凶器的强盗在抢劫一位白发苍苍的老人。麻斯胡特奋不顾身地去救老人。他赶跑了强盗，但自己也受了伤。那位老人原来是克德尔天使。他为了报答麻斯胡特的救命之恩，请麻斯胡特第二天在原地相会。

第二天见面后，老人领麻斯胡特到一处破旧的墙垣，那里正开着一朵鲜花，花朵下面吊着红、黄、白颜色不同的三枚浆果。老人告诉麻斯胡特，白色的代表智慧，黄色的代表财富，红色的代表爱情，请他随意选择。麻斯胡特选择了红色的浆果。老人对麻斯胡特的选择表示满意，并赐给他“夏木西汗”（照耀世界的太阳）的称号。而麻斯胡特最后竟成了当朝的宰相。

如果把《麻斯胡特》按它的故事情节分作前后两部分，那么下面就可以算作长诗的后半部分。

一天夜里，老人在梦中告诉麻斯胡特，说某月某日要下一场含有毒素的大雨，凡喝过雨水的人都要疯癫七天。老人让他们贮存一些净水，以避免中毒后失去理智。麻斯胡特把梦中的情况告诉了皇帝，并遵照老人的嘱咐贮存了净水。

事情果然像梦中讲的那样，在老人预见的那天下了大雨。喝了雨水的人疯疯癫癫地闯进宫廷里无理取闹。皇帝和宰相好不容易劝走他们。可他们刚出宫门又返回来，要杀死他们君臣，并声言他们君臣二人才是疯子。皇帝和麻斯胡特无可奈何，只得喝几口雨水，变得和众人一样。

长诗的前半部和俄国著名作家屠格涅夫的散文诗《东方的传说》的情

节大致相同，后半部的故事是《东方的传说》里所没有的。这部分是阿拜用自己虚构的情节补缀的呢，还是用另外一段故事嫁接的，笔者缺乏充分的资料说明。但无论哪种做法，都不违反“黑萨”传统的创作规律，也不影响我们肯定《麻斯胡特》的主题思想是属于阿拜的。阿拜根据自己对主题的思考，把两个故事巧妙地结合在一起，写成了这部完整而又别致的长诗。

从前面介绍的内容，可以看出《麻斯胡特》的主题思想：群众应当有自己拥护的品德高尚的领袖，但领袖还必须有大智大勇，他能够在决定群众命运的关键时刻审时度势，运筹帷幄，做出正确的决定，而不做群众的尾巴。阿拜在长诗的结尾处点明了它的主题：

如果你相信多数人的狂言，
这就是一次最典型的事件：
不加思考盲目地跟随众人，
将会贻误大事而终身遗憾。

《麻斯胡特》的主题思想，在阿拜各个时期的其他作品中，尤其是在他的散文集《箴言集》中都有程度不同的表现，因此可以证实这是阿拜长期以来一直思考着的重大主题：

真正勇敢、大无畏的巴吐尔……，有胆识为迷路的人指明方向，而不像牧人的狗只会尾随转场的队伍。凡理智认为是正义的行为，即使有困难，他也敢于承担；凡理智所不能接受的，即使再容易，也不让步。

——《箴言集》第14篇

难道胡大告诉过谁，只要跟随在众人后边就可以；他不惩罚众人，对众人无能为力！……

知识是先由众人传播的呢?！还是先由个人传播的?！……

当不识路的众人迷失方向时，有一个识路的人难道没有用吗？

——《箴言集》第23篇

阿拜正是按照上面的观点，在《麻斯胡特》中塑造了一个有勇气、有正义感，但缺乏作为领袖应有的智慧而终于失败的典型。阿拜通过《麻斯胡特》挞伐了没有主见、跟在群众后面摇摆的所谓领袖。

对长诗《麻斯胡特》艺术上的成就，曾有过一些不同的看法。有人认为长诗前后的两个故事之间缺乏逻辑的联系，因而影响了它的艺术效果。1961年哈萨克斯坦社会科学出版社出版的《哈萨克文学史》（以下简称《文学史》）中也是这样写的：

> 阿拜在叙事诗中把思想的阐述放到重要位置上，代替了故事的描绘。因而叙事诗的结构没有达到理想的那么和谐及完整。这从叙事诗的第二部分看得更清楚。从故事的结构安排看，不符合情节逻辑的发展。因为，如果服从完整复杂的情节结构，应该看到麻斯胡特吃过红色浆果后的行动。
>
> 当然，第二部分“令人发疯的水”所引起的重大变化，是引人入胜的。这里也反映了阿拜对某些荒唐行为所持的尖刻的讥讽和幽默的批评态度。
>
> ——《文学史》第2卷第444页

如果仅从长诗的情节来看，《文学史》所做的分析无疑是正确的。因为从第一个故事向第二个故事的过渡有些突然，使长诗的前后两半部衔接不起来。但如果从《麻斯胡特》的主题来考虑，前后两半部分之间似乎有不可分割的联系。前半部描写麻斯胡特凭着自己的勇气，仗义行侠而成了当朝的宰相。而后半部却描写麻斯胡特因为缺乏领袖人物的智慧和胆识，不能“为迷路的人指明方向”，终于跟众人一起陷入泥坑。如果这样理解《麻斯胡特》的结构层次，那么就会认为，这部长诗不但寓意深远，艺术方面的成就也是比较好的。

阿拜的另一部叙事诗《伊斯坎德尔》，是描写马其顿国王亚历山大（即伊斯坎德尔）的。亚历山大崇尚武功，性好征战，在位期间曾侵占波斯、叙利亚、埃及等国。公元前 326 年进入印度，在东起印度西至尼罗河的大片土地上建立了亚历山大帝国。亚历山大是世界文学中引人注目的人物，许多国家的文人记述过他的事迹，但评价不尽相同。12 世纪阿塞拜疆著名诗人尼扎米的长诗《伊斯坎德尔纪事》是一部规模宏伟、史诗般的作品，和他的另外四部长诗统称为《五诗集》，在中亚人民中间有较大的影响。

阿拜改写的《伊斯坎德尔》，是取材于尼扎米的长诗《伊斯坎德尔纪事》的，不过阿拜的《伊斯坎德尔》篇幅较小。他只从尼扎米的长诗中撷取了伊斯坎德尔远征中的一段故事，并依照自己确定的主题，塑造了和《伊斯坎德尔纪事》的主人公完全不同的典型。

在尼扎米的长诗中，伊斯坎德尔是没有任何缺陷的正面形象，是一位救苦救难的理想的君主。他一生风尘仆仆，鞍马劳顿，是为了寻找一个没有压迫、没有抢夺的理想之国。阿拜却反其道而行，把伊斯坎德尔写成了骄横贪婪的武夫：

他野心勃勃地聚集了武装，
和左右邻邦动起了刀枪。
杀死了邻国的皇帝和群臣，
把没有戒备的城镇掠尽抢光。
……屈服的生命变成了奴隶，
投降的城镇被洗劫一空。

阿拜把伊斯坎德尔写成反面人物，是出于他对于主题的思考。阿拜是要通过挞伐伊斯坎德尔，表达他反对侵略和暴政、主张和平睦邻的思想。

长诗在披露伊斯坎德尔野蛮残暴、杀人成性的同时，用较多的笔墨描绘了这位暴君碰壁时的狼狈相。阿拜通过天庭守门员的回答，对伊斯坎德尔做了历史的判决：

你属于气量窄狭、阴险的小人，
这儿不容许你这样的人猖狂！

尽管伊斯坎德尔叱咤风云、不可一世，但阿拜却使他默认了自己是一个愚蠢的、不足挂齿的生命：

他说，“感谢上天指教了我！
我过去所做的事毫无意义。”

可以理解，阿拜改写《伊斯坎德尔》的目的，不会是故意和尼扎米唱反调，不是要通过贬低一位中亚著名的古典诗人而抬高自己。阿拜之所以要选择伊斯坎德尔做他的长诗的主人公，显然是因为伊斯坎德尔这一具体人物可以作为暴君的最理想的典型。但也可能包含另一种理由，由于对历史的责任感和正义感，阿拜想通过他的作品恢复历史的本来面目。因为伊斯坎德尔确实给中亚，甚至更广阔的地区造成灾难。但无论出于何种用意，阿拜所选择的这一人物是有典型意义的，他的改写是有魄力的，也是成功的。

在阿拜改编的三部叙事诗中，《麻斯胡特》和《伊斯坎德尔》是已经完成的两部作品，可以作为研究阿拜改编长诗的依据。从艺术方面的成就讲，这两部长诗各有特色；从内容方面讲，《麻斯胡特》比《伊斯坎德尔》的现实意义更大。因为在19世纪，哈萨克各部落、各阶层中，盲从和轻信不是罕见的现象。因此，阿拜的《麻斯胡特》无论对于群众，还是对于部落里大大小小缺乏独立思考习惯的头人，都会起到一定的教育作用。

阿拜的第三部叙事诗《阿吉木的故事》，是根据阿拉伯古典名著《一千零一夜》中《哈桑的故事》改写的。全诗 107 节，428 行，写到阿吉木经历了一场灾难，在逃亡中遇见两位姑娘。阿吉木和两位姑娘结识后认她们做姐姐，并留在她们那里。阿拜改写的这一部分和《哈桑的故事》情节没有多大出入。阿拜最初的改写计划显然不是要在这里收尾：

有一天两个姑娘偶然出去，
只有阿吉木一人留在家里，
正当中午，他悄悄地走到花园，
贸然推门向里边走去。
阿吉木眼前是环形树林，
一泓池水边缘由卵石砌成；
树上结着多种颜色的果子，
枝头上处处是悦耳的鸟声。
园林四周是大理石的墙垣，
各种奇花异草让人流连忘返。
阿吉木正在那里呆呆地出神，
不知从何处飞来奇异的鸟群。

从上面的引文看，长诗在引人入胜的地方突然停笔了。假如阿拜打算让他的长诗收尾，他会给主人公在略微靠前或靠后的地方安排一个更适宜的场合。阿拜不会无视读者的欣赏趣味，让长诗在不该中断的地方戛然而止。至于阿拜为什么没有写完，因为缺乏确切的资料，无法做出准确的判断。

从《文学史》记载看，阿拜作品的搜集者最初得到的《阿吉木的故事》即是一部未写完的草稿。但《文学史》的编者认为，诗稿的后半部有可能在传抄中遗失。

虽然《阿吉木的故事》是一部未写完的作品，但可以肯定，如果阿拜把《哈桑的故事》全部改写完毕，那么他留给我们的将是一部内容丰富多彩、艺术上更加完美的作品。

上面分别谈到了阿拜改写三部叙事诗的部分情况，如果把阿拜的诗和历代阿肯改编的“黑萨”比较，将会发现两者之间既有某些相同之处，又有明显的区别。“黑萨”的特点是故事性强，语言朴实，情节迂回曲折，适合在群众中演唱。阿拜的三部叙事诗可以说不同程度地吸收了“黑萨”的这些特点，无论其中哪一部，都可以和“黑萨”一样演唱。而且只要听一听开头的两段，就像听最精彩的“黑萨”一样，非要接着听下去不可，如《伊斯坎德尔》的开头：

这些人听说过伊斯坎德尔不？
马其顿帝国是他的乡土；
他是菲利浦皇帝的儿子，
是个骄横贪婪的武夫。
菲利浦死后他继承了皇位，
年纪不大，刚满二十一岁；
他觉得自己的疆域太小，
想兴兵侵占别国的领土。

阿拜没有用过多的笔墨描绘伊斯坎德尔远征的经过，他只用精练的几行诗指出了这位暴君如何征服了所有的邻国，最后走进一片浩瀚无垠的沙漠。故事正是从这里开始的，听众虽然没有听到刀枪的撞击和惊心动魄的厮杀声，但同样被意料之外的情节吸引住，沉浸在新的意境中。当人们听完艺人演唱，或直接从书本上读完《伊斯坎德尔》以后，一定会意识到，从阿拜的叙事诗中可以得到从其他“黑萨”中不容易得到的更珍贵的东西，这就是“开启人们心灵的钥匙”。阿拜的叙事诗由于主题明确，寓意深远，必然会引人回味，让人不断地思考。而传统的“黑萨”因为是偏重于讲故事的，一味追求情节的离奇，有的不免忽略了主题思想，因而不可能像阿拜的叙事诗一样，给人留下深刻的印象，起到明显的教育作用。

阿拜叙事诗的另一特色，是它严谨的艺术结构。虽然有人提出《麻斯胡特》前后两半部之间有结构不协调的现象，但这意见是很难成立的。其原因，在前面已做了详细说明。如果和传统的“黑萨”比较，阿拜叙事诗的这一特色会显得更突出。由阿肯们即兴演唱的“黑萨”，不可能做到精心的剪裁，有时难免重复和冗赘，出现结构上的松散现象，阿拜的叙事诗却避免了这一缺欠。当然，哈萨克的“黑萨”数以百计，其中不乏精彩的作品，这里指出结构方面的松散，只是和作家创作的叙事诗比较而言，并非认为所有的“黑萨”都是如此。

文字流畅而优美，是阿拜叙事诗的又一特点。阅读阿拜的原著会发现，它一方面保持了“黑萨”语言朴实的传统，另一方面又使叙事诗的格律和节奏达到高度和谐。阿拜的叙事诗不仅可以由阿肯们像“黑萨”一样演唱，也可以挑选其中精彩的片段像抒情诗一样朗诵。总之，无论从主题的提炼，还是情节的安排，以及语言的表达等方面，阿拜都有所创新。因而阿拜的叙事诗才能独树一帜，成为哈萨克叙事诗的范本。在阿拜以前，也有人试图创作新的叙事诗，但未能摆脱“黑萨”的格调（准确地说，没有摆脱民间口头文学的格调，因为“黑萨”只是哈萨克民间长诗的一种）。因此可以说，在哈萨克文学史上从阿拜开始才有了标准的书面叙事诗。

这里应当补充说明：哈萨克民间长诗除“黑萨”以外，还有“英雄叙事诗”和“爱情长诗”，它们同样对阿拜的创作产生过影响。但比较而言，“黑萨”的影响要大一些，因而着重谈了“黑萨”和阿拜长诗的关系。

阿拜的叙事诗达到的成就和它在哈萨克文学史上的重要地位应当肯定，但这并不是说阿拜的叙事诗达到了顶峰，不能再提高。不是的，如果说阿拜的叙事诗达到了艺术的高峰，也只能限于他那个时代，只能是和“黑萨”比较而言。阿拜逝世已逾一个世纪，哈萨克文学艺术在世界范围内取得了令人瞩目的成就。即使以长诗而论，在思想性和艺术性方面超过阿拜这三部叙事诗的也为数不少，这完全合乎艺术发展的规律。然而哈萨克人民对阿拜的叙事诗仍然推崇备至，因为它是哈萨克诗歌园地中开花结果最早的艺术珍品，具有开创性的意义。具有开创性的事物，永远是可贵的。

诗歌是注重抒情的文学形式。这里却没有介绍阿拜的抒情诗。原因是穆合塔尔的文章中对阿拜的抒情诗按写作年代依次做了详尽的评述。这里如再重复，无异于画蛇添足。其次，从阿拜各种题材的诗歌中，都可以感受到抒情诗歌的意蕴。而这正是阿拜被尊称为“诗圣”的原因。

（五）关于哈萨克谚语的评述

哈萨克是口头文学比较发达的民族。哈萨克谚语不但数量多，而且实用性强，受到人们的普遍喜爱。旧时部落里的领导人在解决部落的重大问题时，也往往借助谚语来表达自己的意图，有时甚至把某条有影响的谚语和格言当作判断是非、权衡利弊的准则。可见谚语在哈萨克人生活中所占的重要地位。

阿拜对谚语的重要性、谚语所能产生的社会效果都做过精辟的论述，他自己也非常重视在文章中准确地使用谚语。从阿拜的散文《箴言集》中可以看到引用谚语的最好范例。比如在号召人们加强团结，阐述团结对过着游牧生活的民族所具有的重要性时，阿拜曾引用“六个人团结得不好，会失掉手头的东西；四个人团结得紧，能获得远处的财富”这条谚语。在说明部落里官越多，老百姓越受罪这条真理时，曾引用“有两个毕官就有四个案件”这条谚语。由于这两条谚语选择得准确、恰当，因而所要表达的事理被衬托得更加明朗，给读者的印象也十分强烈。这显然比抽象的说教会产生更好的效果，起到更大的教育作用。正因为阿拜充分认识到谚语所能起到的重要作用，因此他特别强调要准确地选择和使用谚语。阿拜反对人们随心所欲地滥用谚语，尤其反对人们轻率地根据某条谚语决定生活中遇到的重大问题。他看到人们把“成败取决于人，不取决于事”这条谚语当作真理，并以此来决定自己的行动时，沉痛地说：

> 我们哈萨克流传着这样的谚语：“成败取决于人，不取决于事。”它的意思是：一个人的成功不取决于他所做的事是否正确，而看他的手段和诡计如何。
>
> ——《箴言集》第 3 篇

在阿拜看来，19 世纪哈萨克部落中那些无端的纠葛、无休止的争论、经年累月的抢夺，在一定程度上受到这类谚语的影响。如果继续这样下去，将贻害无穷。他曾针锋相对地写了一条格言：

> 从一个人做事的动机可以判断他的人格，不需要看他如何行事。

阿拜写的格言还很多，大部分都是有针对性的，其中人们最常引用的是：

> 即使给劣马披锦戴花，
> 劣马也不会超越骏马。

> 为自己操劳的人，和啃草的牲畜没有区别。
> 为人类的需要操劳的人，才会得到真主的赏识。

阿拜撰写的格言，对于群众中流传的不健康的和有害的谚语显然是一种否定和批判。

为了帮助人们正确地选择和使用谚语，阿拜对于长期被人们曲解和错误使用的个别谚语做了新的说明。他解释“幸福的前提是团结”这条谚语时指出：

哈萨克人这样理解：团结是指骑马、吃饭、穿衣、一切财产都不分你我……

这难道是团结？

不，团结是指思想上的一致，不是指花钱不分你我。

用钱买来的团结是应该诅咒的。

——《箴言集》第6篇

以上是阿拜对团结的理解，也可以认为这是他对“团结”这一概念所做的定义。

阿拜非常注意哈萨克各个部落之间的团结，认为没有团结就不会有哈萨克民族的进步和发展。阿拜作品中有关团结的格言、诗句和论述，不但对19世纪哈萨克部落之间的联合和团结起到了促进作用，对整个哈萨克民族的进步和发展也产生了一定的影响。

阿拜看到某些人滥用谚语所产生的不良后果，认为有必要劝告人们端正使用谚语的态度，帮助人们提高对谚语的鉴别能力。他希望从群众经常使用的谚语中剔出那些会造成人们精神萎靡不振、违犯社会道德、违背民族利益的谚语。为此，他在《箴言集》中曾多次评述谚语，并对不健康的、有害的谚语进行了批判。

哈萨克的谚语数以万计，要全面地进行评述是困难的，因此阿拜的评述工作只能是示范性的。他对不健康的、有害的谚语的批判也是有所侧重的。

从《箴言集》的论述中可以看出，阿拜特别注意鉴别那些和人民的切身利益有关、和民族的命运有联系而又常被人们引用的谚语。对这类谚语中内容不健康和有错误的，阿拜总要进行详细的分析，并指出其错误的原因。对于一些内容虽然有错误，但错误较明显，不至于被所有人曲解，或者即使被曲解、被引用，也不至于引起祸端的谚语，大多采取眉批形式，用一两句话指出其错误所在。比如对下面几条谚语的批判：

“既然穷，就别顾羞耻。”

——没有羞耻的人活着有什么意思？

“找到窍门，雪也可以点燃。”“话说到点子上，没有讨不来的施舍。”

——这是最无耻的话。与其找窍门，耍嘴皮，低三下四地生活，为什么不用自己的汗水从土地上寻找呢？

“与其当一百天骟驼，不如当一天雄驼。”

——我不知道，为了当一天雄驼，脊梁上不沾驼鞍，疯疯癫癫跑得瘦骨嶙峋有什么好处？

“碰到金子，神仙也离开正路。”

——这话应受到神的诅咒。神仙要金子有什么用呢？这只不过是为自己的贪得无厌找个借口。

——《箴言集》第 29 篇

但阿拜在批判“能和众人在一起就是福气”这条谚语时，却写了大半篇文章。一方面因为这条谚语在哈萨克群众中被广泛采用，几乎妇孺皆知；另一方面，如果对这条谚语不能正确理解，将会妨碍人们独立思考，助长人们养成盲从的习惯。假如部落里的带头人迷信这条谚语，容易变成群众的尾巴，懵懵懂懂，迷失方向。因而阿拜着重批判了这条谚语。他在文章中这样提问：

难道胡大告诉过谁，只要跟在众人后边就可以……难道众人没有困惑的时候？

当不识路的众人迷失方向时，有一个识路的人难道没有用吗？

——《箴言集》第23篇

阿拜对谚语的评述，对不健康的、有害的谚语的批判，主要针对谚语的内容。阿拜深刻理解，一条内容有严重错误的谚语，一旦被人们曲解，并在商讨重大问题时用来作为决策的依据，将会贻害无穷。而谚语的形式毕竟没有它的内容那样重要。一条谚语，无论是单句式、双句式，也无论是排比的、对偶的，都无关紧要，不能像内容一样，对人们的思想行动产生重大影响。

应当指出，有些谚语并没有因为阿拜的批判而不再被人们引用，这道理是可以理解的。在阶级社会里，剥削阶级的思想意识，总会受到部分人的欣赏。代表剥削阶级思想的谚语也同样会受到他们的青睐，被他们所利用。这正是一些不健康的、有害的谚语能长期存在的社会原因。另一方面，也有一些不好的谚语，因为长期在民间流传，已经在人们思想中形成顽固的偏见，它只能随着社会发展的进程，随着人们思想认识的提高而逐渐被淘汰。还有一种情况，人们对个别谚语有不同的理解，或者在不同的时代有不同的解释，而阿拜之所以要批判这类谚语，是因为当时的多数人是从不好的方面去理解它的。而今天，人们却从另一种意义上使用着它们。比如“找到窍门，雪也可以点燃”这条谚语，今天常被人们用来说明智慧的巨大力量，在指导生产活动时加以引用。还应当指出，有的谚语，即使被阿拜着重批判过，如上面援引的“能和众人在一起就是福气”，人们依然在引用，不过人们已赋予它一种新的意义，认为这是尊重群众的智慧和意见。但不排除这种可能，正是经过阿拜的指点，人们才从积极的方面来理解和引用这条谚语，摒弃它消极的含意。如果这种分析正确的话，那么阿拜对谚语的论述，对不健康的、有害的谚语的批判，显然产生了深远的影响。但无论如何，阿拜对不健康的、有害的谚语的批判是有进步意义的。

和民间文学的其他形式，如史诗、童话、民歌比较，人们和谚语的接触面要广泛得多。一般来讲，群众中会咏史诗、讲童话、唱民歌的人并不很普遍，但即使是五岁儿童也能从父母那里学会一两条谚语。因此，对谚语的评述，特别是对不健康的、有害的谚语的批判，是严肃而又细致的工作。阿拜在评述谚语时采取了非常慎重的态度。他首先对哈萨克谚语做了总的评价，肯定了“哈萨克谚语大部分是好的”，在这一前提下才提出“但有些谚语不但不好，而且违背了天理人情。”从阿拜的文章中可以看到，他在批判那些不健康的、有害的谚语时，总要考虑这些不好的谚语会给自己的民族和人民造成什么恶果。在《箴言集》第5篇文章中，阿拜指出，一连串不好的谚语造成了人们之间的隔阂和不信任，甚至助长了敲诈、勒索、抢劫等坏风气，他痛惜地说：“难道这就是我们向往的国家和民族！”正因为阿拜是从全民族的利益出发评述谚语的，他的这一工作就显得更有意义，也赢得了哈萨克人民的信任和支持。

谚语是人民群众创造的，谚语的吐故纳新只能随着社会的发展逐步开展。阿拜关于谚语的评述，特别是对不健康的、有害的谚语的批判，只是为了帮助人们提高对谚语的认识和鉴别能力，绝不是对哈萨克谚语的最后审定。但阿拜对谚语的评述却是一个良好的开端，从阿拜评述谚语开始，人们才清楚地理解：并不是每一条谚语都包含着真理。谚语和文学的其他形式一样，有精华，也有糟粕。谚语中的糟粕不但会引人走上歧路，而且可能使整个部落和民族遭到不幸。

阿拜通过对不健康的、有害的谚语进行批判，把文学批评这种形式带进了哈萨克文学领域，开创了议论文的先河。另外，阿拜在评述谚语时一丝不苟的科学态度，他通过认真的、科学的分析所做的令人信服的结论，都为以后的哈萨克文学批评工作做出了示范。随着科学研究工作的深入开展，人们会更清楚地认识阿拜在这方面所做的贡献。

阿拜对不健康的、有害的谚语的批判，对我们今天的精神文明建设也有一定的借鉴作用。阿拜在谈到“幸福的前提是生命”这条谚语时说：

是指什么生命？是指心脏的跳动么？

不，畜生也有这样的生命。把这样的生命看得那么贵重是贪生怕死。贪生怕死的人是卑鄙的。为了自己的生存，从沙场、从劳动、从工作岗位逃跑的人，只会得到胆小、懒惰、庸俗的称号，变成他自己所追求的幸福的敌人。

不，这些都不是真正的生命。

生命是指人的有活力的思想和意志。

不然，即使你的心脏还在跳动，但思想已经僵化，就不可能理解探索知识的语言，不可能用辛勤的劳动不倦地去创造财富。

——《箴言集》第6篇

阿拜生活在19世纪下半叶，他从事写作的年代已远离我们一个世纪，但阿拜向他同时代的人们指出“生命是指人的有活力的思想和意志”对现代人仍有教育作用。在今天，我们不仅要用生命的活力去创造财富，还要用我们创造的财富建设社会主义祖国，造福于人类。只有把自己的一切，包括生命全部献给人类社会的进步事业，才能得到人民的尊重和爱戴，他的生命才能获得真正的价值。

（六）《阿克利亚》（《阿拜箴言集》）——哈萨克民族哲理名言

散文“阿克利亚”是哈萨克语的音译，原意是“智慧的语言”。1985年新疆人民出版社出版的汉译本即采用音译称《阿克利亚》；1995年民族出版社出版的汉哈文合订本称《阿拜箴言录》；2016年中国国际广播出版社出版哈萨克民族哲理名著时称《阿拜箴言集》，并将该书收入“中华大国学经典文库”中。

哈萨克萨坦20世纪学者白山拜·肯捷拜耶夫讲：“阿拜的多篇散文是对他以前诗歌创作的回顾和阐释”[1]这一观点已被学术界及读者认可。《箴言集》和阿拜的诗歌一样起到振奋民族精神、规范人们思想品格的作用，而文章的多样形式和优异的文采更是哈萨克书面文学普及时的范本，至今仍在不断地出版发行，甚至成为大学、中学的语文教材和参考读物。

凡有志于研究和了解阿拜的学者和文人，都该认真解读《箴言集》，其中的个别章节明确地显示了阿拜思想认识中的唯物主义倾向。这对了解阿拜的世界观至关重要。如《箴言集》第43篇开头第二段即讲：

> 人通过眼的观看、耳的聆听、手的触摸、舌的品味、鼻的嗅觉接触客观世界。一切事物都依它本来面目被分作好的和坏的，使人产生感觉……

上面所讲的很明显符合唯物主义的认识论，接下去通过对生命本能的解释，进一步阐明了上述观点：

> 生命的本能是多种多样的，其中最重要的有三种。无论如何不能失去它们，一旦失去它们，人将变成畜生。
>
> 一是灵敏性。当你看到某种现象，听到它的声音时，会有所感触。这时灵敏性就会使你尽快认识它。不但认识它，而且促使你尽快地思考它的前因后果……
>
> 二是感应性。当你见到某种现象或听到它的声音感到惬意时，你会联想到和它类似的东西。看它们完全相同呢，还是仅仅有某一处相同？……

① 译自阿拉木图作家出版社1986年出版的《文学的里程碑》141页，作者白·肯捷拜耶夫。

三是感受性。人如果能使自己的心灵不受虚荣、贪婪、轻浮、麻痹四种恶习的玷污，外界投射到人体内部的任何现象，都会明显清晰地印在心的明镜上……

《箴言集》里还在多处运用辩证法的规律解释了人及自然界的变化现象。如第 20 篇中讲：“世界不可能永恒不变，人的精力和生命也不可能永恒不变。造物主并没有给任何生物永恒不变的条件，那么人的思想感情怎么能不变呢？”在第 37 篇中又讲：“既然世界上没有永恒的事物，苦难怎么会是永恒的呢？在冰封雪冻的寒冬后面，不是紧跟着绿草如茵、碧波荡漾的温暖的春天吗？”

从以上的片段可以洞见阿拜思想认识中的唯物主义倾向和对辩证法的理解。

在《箴言集》的多篇文章中有和“造物主”同样带有敬意的同义词，如“上天”“安拉”“真主”等。有人据此认为阿拜是宗教意识深厚的穆斯林。由于这关系到阿拜的世界观，需要深入探讨。在前面的章节“光辉的业绩及历史功勋”中曾阐释阿拜对宗教的认识，其中尚有一点需要进一步说明：阿拜生活的 19 世纪，伊斯兰教曾是哈萨克全民族的信仰，在当时的社会环境中，不承认自己是穆斯林，则被视为异教徒。因此无论阿拜世界观的倾向如何，他必须承认自己是穆斯林。这表示他尊重人民大众的宗教信仰。即使在今天，世界任何地方的哈萨克人都承认并尊重阿拜的穆斯林身份，但这不可能否定阿拜的文化遗产中蕴含着鲜明的唯物主义成分，这也同样不影响他的穆斯林身份。因为，从个体的角度讲，穆斯林一词的宗教色彩有淡化的趋向。穆斯林和唯物主义已经不是不可接近的对立的概念。在今天的穆斯林中信仰唯物主义的大有人在。

阿拜要依照自己对唯物辩证法的理解，遵循事物变化的规律，改变不合理的社会现实，彻底根除酷似顽疾的民族劣根性。为此，在写诗配曲的同时又撰写了堪称经典著作的《箴言集》。

阿拜坚信普及科学知识是引导人们摆脱贫困落后的主要手段。他在《箴言集》第38篇中严厉指出：

> 应该根除危害人类的三种行为，第一是无知，第二是懒惰，第三是奸诈。无知是指科学知识的贫乏，而离开科学知识便无法了解世界。可以认为，无知的人无异于禽兽……

《箴言集》的第32篇是专讲科学问题的。

阿拜对研究科学的工作人员提出了六条建议，其中包括研究科学的目的、应该持有的态度及研究方法等。他的建议对今天的科学工作者仍具有参考价值。他告诫科学研究人员“研究科学应该以探求真理为目的，不要因嫉恨别人、和别人赌气而研究科学”，“科学和知识需要贮存它的容器，这容器即是人的品德。但愿这品德不被玷污”。这是在提醒科研人员要严防利用科研成果戕害生灵，毁灭世界文明。这段警诫性的文字更像是讨伐今天恐怖分子的檄文，这足以证明《箴言集》所具有的文献价值。

《箴言集》的内容极为丰富，包括哈萨克社会生活的各个方面。而与内容完美吻合的多种体裁会激发人们的阅读情趣和美感，使《箴言集》更像富有教育意义的美文集。

《箴言集》的45篇文章中除直抒胸臆的说理文外，还有对话、寓言，有如同格言的短句、设问，以及字数不多的小品。下面依次举例：

第17篇用拟人化的手法写“意志”、“智慧”和“心”互相争论，看谁在人体上占的位置重要，起到的作用大，最后经科学为他们三者做裁判。科学指出：“你们三位应结合为一体，并且让心做指挥。”文章反映了阿拜的道德观。阿拜认为，如果人的心受到了污染，意志和智慧是不会造福人类的。文章中把科学放在裁判的位置，足见阿拜对科学的重视。这篇文章在阿拜作品的总主题中占重要位置，下面援引的诗不但可以进一步证实阿拜对科学的格外重视，也可以证实阿拜的“散文是对他以前诗歌创作的回顾和阐释”。

敏锐的智慧如晶莹的冰凌，
温暖人体的是一颗纯洁的心；
应当理解——稳健与勤奋，
全都由坚强的意志产生。

只有具备智慧、意志和坚定的心，
才可以成为出类拔萃的人；
切不可把三者互相分开，
智力不全的人观感必然迟钝。

失去理智，丢弃欢笑和愤恨，
心将会毫无规律地跳动；
它们一旦分离将无法存在，
三者的关系有赖于科学的调整。

第 27 篇用苏格拉底和亚里士多德的对话探讨了关于上帝创造人的学说。可以看出是采用了《柏拉图文艺对话》的形式。文章由于较多地阐述了上帝创造人的过程，宗教色彩较浓，但对立的意见在文中表达得淋漓尽致。如亚里士多德反问“可这样神圣伟大的上帝，为什么还要我的祝告呢？我怎么知道造物主是关心我的呢？”这篇文章反映了阿拜对宗教的探索过程，对研究阿拜世界观的形成有重要作用。这里特别提到这篇文章，也因为它的内容和形式的巧妙安排。全篇是师生间有争议的对话，妙语连珠，犹如一篇散文诗。

第 35 篇是用寓言形式写的短文，反映了阿拜对宗教职业者的道德规范和要求，对研究阿拜的宗教观至关重要，特抄录全文：

相传人死后到阴间时，真主要让那些生前曾去朝圣的哈吉，以及毛拉、苦行僧、施主、殉教者等并排站立并审问。凡是在人世间专为沽名钓誉而从事上述职业的，被责令站在一旁；而为博得真主赏识从事上述职业的，被指定站在另一旁。

真主对第一种人讲："在人世间，你们是为了让众人把你们称作哈吉克、毛拉克、大教主、大施主、巴特尔而进行活动的，这儿不是你们的那个世界。你们感兴趣的那个世界已不存在，你们的活动也该随着结束了。在这里，你们不仅得不到尊重，反而要受到审问。我给了你们生命，给了你们财富，为什么你们一心一意着眼于今世却假借后世的名义，耗费你们的精力和财富去欺骗众人呢？"

对那些从事正当活动，专为博得真主的赏识而从事上述职业的人，真主会这样讲："你们专为了使我欢欣，耗尽了自己的财富，甚至献出了生命。我很满意。这里专为你们安排了受尊重的座位，请你们入座。除此以外，如果在这里能遇到你们生前的好友，即使他们没有亲自参与你们的活动，只要对你们表示过同情和支持，也可以善待他们。"

阿拜的散文不仅形式多样，而且都写得简明扼要、通俗易懂，这篇形似寓言的短文严厉挞伐了借宗教名义沽名钓誉的人，对宗教职业者起到了警示作用。

第 37 篇是仿照格言形式写的短句。其中有许多条常被人们在生活中引用，实际上已起到格言的作用。

如果希望你的事业成功，就要找到它的规律。

世界如海洋，时代如劲风；前浪与后浪，仿佛兄与弟；后浪推前浪，古今皆如此。

自食其力的庶民，比坐享富贵的皇帝可贵；热爱劳动的少年，比倚老卖老的长者可贵。

没有勇气的愤慨、不忠诚的爱情，缺少学生的导师，皆如无源之水。

第40篇是设问，共45条，下面列举几条：

当某一家有红白喜事需要资助时，亲友们总躲躲闪闪。可是让他们去抢夺，去偷盗，却很容易找到。这是为什么？

当你要让自己的马参加竞赛时，你的朋友表示赞同。可是当你的马获胜时，他却嫉妒你的胜利。这是为什么？

如果巴依的孩子家境破落了，让他去劳动赚钱，他感到害羞。可是去偷东西，他却满不在乎。这是为什么？

你把某人当作朋友，而且送给他乘马。可是当你的仇人送给他一匹小马驹时，他会立刻倒过去。这是为什么？

我国读者在阅读大诗人屈原的《天问》时都盛赞作者丰富的想象力及作品浓烈的浪漫主义色彩。有的诗歌爱好者能流畅地背诵全文。阿拜在本文中的提问虽不像《天问》涉及大自然的一切现象及历史上的风云变幻、奇闻逸事等，但同样受到哈萨克读者的喜爱。因为文章提到的每一条都关系到人们的思想活动、道德品质乃至人际关系。与《天问》相同的一点是文章只提问而不作答，答案留给读者去思考，而读者在思考时必然会联系与自身贴近的条目反复琢磨与品味。这会使读者心灵的颤动与文章的艺术魅力在温馨的氛围中不停地撞击。

下面再举一篇类似小品的短文。读者可以更好地了解《箴言集》45篇文章的多种形式。以第16篇为例：

哈萨克人并不盼自己所做的礼拜符合真主的旨意，只是跟众人一样膜拜，跪下去站起来了事。当小贩来收取赊销的债款时，他们会说：

“我所有的都在这儿，要不要，随你的便，我算清了！难道要我从地里给你刨钱去？”

他们要使真主的处境和那小贩一样尴尬。他们不思考，不学习，不净身，不下功夫把该念的念熟，而是随口说：“我懂的只有这些，年纪这么大了，叫我怎么去学！”“只要不怪我没有念就行了。舌头转不过弯，我有啥办法！”

难道他的舌头和别人的不一样吗？

从以上列举的文章可以看出阿拜在写作时会反复斟酌如何使文章内容和形式的结合做到完美无缺。

下面详述阿拜文章叙事的逻辑性和语言的感情色彩。《箴言集》中有多篇采用夹叙夹议的方式。以第 23 篇为例，文章开头讲：

我们哈萨克不能兴旺的原因，一是幸灾乐祸，二是安于现状。

幸灾乐祸的表现是：当他看到部落里出现了坏人，或者别人干了他没有干过的坏事，他会沾沾自喜地说：“他也能算人？愿真主保佑我别像他那样，和他比起来，我们不是要算有教养的人吗？！我和他比，不是清白得多吗？！”

接着是对上述现象的评议：

难道真主曾告诉过他，只要他比某某人强就可以了？还是哪一位贤哲告诉过他，只要有比他更庸俗、更坏的人，他就不再被算作坏人！

难道和坏人比就可以成为好人吗！

人不是要和好的比才能上进吗！

假如有一百匹马参加比赛，某人的马获得了名次。人们会问他的马争得了第几名，问它后边有多少匹马有什么意义呢？说自己的马跑在五匹马、十匹马前面也值得高兴吗！

后面采用了相同的叙事方法：

再讲安于现状，他们说："难道只有我们是这样吗？人们不都这样活着？""和众人在一起就是福气"认为只要跟众人在一起就是莫大的安慰。

最后详尽地说明了上面所讲的话是极其荒谬的：

难道真主告诉过谁，只要能随大溜就可以。它不惩罚众人，对众人无能为力?！……

难道众人没有困惑的时候！……

《箴言集》和阿拜的诗歌一样是他思想感情的结晶，每一篇文章都仿佛向沉睡中的人们呼喊，牵动着哈萨克民族的升沉与盛衰荣辱。而诗人的特质决定他的文章必然具有浓郁的感情色彩。

在《箴言集》的45篇文章中有意趣盎然的幽默和讽喻，有哀痛时的感叹，更有言辞过激的训诫。这使《箴言集》具备了鲜明的文学性质，供文艺爱好者们手不释卷地诵读，如以下的例句：

生命比躯体重要。应该使躯体服从生命的需要。但我们没有这样做。我们像寒鸦般乱叫，乌鸦般聒噪，飞不出阿吾勒的粪堆……（第7篇）

我常这样想：在今天，应该亲近和敬重哈萨克的哪些人？

敬重富豪吧——部落里没有真正的富豪，而恣意挥霍的富豪比狗还多。有的人为了利用别人，施点小恩小惠。有的人像一峰母驼，由于直肠里被塞进了盐水浸过的毡片，晕头转向，不得不叉开两条后腿，让别人像驼羔吃奶般随便吸吮。（第 22 篇）

再试读第 7 篇结尾的两段话：

没有智慧，没有信念，这比空有两只眼睛的畜生究竟强多少呢？倒是童年时候比现在好，无论懂与不懂，总还有求知的欲望，而现在连畜生都比不上。

畜生是不懂，但它并不装懂，我们什么也不懂，但偏要装懂，一旦和懂得的人争起来，会吵得面红耳赤，死也不肯罢休。

阿拜在文章中没有用“你们”而特意写成“我们”，把自己也囊括在“没有智慧”的众人里，感情熔铸在一起。这样做不但使人们容易接受，而且可以起到有力的鞭策作用。即使今天的哈萨克人阅读《箴言集》中这些带有厚重的民族感情和历史责任感的文字，也会有所感触；会感激阿拜在沙皇政府及封建特权严酷统治的年代为他的民族写下了一部能真正代表哈萨克民族文化及历史的文献性作品。

19 世纪下半叶，批判现实主义已在西欧文学中占主导地位，出现了许多揭露资本主义腐朽生活的优秀作品，产生了世界性的影响。从文学角度看，《箴言集》同样可以称作是批判现实主义的典范。阿拜的批判锋芒强力冲击着沙皇政府操纵的卜勒斯选举制度，认为那只是沙皇政府推行愚民政策的手段，是要利用群众盲从的惯性推举出甘愿为沙皇政府效劳的奴仆。但这种选举活动对于摆脱农奴制度还不太久的牧民群众却有极大的欺骗性。

为了消除广大牧民对沙皇统治集团所抱的幻想，阿拜在《箴言集》第 22 篇中着重揭露了当时的卜勒斯选举活动：

部落里没有任何人是通过正规渠道成为卜勒斯和毕官的。用钱买来的，乞求得来的，以及磕头换来的卜勒斯和毕官没有任何价值。

阿拜还辛辣地嘲讽了那些在沙皇军官面前摇尾乞怜，求得一官半职后又骑到人民头上作威作福的民族败类：

庸人们总想用阿谀奉承向别人讨好，只要有人轻轻地拍拍他的肩膀，他便会出卖自己的父母和骨肉兄弟，践踏自己的信仰和人格。这种人只要能博得少校军官的微笑，裤裆掉下来也不在乎。（第 25 篇）

阿拜的批判锋芒不但击中沙皇政权愚弄人民的选举制度，而且在提醒人民大众，他说："当官的，一面答应失主，要给他找回丢失的牲畜；一面又答应小偷，要营救他，于是两头受贿。""今天支持这一家，索取这一家的财物；明天又支持那一家，再索取那一家的财物。"阿拜认为生活中的纷争和纠葛，实际上是当官的挑起的。当官的越多，民间的纠纷也越多。他曾引用哈萨克俚语说"有两个毕官，就有四个案件。"阿拜明确地指出："每一个卜勒斯管辖区再选一名执法官，只会给群众带来灾难。"

从上面列举的几段引文可以看出，阿拜的目的在于向那些受蒙骗的贫苦大众指明：官匪本是一家，有钱即可以买到卜勒斯的爵位，当了卜勒斯又可以榨取人民身上的血汗来养肥自己。而人民精神上寄托的护佑者——至高无上的胡大，其实并不垂怜整年跟着畜群蹒跚、在风雪中游荡的苦命人。倒是那些为非作歹的恶棍，成天沉醉在羊羔美酒中，过着安闲舒适、轻裘肥马的生活。阿拜用简练的文字勾勒了一幅封建宗法制度的"百丑图"。应当说，即使再痴呆、再蠢笨的人看了这幅"百丑图"也会有所触动。阿拜批判现实主义的巨大力量，就在于它曾引起千百万无知的草原"贱民"对部落头人的憎恨，对胡大和"天国"的怀疑。虽然这种憎恨和怀疑所产生的力量当时并没有冲垮宗法制度本身，但它却像一股潜流，最终汇合到20世纪初的革命洪流中去。

《箴言集》里有关宗教的揭示是非常严肃的。阿拜不仅在第35篇中用寓言形式鞭挞了那些借胡大名义进行诈骗的掌教徒，而且严正地指明了宗教的实质：

> 如果宗教没有被掩盖的虚假，何必禁止人用智慧去思考它呢？如果连智慧都无法理解，那宗教又是怎么形成的呢？（第28篇）

阿拜从事文学活动的年代与批判现实主义在欧洲文坛占主导地位时的情况有所不同。19世纪下半叶欧洲资本主义社会的矛盾已经激化，资产阶级腐朽的本质已明显地暴露出来，而且引起了广大群众的不满和反抗。批判现实主义作为一种文艺思潮应运而生。而阿拜撰写《箴言集》时，广大劳动人民虽然过着极端贫困的生活，但并没有认识到当时社会制度的弊端，没有清醒地看到他们自身的缺陷和不足。因此阿拜在揭露生活的落后面时，还要给人们指出正确的生活道路，告诉他们如何做人。因而阿拜的批判现实主义还带有一定的启蒙性质：

> 如果你想站到聪明人的行列里，就应当每天，或者每星期，最低限度每一个月反省一次。（第15篇）
>
> 每个人只能用自己的智慧、学问、品德和修养与别人比较；夸耀其他方面比别人强是愚蠢的。（第18篇）
>
> 只有不断接近美好的事物，摒弃丑恶的东西，才能有所为，成为真正的人。（第19篇）

阿拜一方面批判自己民族的愚昧落后和因循守旧，另一方面又教育他的同胞要学习一切先进民族在物质生产和精神文明方面所达到的成就。因而他的《箴言集》和专事暴露的文学又有区别。另外，阿拜在揭露社会的黑暗面时，尽量避免对上流社会的糜烂生活做露骨的描绘和过多的渲染。这就保证了《箴言集》成为一部内容严谨的作品。对于19世纪的哈萨克人来说，《箴言集》像一面镜子，又像一盏指路明灯。它使哈萨克人看清了自己，也看到了前进的方向，指引哈萨克文学走上了革命的现实主义道路。

下　编

一、早期的阿拜评介：从民间阿肯吟唱开始到阿拜研究

在探讨早期的阿拜评介时应该观照哈萨克民族特殊的文化背景。在书面文学普及前的哈萨克文学主要指民间阿肯的吟唱。阿拜研究中如果只认可纸面上条分缕析、章节分明的评论和大块文章，不兼顾阿肯吟唱中的评介，不可能了解阿拜学的孕育过程，也会成为哈萨克文学史的一处空白。

不可否认，阿肯吟唱中对阿拜的赞赏比较零散，不像学者的论文结构严谨、条理分明。这是因为阿肯的吟唱多为即兴创作，有些是在诗艺的竞赛——阿依特斯中脱口而出的诗句，不可能有充裕的构思过程，但却是他们心灵至诚的感受。我们可以从中了解哈萨克书面文学普及前人们对阿拜的评价，了解阿拜学的起源。下面的几行诗是一位宗教私塾的老师——阿拜的学生和好友阔克拜的吟咏，可以看出阿肯吟唱的诗歌中同样有中肯的评介内容。

每当阿拜在斜米市出现，
会激发人们求知的欲念，
仿佛在科学的道路上追逐——
有议论、有商榷、有激烈的争辩。
阿拜在讲述各民族的兴衰史。
反复诠释，从不显得厌倦……
阿拜不欣赏衰退的现象，
厌恶事物的苟延残喘。
他向往新的教学制度，
渴望新事物早日出现；
阿拜劝我摒弃封建习俗，
为促进新文化多做贡献……

不但在阿肯即兴吟唱中有评介成分，在阿肯们阿依特斯的激烈交锋中也不乏这种精练的诗行。如 19 世纪著名阿肯布尔渐和沙拉（女）对唱时，沙拉曾贬低阿尔根部落的阿肯群体。布尔渐立即反驳道：

我们阿尔根可以说幅员辽阔，
繁华的大小城镇更不用说……

年轻的阿拜博学多才，
是青年人公认的楷模；
他的诗艺没有谁比得上，
凭你走遍哈萨克所有部落。

人们称他为“阿拜”是表示亲切，
连州、县官员都表示理解，
俄语、诺盖语都讲得流利，
知识面像海洋般宽阔。

他的原名是“依不拉黑木”，
真主给了他超人的天赋；
他处理任何事都不偏不倚，
远近的哈萨克都表示佩服……

我说过我们那里不缺少人才，
依不拉黑木早已经远近闻名。
哪一个哈萨克人能和他相比，
接触过他的人都表示尊重。

任凭你像蚊蝇般嗡叫，
也无损于他的名声……
他确实流放过行凶作恶的人，
只为了庶民百姓不再受欺凌！……

当代哈萨克阿肯不但没有丢弃先辈的这种优良传统，而且拓展得更加完美。阿拜150周年诞辰时在斜米市及阿拜县举行的纪念活动把它演绎到了极致。斜米市阿肯的对唱活动连续进行了3天。各州、县选派的著名阿肯争先恐后地在热情洋溢的文化氛围中吟唱。吟唱的总主题是评介阿拜的事业和发生在他周边的各类事件，以及阿拜处理这类事件时光明磊落的风范。而在全国各地阿肯的献诗中更充满着对阿拜的感佩与敬仰。这一切令人确信，哈萨克阿肯的吟唱是这个群体特殊的创作方式，对阿拜的评价是诚恳而公正的。

斜米市的阿肯木拉特别克·沃斯盘吟唱的《献诗》长达300多行，诗中涉及周边民族甚至英、法等欧洲诸国文化对阿拜的影响，也展示了哈萨克的阿肯文学是如何走向世界的。

我们终于迎来阳光普照的春天，
我要高声吟唱传统的观念，
好歌的风尚几乎要窒息，
今天要尽情宣泄多年的夙愿……
我在放眼眺望莫斯科那边，
两座艺术圣殿牵动着我的视线；
大诗人普希金和莱蒙托夫，
仿佛也在庆贺我们的盛典；
彼得堡和我们有特殊情结，
明智的人不会忘记那一段机缘……

卡克太编发的第一本诗集，
正是在这里印制出版。
阿拜大伯真诚地伸展双臂，
与到访的米海依勒斯结缘；
他号召人们学习俄罗斯科技，
跨越走向欧洲的门槛，
要赶超英、法等先进国家，
这是我们必然的起点……

从上面的《献诗》可以看出，在书面文学已经普及，书写阿肯即诗人已成为创作的主力军时，民间阿肯依然在用即兴吟唱的方式描述历史与现实。而在书写阿肯当中也有人沿袭旧传统，在纸面上留下了他们赞颂的声音。如我国优秀诗人哈孜本别克在纪念阿拜150周年诞辰时在《荟萃》上发表了一首赞扬阿拜的诗《阿拜——智慧的峰巅》。

阿拜——曾攀登智慧的峰巅，
创作无数精辟的箴言，
终身为哈萨克人呕心沥血，
是忧国忧民杰出的典范。

哈萨克人有谁不敬仰阿拜，
谁不钦佩他的博识与远见。
他的形象一天天变得高大，
气度像辽阔无垠的草原。
一首《我的哈萨克民族》，
是献给人民的铁的诤言。
他始终和人民站在一起，

分担着民族的苦难与忧患。

因为阿拜的诗蕴含着真理，
已被译成多种民族的语言。
无风的夜里一弯明月，[1]
会使你遨游神奇的草原。

伤感的屈原遇到了知音，
杜甫、李白也在聚会畅谈，
能在天国里以诗会友，
也许是所有诗人的夙愿。

哈萨克历史上只有他一人，
敢解剖本民族的劣根与隐患。
先辈的语言匕首般犀利，
子孙们都视作至理名言。

他永远活在人民的心里，
因为留下了不朽的箴言，
他的名字像常青树一样，
抵御着各种灰尘的污染。
他是时代辛勤的园丁，
用汗水浇灌了荒芜的草原。
虽然愚昧曾经与他为敌，
科学与智慧永远和他相伴。
阿拜已成为哈萨克的骄傲，

① 阿拜一首无名诗的第一句。（见《阿拜诗文全集》70 页）

阿肯们在为他吟诗立传。
阿拜这名字就是一座丰碑，
宣示着哈萨克民族的尊严。

上面的诗既可以朗诵也可以吟唱，说明在阿肯即兴吟唱和书面文学之间并没有隔开二者之间的鸿沟。近几年文艺界有将阿肯吟唱称作口唱诗歌的。这就是为什么研究阿拜时不能摒弃阿肯吟唱的原因。

应该承认，对阿拜做系统的、科学的评介，是随着书面文学的普及展开的。这应当从阿拜诗歌结集成书、出版发行谈起。

早在20世纪初，阿拜的亲侄卡克太即着手整理阿拜的诗稿，准备出版发行。但这在当时是一项颇费周折的过程，需要识者的大力支持。在关键时刻，一位叫阿力汗的学者鼓励并积极协助卡克太和阿拜的儿子吐拉古勒于1909年在彼得堡出版了阿拜的第一本诗集《哈萨克阿肯依布拉黑木·库南拜诗歌》。

阿力汗·布克依汗（1870—1937）早在1903年出版的俄罗斯文学《吉尔吉斯原野》中讲述哈萨克历史及精神生活时便提到："阿拜·库南拜耶夫应该成为哈萨克诗歌发展方向的代表，他创作了许多形式和内容都新颖的作品。更为出色的是描绘四季景色的诗，他的译作《叶甫盖尼·奥涅金》和莱蒙托夫的抒情诗也很流畅，获得好评，哈萨克读者极为欣赏。"

1905年阿力汗在俄文《塞米帕拉金斯克小报》上发表了悼念阿拜的文章，进一步充实了在《吉尔吉斯原野》中提出的观点。文章详细介绍了阿拜的身世和经历，认为"哈萨克阿肯中还不曾有人像阿拜一样把激励人民精神的作品提高到如此高的水平。他对四季景色的描绘可以和欧洲著名诗人的作品媲美"。文章还指出"俄罗斯文学对阿拜产生了较大的影响，使他的作品摆脱了哈萨克民间阿肯的烦冗与琐屑，成为学者型的诗人"。

阿力汗是哈萨克历史上有特殊身份与经历的学者。首先，他是19世纪末和20世纪初哈萨克民族解放运动的鼓吹者和实际领导人，是阿拉西党的组织者和领军人物。其次，他和阿拜同是斜米州统计协会的会员，他们之间有思想交流是可以肯定的；他和阿拜的许多后人都有交往，这使他成为评介阿拜最具权威性的人物。由于阿拉西党在十月革命后被定为反动组织，阿力汗经历了长时间的铁窗生活，但他在服刑期间仍致力于对阿拜的宣传和评介。由于他的经历坎坷，受迫害是为了宣传鼓动哈萨克民族的自由和解放，在哈萨克斯坦独立后受到人民的普遍敬仰，而他宣传和评介阿拜的辛勤劳动也受到人们的关注和推崇，公认他是最早向世人介绍阿拜的哈萨克学者。

阿拜诗歌的结集出版是哈萨克文化史上的头等大事。随着诗集发行量的不断增多，阿拜的声望很快扩展到所有哈萨克人居住的城镇、牧区及草原的各个角落。由卡克太撰写的《阿拜的生平》作为诗集的序言同样成为人们必读的文章，由于卡克太一直生活在阿拜身边，既熟悉阿拜成长的周围环境，也了解阿拜各时期的创作心态。因此他的文章被认为是最可靠的第一手资料，一直是后人研究阿拜的重要参考。

在早期的阿拜评介中另一位重要人物是阿合买提·白吐尔逊。1913年他在《哈萨克》第40、43期上连载了评介阿拜的第一篇文章，标题极为醒目："哈萨克的首位阿肯"。

阿合买提·白吐尔逊（1873—1938）是颇有影响的社会活动家、教育家、诗人，生前致力于阿拜的宣传工作。他在阿拜的诗集出版发行以前即阅读过阿拜的手稿，他对身边一位文学爱好者讲："1903年我得到了阿拜的诗稿，阅读时感到和其他阿肯的诗不同，简直有很大区别……诗句精练，内容既深且广。"由于阿合买提在学术界煊赫的地位和声望，他的文章又是阿拜的第一部诗集出版后发表的第一篇学术性论文，引起人们的广泛注意。在其后的研究人员公认《哈萨克的首位阿肯》是早期评介阿拜的力作。

阿合买提在文章一开头就非常肯定地讲："哈萨克的首位阿肯是阿拜，

我们还不曾听说过在过去和当代的阿肯中有谁超过他。”

文章比较详细地介绍了阿拜的身世和写作经历：阿拜年轻时曾写过一些戏谑诗和爱情短诗……年长后，当他结识了米海依勒斯，接触俄罗斯文学后认识到诗歌的价值和作用，对诗歌格外青睐，推崇“诗是语言的皇帝”。

阿合买提在文章中说：“作家除写作功能外，还应当具有批判意识。作品的语言美，靠作者构思的精巧；可读性和逻辑性，靠作者的判断能力；内容的充实和深刻，靠作者渊博的知识，这三者阿拜同时具有。”他还说：“阿拜诗歌的思想性，远超过同时代的阿肯，因为阿拜对事物的观察不停留在表面，而是深入到内层核心。其他阿肯的灵性和语言技巧也许不次于阿拜，但他们的知识远不及阿拜。这可以肯定……其他阿肯力图用辞藻的华丽掩饰作品内容的肤浅。而阿拜的知识足可以使他真实地反映他所要描绘的每件事物的本质。”

文章反驳了个别人所说的“阿拜的诗读起来有些拗口”的偏见，认为“那是阿拜的部分诗和哈萨克传统的民间诗歌形式上有区别，读者刚开始接触时感到陌生”。

文中还谈到阿拜的《骏马的风采》一诗，认为“全诗不曾遗漏构成骏马丰姿的任何细小部位，生动描绘了骏马的动态，而诗的节奏、韵律又极为和谐，是一首难得的佳作”。

文章最后建议把阿拜的诗集送到哈萨克人居住的所有城镇和乡村，各地报刊上更应当刊登阿拜的优秀诗篇。

与阿合买提同时期的另一位诗人，著名的政治活动家莫尔加合甫·杜拉托夫（1885—1938）在 1914 年 5 月号《哈萨克》上发表了标题为《阿拜》的文章，号召哈萨克人多读阿拜的作品，了解并尊重阿拜。他对阿拜不为世人所知，无声无息地在青格斯山区离开人世而感到痛惜。文章指出：“阿拜和他的诗是奠基哈萨克文学的第一块巨石。在阿拜以前我们还没有一篇真正可以阅读的哈萨克文学作品，这就是阿拜的价值。也许以后会出现超过阿拜的诗人和作家，但最高最尊贵的位置应当属于阿拜。他是最早出现在东方、最先照耀哈萨克大地的一颗巨星。”文章接着沉痛地指出：“不能充分认识阿拜的可贵是哈萨克人的缺憾，如果阿拜的名字被遗忘，在其后出现的阿拜似的人物的名字也被遗忘，等于哈萨克被遗忘，等于哈萨克民族被湮没！”正是由于先驱者的大力呼吁和广大人民群众的强烈反响，阿拜的作品才得以陆续出版。1922 年在喀山和塔什干分别出版了阿拜诗集，这是十月革命后最早面世的阿拜作品。喀山版本前有别尔尼亚孜·科列耶夫写的前言。跟随这两本文集的出版，报刊上开始出现持各种见解的文章，不同观点之间的对峙和争论相持了多年。临近 20 世纪中叶阿拜在哈萨克文化史中的地位才得到肯定，阿拜被公认为是真正的人民阿肯——诗人。而这一潮流的引领人正是奠定阿拜学基础的穆合塔尔·阿乌埃佐夫。

1918 年，在斜米市出版了一本学术性刊物《阿拜》，这仿佛是一声惊雷，为阿拜学的形成开启了一扇天窗。由于官方的干预，刊物只出版了 12 期，但影响极大。创刊号前言中详细说明了刊物的宗旨和出版目的：

由于敌人从四面八方侵扰，哈萨克人的财产被掠夺，生命受到威胁，在惶恐与无奈中屈从于俄罗斯人。往日的宁静状态随之消失，继之而来的是拉帮结派、抢劫、诈骗、偷盗等恶习的滋长，失去团结的群众日趋衰颓。正当危急关头，阿拜出现了，像劈山而出的洪流，驱散了重重雾霾。阿拜教导人们要学习技艺，接受教育，掌握科技，不断地实践，要真诚、公正地做人……

刊物取名“阿拜”是由于对阿拜的敬仰，为了阿拜的名字流芳百世……我们明确宣告，阿拜不但是阿肯，更是我们文学的奠基人。他对社会道德、教育、科学技术都曾深入观察和思考。他在自己作品中逼真地描述了哈萨克人的生活状况、生存状态以及性格素质，指出了他们的缺陷和优点。正由于此，我们才把刊物称作“阿拜”，目的是让人们尊崇阿拜为导师，让年轻人坚定地朝导师指引的方向前进……

发达民族把科技的成果当作施暴、榨取、欺压的手段。掌握科技的人见多识广、力量强大。而愚昧的众人则像赤手空拳、软弱无力的角斗士，一旦出手，肯定要被有谋有力的人击倒。既然如此，为了生存下去，不被他人征服，只能通过发展科学文化壮大自己，除此之外没有其他路可走……

哈萨克斯坦独立后，窒息 70 余年的《阿拜》终于复刊。刊物依旧沿袭初创的宗旨，除刊登研究阿拜的新作外，还连续登载了 20 世纪 20—30 年代发表的有争议的文章，目的是让研究人员了解早期阿拜研究的详细情况。

随着《阿拜》的复刊，主创人居斯普别克的名字重新浮出水面。

居斯普别克·艾玛吾托夫（1889—1931）是十月革命初有影响的作家、著名翻译家和政治家。在阿拜学的酝酿过程中他的名字和穆合塔尔·阿乌埃佐夫紧紧联在一起。他们署名耶克吾（意为两位）合写的文章《阿拜的生平和事业》《阿拜之后的阿肯》依次在《阿拜》第 2、第 3 期上发表。居斯普别克因遭到诬陷被当局处决，他未能介入 30 年代中期有关阿拜的争议。他在阿拜学萌动期所做的贡献随着岁月的流逝被人淡忘。哈萨克斯坦独立后当人们重温《阿拜》创刊时由居斯普别克写的前言及一系列论文时，承认了他为创建阿拜学所做的特殊贡献。

十月革命前俄罗斯文化界中关注阿拜的也不乏其人。1985 年一位叫阿列克赛·别洛斯留多夫的学者，在自己的专著《沿着阿拜走过的路》中详细介绍了阿拜的生平和作品。他不但自己致力于宣传和介绍阿拜，翻译阿拜的作品，还鼓动他的三位兄弟菲多尔、尼古拉、维克多也介入这一事业。他的这三位兄弟都多才多艺，除爱好文学外，还善于摄影、雕塑等。他们在与阿列克赛翻译阿拜诗歌的同时，还从多方面宣传和展示阿拜的光辉形象。这在当时确是一道靓丽的风景。

二、阿拜学的形成

从哈萨克民间阿肯歌颂阿拜的第一声吟唱开始，对阿拜的评介发展成完整的阿拜学已超过一个世纪。这是一个漫长而曲折的过程，其间曾出现过高峰和低谷。在今天的哈萨克斯坦，阿拜学不但成为学术领域的核心，也成为全民族信仰的标志。群众会对参与阿拜学研究的人刮目相看，因为他们所从事的是全体哈萨克人民所崇尚的工作，也是具有世界意义的文化工程。

1995 年在阿拉木图出版的《阿拜百科辞典》对阿拜学做出的定义是："以全面深入研究伟大诗人为宗旨的哈萨克历史文化的一个支系"。前面的章节中介绍过早期的阿拜评介，其形成具有明确研究方向和内容完整的学科时已跨进 20 世纪。

十月革命后，联盟政权对文教、出版事业相对重视。哈萨克学术界对阿拜的研究有了比较宽裕的条件。最初按照穆合塔尔的意见，对阿拜作品的搜集、出版等一系列工作统称"认识阿拜"。随着时间的推移和许多知识界人士的参与，"认识阿拜"逐渐形成完整的"认识阿拜学"。俄文译作"абаеведение"（阿拜学）。目前在哈萨克斯坦仍习惯地称"认识阿拜"或"认识阿拜学"，即我们所指的阿拜学。

从历史资料可以看到一个有规律的现象，阿拜研究是紧随着阿拜作品的结集出版向前推进的。而作品的出版一般都联系阿拜诞辰和逝世纪念活动，当研究工作陷入低谷或遇到阻力时，更是随作品的再版发行启动的。

1934 年在哈萨克斯坦举行了阿拜逝世 30 周年纪念活动。就在此前一年在克孜勒奥尔达出版了由穆合塔尔编辑审定的《阿拜诗文全集》。新版文集的出版发行拓宽了阿拜研究的范围。这期间报刊上连续发表了评介阿拜的文章。阿拜研究逐渐走上正轨。

1940 年哈萨克斯坦举行了阿拜 95 周年诞辰活动，这期间出版了上下两卷本的《阿拜诗文全集》，此后连续几年成为阿拜研究的高峰期。研究队伍中不断出现新人。最引人注目的是许多阿拜的同时代人和亲友，如阔克拜、吐拉古勒等人发表的回忆录。这些记录着阿拜处世做人、心系民生疾苦的文章不但提高了阿拜在人们心目中的位置，也为研究人员提供了切实可信的资料。

1945 年是阿拜诞辰 100 周年。这一年由科学出版社出版了阿拜作品的科学版本。与此同时众多学者在报刊上相继发表文章。其中引人注目的是沙比特·穆坎的论文《哈萨克人民英明伟大的诗人——阿拜》（载《斯大林之路》1945 年 8 月号）。由于沙比特在学术界显赫的领导地位，文章产生了强烈的反响。另一个引人注目的现象是有许多俄罗斯学者参加了阿拜的研究。著名学者谢里琴科的专著《阿拜》也是这个时期出版的。

50 年代初期哈萨克斯坦开始批判地方民族主义。这时已形成规模的阿拜学受到强烈冲击。也正是阿拜作品的出版和急剧增多的阅读群形成了淹没对方的文艺浪潮。阿拜学不仅不曾中断，反而拓展得更加殷实和宽阔，1954—1957 年在当时的首都阿拉木图又相继出版了阿拜的作品。而研究阿拜的专著和大块文章不但超过了以往年代，内容也在向多方面拓展。据《阿拜百科辞典》记载，当时阿拜学的研究范围已包括“阿拜的世界观、阿拜作品的思想源泉、阿拜的创作传统、写作环境、现实主义、人民性、阿拜与俄罗斯经典作家的关系、生平事迹、版本鉴定及档案中的有关资料等”。近几年随着各国之间日益增多的文化交流，阿拜学已伸展到许多文化发达的国家。这不仅使世界认识了走向繁荣富强的哈萨克斯坦，也增进了各国之间的友好往来，而阿拜所倡导的具有先进内容的人道主义和“爱亲人般爱整个人类”的思想也在逐渐普及。我国学术界对阿拜的研究也有明显起色。后面章节中将详细探讨。

（一）阿拜学的奠基人——穆合塔尔·阿乌埃佐夫

穆合塔尔·阿乌埃佐夫是 20 世纪哈萨克著名作家、阿拜学的倡议者和奠基人、哈萨克新文学的创建人之一。生前曾任哈萨克斯坦作家协会主席、苏联作家协会执行委员会委员、保卫世界和平大会成员、哈萨克学院院士。从 20 世纪 30 年代开始直到 1961 年谢世，一直是哈萨克斯坦文学艺术界的实际领导人。

1897 年 9 月 28 日，穆合塔尔生于今日的阿拜县。他是由祖父阿乌艾佐夫和祖母邸纳西丽抚养长大的。阿乌艾佐夫和阿拜是世交，喜欢阿拜的诗歌。穆合塔尔孩提时祖父就教他阅读阿拜的诗歌，给他讲述阿拜的为人和品德。穆合塔尔在回忆祖父时说，祖父非常钦佩阿拜为人处世的态度，而穆合塔尔有幸在童年时从父辈们身上看到阿拜的身影——穆合塔尔 10 岁时已能流畅地背诵阿拜的多首抒情诗。阿拜瑰丽的诗篇引导穆合塔尔走进广阔的文学世界，而阿拜本人竟成为穆合塔尔终生追求和探索并为之献身的智慧的化身。

穆合塔尔很小便被送进牧区私塾学习哈萨克民间文学及阿拉伯、波斯语，11 岁开始依次进入斜米小学及中学俄语班读书。中学毕业后先后在塔什干国立中亚学院及列宁格勒大学语言文学系读书，专心研究阿拜的作品。1928 年穆合塔尔进入中亚大学东方系研究生班攻读，继续研究阿拜作品。1930 年穆合塔尔结束学业，取得硕士学位。

1917 年穆合塔尔还在中学读书时，完成了他的处女作话剧《婴勒克和柯别克》。该剧第一次演出的地址竟是阿拜的遗孀——小说《阿拜之路》的女主人公艾克里姆的大毡房。而婴勒克和柯别克的悲剧更是 45 年后《阿拜之路》第二部前面的一个情节。

1922 年穆合塔尔在《启明星》杂志 4—5 期上发表了《当代哈萨克文学》一文，署名洪吾尔。这是穆合塔尔单独发表的评价阿拜的第一篇学术论文。文章介绍了阿拜作品的总主题、阿拜诗歌形式的特点、阿拜对哈萨克文学发展做出的贡献，并指出是阿拜开创了哈萨克文学的现实主义道路，哈萨克的当代文学是沿着阿拜开拓的现实主义道路走过来的。文章的观点实际是穆合塔尔终生研究阿拜的总纲。从这一年开始，穆合塔尔全心关注哈萨克斯坦学术界研究阿拜的动向，有计划地整理并分批发表了阿拜的诗歌。

穆合塔尔意识到，要让全体哈萨克人认识阿拜在19世纪末为振兴哈萨克民族所做的努力，正确评估阿拜的文学遗产，从而公正地确立阿拜的历史地位。首先要出版阿拜作品完整的科学版本，撰写能正确反映阿拜思想和他的业绩的传记。穆合塔尔认为自己应该义无反顾地承担这两项任务。他虽然肯定此前出版的阿拜诗集为宣传阿拜做出的贡献，但同时指出该诗集未能尽收社会上流传的阿拜文稿，编排和审校也显得粗糙。他决定整理出版包括阿拜散文在内的阿拜全集和自己20年前着手撰写的阿拜生平事迹。

穆合塔尔充分认识到自己承担的是具有历史意义的光荣而艰巨的任务，但也是一项具有潜在风险的文化工程。只有甘愿付出毕生精力为它献身的人才能将此项工程进行到底。穆合塔尔将这项工程定名为“认识阿拜”，这就是今天“阿拜学”的雏形。

穆合塔尔不但是阿拜学的倡议者和奠基人，而且是这一工程长达半个世纪进程中的实际牵头人。他曾三次组织人力长期在阿拜生前活动的地方进行调查，搜集有关阿拜的各种资料。他一次次访问曾和阿拜有过交往的当时健在的老人，耐心地记录阿肯们背诵的阿拜的诗篇。

1933年在克孜勒奥尔达出版了穆合塔尔编纂的《阿拜全集》，其中附有“阿拜的家世和生平”一文。新版《阿拜全集》虽然是在以前版本的基础上编纂的，但穆合塔尔做了大量的补充和修订工作。如1909年出版的阿拜诗集中总共只有5399行诗，而新版全集中的诗达到了7111行。新补充的诗有62首，每一首都注明了写作年代。另外新版中还增添了45篇散文和一篇学术论文。《阿拜全集》1933年的出版和《阿拜的家室和生平》的面世被学术界认为是对奠基“阿拜学”具有重要意义的两件大事。

《阿拜的家室和生平》的初稿早在20世纪20年代已写成，这比文章第一次发表早10年。1940年《阿拜全集》再版时穆合塔尔对文章做了部分修改。1957年穆合塔尔又一次做了修改和删节，同时刊载在当年出版的

《阿拜全集》第三版上。

1992年《阿拜》复刊的第一期重新刊载了1933年发表的第一稿。在文章的编者按语中有下面一段话：文章是根据1933年用拉丁字母发表的初稿转写的。由于极“左”思潮的干扰，文章曾被多次修改和删削。我们认为应当让读者重睹最初发表的这份完整的原稿。

穆合塔尔一生共发表60多篇研究阿拜的文章，涉及阿拜生活与事业的全部领域。1967年哈萨克斯坦科学出版社将穆合塔尔发表的主要文章汇集成《阿拜·库南拜耶夫》出版。这部文集被学术界认为是研究阿拜的指导性文献。

1985年《哈萨克文艺周报》发表了该国学者涅克木塔斯和库勒曼合写的文章《我们是否充分认识了阿拜》。文章说：“穆合塔尔论述阿拜作品的这部专著和他的文集是认识阿拜领域中无法估量的哈萨克科学和文学遗产，同时也是哈萨克文献学中在未来认识阿拜出现高潮时的导向性作品，是指引方向的航标。”

为了在戏剧舞台上展现阿拜的光辉形象，1939年穆合塔尔和俄罗斯作家列·萨伯列夫共同编写了四幕大型话剧《阿拜》，1944年又编写了歌剧《阿拜》，1945年和格·罗夏勒共同编写了电影剧本《阿拜的歌曲》。穆合塔尔称这些作品都属于他创建阿拜学的基础工程。

穆合塔尔为创建阿拜学所做的另一个贡献，是他历时15年完成的传记性历史小说《阿拜之路》。这是一部约140万字、具有历史性规模的长篇名著。学术界认为《阿拜之路》和穆合塔尔的研究文章具有同样的文献价值。

“阿拜学”从诞生之日起就遇到某些人的异议和非难，自身研究队伍中也有人产生疑惧和动摇。“民族主义”的罪愆像幽灵跟随着阿拜的名字，成为官方和极“左”分子遏制、扼杀阿拜学的口实。学术性刊物《阿拜》被勒令停刊的理由即是“刊物在煽动民族主义情绪”。1928年学术界曾围绕阿拜文化遗产的性质展开辩论，有人按照官方的意图恶意曲解阿拜的作品，把阿拜当作“新贵族的阿肯”。当时颇有社会地位的依·卡布洛夫说：“阿拜是他那个时代、他出身的社会环境的产物……他的世界观不属于我们，属于形而上学。”在《阿拜和他的哲学》中更以总结的语气说：“阿拜的哲学是资产阶级唯心主义在文学中各类表现的总和。”[①]然而这一切并未能震慑阿拜的维护者们，他们纷纷发表文章针锋相对地进行驳斥。这支队伍的中流砥柱正是穆合塔尔。他编纂的《阿拜全集》和《阿拜的家世与生平》正是在争辩最激烈的时刻出版的，成为反击对方的重型武器。

作为阿拜学的奠基人，穆合塔尔个人的遭遇和阿拜学一样历经坎坷。1929年因以前发表的作品涉嫌“民族主义”被关进监狱。他在狱中被迫承认自己的部分作品有不健康内容，但坚持对阿拜的宣传是正确的。1933年穆合塔尔获释出狱，但未能甩掉“民族主义”的阴影。1947年穆合塔尔又因同样的罪名遭到批判。在同年3月14日《苏维埃哈萨克斯坦》报上刊登了斯·巴依谢夫的文章《穆合塔尔教授仍未改正以前的错误》，无端地指责穆合塔尔负责编写的《哈萨克文学史》有民族主义倾向，并武断地说：“穆合塔尔教授作品中这些严重的错误……是他过去所犯的民族主义错误的继续。穆合塔尔同志对十月革命期间，甚至对其后——哈萨克苏维埃文学产生期间的诸多文学现象做了错误的解释。非常明显，他深受腐朽的哈萨克资产阶级的影响，倒向哈萨克资产阶级民族主义集团，不断反对年轻的哈萨克苏维埃文学……”

但所有这一切都未能使穆合塔尔屈服。他怀着对阿拜的崇敬与坚定的信念，凭借自己非凡的勇气和信心，继续在阿拜学这片文学园地里辛勤地耕耘，无视上级无端的非难。另一方面，他在自己队伍中进行耐心的教育工作，希望消除内部的分歧和矛盾，团结更多的人共同宣传和评价阿拜，使阿拜学不断拓宽和发展。

经过穆合塔尔的不懈努力，某些曾反对颂扬阿拜的人最终改变了观点。

---

① 译自阿拉木图出版的季刊《阿拜》1992年第二期《哈萨克阿肯阿拜的哲学思想》。

有的人甚至成为捍卫阿拜学的功臣，对拓宽阿拜学做出了贡献。

由于穆合塔尔继承了阿拜的事业，弘扬了阿拜的思想，在哈萨克斯坦人们往往把研究阿拜和研究穆合塔尔联系在一起，一度称“阿拜－穆合塔尔研究”。在前面提到的涅克木塔斯和库勒曼二人合写的文章《我们是否充分认识了阿拜》中还说：“当前认识和宣传阿拜应当从认识和熟悉穆合塔尔有关研究阿拜的著作开始。”

穆合塔尔不但为确立阿拜的历史地位做出了巨大贡献，其他方面的成就同样令人敬佩。除长篇巨著《阿拜之路》外，还发表了多部中短篇小说、剧本、译著、文学史稿，以及有关东方学方面的研究文章。1979—1986 年间哈萨克斯坦出版部门编纂出版了穆合塔尔的 20 卷全集。穆合塔尔的创作活动为哈萨克斯坦文学的发展起到了重要的推动作用。

研究文集《阿拜·库南拜耶夫》

哈萨克斯坦科学出版社选择穆合塔尔·阿乌埃佐夫评介阿拜的影响较大、具有代表性的文章汇集成《阿拜·库南拜耶夫》。文集分上、下两编，上编系统地介绍了阿拜的经历和有关作品，下编是不同年代在各种报刊上发表的单篇论文。

上编中最前面的文章是《阿拜的家世和生平》。内容主要讲阿拜的生活经历，阿拜从草原青年成长为“诗圣”的过程。文章简略谈到阿拜的父亲库南拜，他在麦加朝圣期间修建了一处供朝圣者们住宿的旅馆，赢得人们的赞誉。库南拜也做过一些不利于基层百姓的事。他的功过对阿拜的成长和事业产生过一定影响，但阿拜醒悟较早，父亲的过失未构成他事业发展的阻力。

阿拜十二岁时被送进城镇小学读书，他勤奋好学，熟练地掌握了阿拉伯、波斯、察合台语，也具备了一定的俄语水平。他还利用课余时间阅读了许多东方著名诗人的作品，为他以后的诗歌创作打下了坚实的基础。文章列举了阿拜用阿拉伯、波斯语混合写的诗：

费祖里、夏姆希、赛哈里、
纳沃依、萨黑德、菲尔多西，
还有霍加·哈菲孜，请给我灵感，
让我学习你们精湛的诗艺。

阿拜十四岁时被父亲召回，随父亲参加了部落的事务。在与父亲共事的几年里阿拜既熟悉了社会生活，也了解了父亲为人处世的态度。阿拜不赞成父亲对某些事件的处理，不止一次和父亲发生过争执。这在小说《阿拜之路》和后面的章节中都有记载。

1876年阿拜当选为洪吾尔·阔克斜部落的卜勒斯，这是他生命中备受折磨的年代。阿拜要为民兴利除害，伸张正义，但遭到上层的嫉恨。文章介绍了乌孜克拜等人如何罗织罪名，诬陷阿拜；阿拜如何反击，最终取得全胜的过程。

1878年阿拜卸去了卜勒斯职务，但他依旧热衷于群众事务。文章以较多的文字叙述了1885年在喀拉莫拉地区召开的群众大会。大会推选阿拜为首席毕官主持会议。由阿拜亲自拟定的会议文件经大会通过后形成了法规，其中包括多项维护平民百姓正当利益的条文。而有关妇女解放的规定不啻是反对封建婚姻的檄文：按照旧俗，丈夫死后寡妇必须嫁给丈夫家族中的同辈兄弟。如果没有适当人选，丈夫家族可以把寡妇卖给外人。阿拜认为这不公正。女人初嫁时已被出卖一次，不应该再被出卖。应该解放她，让她自己选择归宿。

文章接着介绍了阿拜其后参加的各种社会活动，包括按民间法规作为审讯人调解民事纠纷。由于阿拜能秉公执法，不偏袒某一方，赢得了人们的信赖和尊重。许多有争执的人家，双方都愿找阿拜去评理，也都心悦诚服地接受阿拜的裁决。其间影响较大的是化解了父亲库南拜在位时未能解决的家族间的纷争。阿拜处理这类事件的原则是尽可能消除部落及家族间的积怨旧恨，增进人民的团结和民族凝聚力。他曾召集父亲库南拜在职时结怨的所有人家，希望解除旧怨。他劝告说："四十年和睦，四十年仇视是不对的；我们应该摒弃过去的仇恨！"经过不懈的努力，终于解除了与季格铁克家族间多年的旧怨。

对于阿拜一生的经历、处世做人的态度和风范、他为社会所做的贡献，以及他处理的各类大小事件，文章或详尽细致或简明扼要地做了介绍。但文章的主要内容是解说阿拜成长为现实主义诗人的过程，阿拜是如何以诗歌为武器与豪门暴徒们进行斗争的，如何用诗歌的魅力和教育作用唤醒了他沉睡的民族。

阿拜少年时已能轻松自如地自吟自唱，显示了他的阿肯天赋。但他认识到诗歌的战斗作用，认识到诗歌可以揭露社会的黑暗，可以作为向群众进行教育的手段，则是在他结识流放到斜米地区的民主主义者米海依勒斯、多洛果波罗夫以后的年代。当认真研究了普希金、莱蒙托夫的诗文，接触了俄罗斯的进步作家柏林斯基、车尔尼雪夫斯基等人的作品后，阿拜才逐渐成长为具有民主主义思想的现实主义诗人。

文章还介绍了阿拜和当时著名阿肯卜尔渐等人的交往过程。他们之间关于艺术创作方面的交流使阿拜更深刻地认识了哈萨克阿肯的艺术世界，切实感到必须有更多的优秀阿肯为人民吟唱。他因此不遗余力地培养新一代诗人。他不仅为他的学生们传授创作知识和经验，而且向他们讲解自己阅读外国作品时所获得的知识。

阿拜现存的唯一散文著作是《箴言集》。文章介绍说：从 1890 年开始，阿拜用较多的时间撰写有教育意义的散文作品，这期间写诗的时间相对减少，有许多关于诗歌创作的构思，最后写成了散文，也有几首诗歌的主题是从已写成的散文中选择的。文集中《阿拜的箴言》一文，较详细地介绍了阿拜散文的内容。

阿拜的一生充满传奇色彩，他的事业维系着哈萨克民族的生存和发展，而他的思想在一直指引哈萨克民族前进。有志于研究阿拜思想的学者可以仔细阅读作者撰写的传记性小说《阿拜之路》。

接下来的第二篇文章是《认识阿拜》。从穆合塔尔发表的文章和在多处所做的学术报告可以了解到，他最初的想法是设计一项包括阿拜作品的搜集、整理、考证、出版、评介、研究，直到做出定论的系统工程。穆合塔尔把它称作“认识阿拜”。在《认识阿拜》这篇文章中穆合塔尔提到要对阿拜的诗艺和时代进行“严格的科学研究”，可见穆合塔尔最初提到的“认识阿拜”的范围广阔。随着“认识阿拜”的深入开展，在哈萨克斯坦“认识阿拜”已经成为包括研究在内的广义的“阿拜学”。

穆合塔尔在本文中简要介绍了十月革命前阿拜作品的三种流传方式，即口传、手抄和书面出版情况。穆合塔尔特别提到 1909 年卡克太整理出版的第一本阿拜诗集和第一篇传记对斜米周边地区，甚至更远的州县宣传阿拜和阿拜作品起到的重要作用，但同时指出了编排方面的不足和缺陷，如对作品分类不够准确等。穆合塔尔甚至不同意由编辑人员对阿拜作品进行分类，认为这样分类不利于学习和研究阿拜的作品。由穆合塔尔亲自编撰的第一本《阿拜全集》以及在其后出版的《阿拜诗集》，都是按作品写作的年代顺序排列的。

文章着重指出了阿拜的同时代人穆尔色依提手抄本的价值：由于阿拜的作品很少保存手稿，穆尔色依提的手抄本是接近原作的可以信赖的文本，出版阿拜的作品应当和穆尔色依提的手抄本进行核对。遗憾的是，1922 年、1923 年先后在喀山和塔什干出版的阿拜选集，都未能弥补卡克太版本的缺陷，甚至出现了编辑方面的错误。

文章还指出：十月革命初期个别民族主义分子和上层贵族歪曲和抹杀阿拜诗歌的进步内容，企图把阿拜当作他们的作家，但由于广大人民群众的抵制和反对，他们的阴谋未能得逞。文章接着介绍了哈萨克斯坦研究、教学及所有文学艺术部门在宣传阿拜方面做出的贡献。

文章最后指出，在研究阿拜生平和他生活的那个时代方面，虽然个别人偶尔提过一些偏颇意见，但在后期对“认识阿拜”这一学科做出了特殊贡献。他们是沙比特·穆坎、穆合塔尔·阿乌埃佐夫、卡基木·居麻里耶夫……以及相当一部分作家和文学史研究人员。但文章没有明确指出在阿拜研究中曾出现哪些偏差和错误，这可以从收入下编的另一篇文章《致研究阿拜人员》中找到明确的答案。

文集还收入了介绍阿拜13—19岁期间的习作《阿拜年轻时代的作品》。这是其他研究人员很少谈到的课题。

现在保留的阿拜学生时代的习作只有三篇，即用阿拉伯语和波斯语混合写的《眸子如钻石发亮》、《费祖里、夏姆希、赛哈里》和一首字母诗，但可以从中看到东方文化对阿拜的影响。穆合塔尔认为：不观照阿拜这期间的创作，而从他成熟期的作品开始研究，仿佛是在半路遇到了阿拜，对他的研究不会全面和完整。只有从阿拜的习作开始探讨他的全部作品，才会清晰地看到阿拜诗艺的源头和创作的发展过程，可以识别在他创作的不同阶段所受到的不同影响。

穆合塔尔认为从阿拜的三篇习作可以肯定：（1）他有意探索东方诗人的创作方法；（2）他要摆脱民间阿肯口头吟咏的局限性，写出全新的书面作品。很明显，阿拜不满足于仅仅向本民族的阿肯学习，他要寻求可以尽情发挥他诗人天赋的创作方法，开创一条能够振兴哈萨克诗歌的道路。

穆合塔尔说：人们在研究阿拜时都肯定俄罗斯作家对他的影响，这是对的。但一听到“阿拜的创作曾受到东方诗人的影响”，个别人便嗤之以鼻，甚至动火，这是很不对的。即使从阿拜成熟期的作品中仍然可以感受到东方诗歌的韵味，比如阿拜1889年写的《生活的寂寞》《我眼中的瞳人》中即有纳沃依、费祖里诗歌的意蕴。但穆合塔尔并不讳言俄罗斯作品对阿拜的重大影响。他说，当深入到创作领域时，阿拜明显感到，如果仅仅滞留在东方诗歌的园地，他不可能开掘所要创作的新的主题，创作新的诗歌形式；假如只知道膜拜东方诗人，一生在东方诗人走过的路上蹒跚，那该是他创作生涯的悲剧。阿拜没有那样做，他在学习和借鉴东、西方诗人以及本民族阿肯的创作方法中形成了自己独特的创作风格。

上编中容量较大的是《阿拜的抒情诗》。文章按编年体的写法，对阿拜的抒情诗按照写作的年代依次进行了评点，对个别诗句做了必要的解释。

穆合塔尔特别关注作品的思想性，即使评点一首短诗，也要指出它的启迪作用。他是要通过对作品主题、内容的评点来阐述阿拜思想发展的历程。穆合塔尔始终认为作品的思想性应该是第一位的，他不止一次援引阿拜“论诗诗”中的那句名言：诗歌要有“黄金的意蕴与白银的光泽”。他认为“黄金的意蕴”即指作品的思想性。但他同样关注诗歌的艺术效果，尤其注意阿拜创作的新体诗对哈萨克诗歌发展所起到的推动作用。

在评介阿拜具有民主思想的诗歌时，穆合塔尔会很自然地和普希金以及莱蒙托夫进行比较，而且不惜援引别林斯基和车尔尼雪夫斯基的论述来证实自己的观点。

阿拜青年时代写的一首诗《快停步，我的意马心猿》在《阿拜诗文全集》里被列在 1882 年以前的作品里。穆合塔尔认为这可能是阿拜在 20—25 岁期间即 1865—1870 年间的作品。这和阿拜 1882 年的作品——《雪后围猎》的创作时间相隔约 15 年。从《雪后围猎》所达到的艺术高度可以说明《快停步，我的意马心猿》不会是阿拜的处女作。穆合塔尔还举出阿拜这 15 年间的几首作品，肯定在民间还有阿拜在 1882 年以前创作的未被发现的诗稿。穆合塔尔的论断一直在引导人们搜集散佚在民间的阿拜作品。1992 年《阿拜》杂志上刊登的《新发现的阿拜八首诗》可以认为是这一工作取得的成果。

在 1882—1885 年间的作品中，穆合塔尔着重指出《年轻时不曾关注科学的作用》一诗，并说明“阿拜这时已开始探索诗歌的各种创作方法”，立志做一名新型诗人。

1886 年是阿拜创作的第一个丰收年。这一年他共写了 18 首诗，内容涉及生活的诸多方面。在论及阿拜这一年的收获时，穆合塔尔认为，这 18 首诗说明阿拜已将全部精力投入到创作中。阿拜这一时期作品的思想性和艺术性都达到了一个新的高度。他说，我们应当详尽地探讨阿拜 1886 年的作品，因为这一年阿拜诗歌的意旨和艺术表现都预示他会成为哈萨克历史上受人尊重的经典诗人。

穆合塔尔特别指出，《我的哈萨克民族》这首诗表达了阿拜对本民族深沉的爱，也表达了他对民族未来的忧虑：

假如这些恶习得不到改正，
等待你们的只有苦难和不幸……

另一方面极为愤慨地指责那些骑在人民头上作威作福的地方官吏：

各行其是，如碎屑般凌乱，
似这般能不丧失民族的尊严……

可以认为，阿拜的这首诗充分反映了他崇高的历史责任感，是他的主要代表作。

1887—1888 年这两年阿拜写的诗不多，但其间有两首诗在读者中有较大的影响，即《诗是语言的皇帝》（1887）和《如果某一家有丧亡事故》（1888）。这两首都是论诗诗，表达了阿拜对诗歌创作的看法。

穆合塔尔指出，在阿拜以前没有任何一位哈萨克诗人和作家论及诗歌创作。阿拜在这两首论诗诗中第一次提出诗歌的教育作用和诗人的社会义务。阿拜还在诗中劝告某些所谓的阿肯——民间诗人：

诗人不可奢望他人的酬谢，
对读者的馈赠也要谢绝；
遇到热心的听众要表示敬意，
切戒不顾廉耻地出卖诗歌……

穆合塔尔还指出，阿拜在这两首诗里提出了诗歌的艺术标准，告诉初学者该如何写诗，同时表达了自己的写作目的："我要用诗的泉水浇灌人们的心田。"因此在民间演唱者和听众都热衷于英雄史诗时，他不愿"……侈谈巴特尔在阿吾勒抢劫，或者描绘一位少女的趣闻与传说"。在时隔一年后写的《我写诗不是为消磨时光》中阿拜透辟地讲出了他写诗的全部旨趣。

阿拜在诗中批评哈萨克的民歌泰斗布喀尔和其他两位著名阿肯厥尔坦拜、杜拉特不是因为他们的诗歌的形式陈旧，韵律不规范，而是因为他们吟唱的诗没有新意，总是重复一些陈腐的词句。由于他们思想空虚贫乏，还没有摆脱封建习俗的束缚，不可能给人民指出前进的方向。阿拜的目的是要开创一种新的诗风，让阿肯们吟唱可以振奋人们精神的诗歌。

穆合塔尔指出的另一组诗是《秋》和《某一年，十一月还不见雪花飘落》。

这两首诗几乎是在同一时间写出的。穆合塔尔认为，无论从思想性还是文采来评论，这两首诗都堪称上乘作品。阿拜在这以前写的《夏》和《冬》虽然逼真地描绘了夏冬两季草原的风光和牧人生活的表面现象，但未揭示绝大多数牧民生活的困顿。而在这两首诗中读者可以看到，在牧区的阿吾勒已形成生活水平极为悬殊的两个阶层和阶级。这时的阿拜已经是有高度觉悟的人民的诗人。

1889 年是阿拜创作的第二个丰收年，也是从这一年起阿拜开始翻译普希金的诗体小说《叶甫盖尼·奥涅金》。这是阿拜创作生涯中具有特殊意义的年代。穆合塔尔用较多的笔墨阐述了普希金和莱蒙托夫对阿拜的影响，但同时指出，虽然阿拜偏爱普希金和莱蒙托夫的作品，但在向俄罗斯文学汲取营养时并没有仅仅局限于他们二人。从阿拜的作品中可以看到俄国评论家赫尔岑、车尔尼雪夫斯基、杜勃罗留波夫等人的影响。穆合塔尔对他的这一观点在其后写的《俄国古典作家和阿拜》一文中做了结论性的评述。

穆合塔尔明确指出这一年创作的《库列木拜》（我总算当了卜勒斯），

认为这首诗堪称讽喻诗的典范：阿拜用第一人称的写作手法让卜勒斯亲口暴露他心底的污垢。诗歌显得逼真、生动，令读者忍俊不禁。阿拜斥责的不是一个库列木拜，而是通过库列木拜的自我暴露鞭挞哈萨克草原上所有的卜勒斯、封建官吏群体……因为卜勒斯是沙皇政府在基层的代理人，阿拜这首诗的意义便显得更为深远。阿拜 1889 年的作品还有 25 组《八行诗》，穆合塔尔对这组诗的艺术和内容都做了诠释，认为《八行诗》是阿拜创作成熟期的主要诗作之一。不仅包容了生活的方方面面，而且在诗的形式上有了创新。由于诗的节奏富有音乐感，这篇《八行诗》成了人们常吟不倦的经典作品。阿拜还亲自为诗歌配曲。而阿拜创作的新曲也有别于民间传唱的古调，显得新颖别致，成为哈萨克音乐创作的典范。

对阿拜这一年创作的其他诗，穆合塔尔或多或少都做了评点。在谈到《致姑娘》和《姑娘的回答》时，穆合塔尔说：这两首诗的形式与一般的爱情诗不同，在哈萨克阿肯以往吟唱的诗中还没有这样用书笺形式传递爱慕之情的诗篇。可以说明阿拜一直在寻求诗歌的新形式，力图改变哈萨克诗歌形式的单一化。

从 1896 年开始，阿拜把较多的时间和精力投入到翻译工作中，并着手撰写《箴言集》。和丰收的 1886—1889 年比较，这期间创作的诗明显减少。穆合塔尔对阿拜 1890—1893 年间写的诗一并做了评点。认为这几年阿拜的作品虽然较少，但他依然在创新、提高、再创新追求精品的创作过程中孜孜不倦地求索。

在评点《虽然长着一对眼睛》时穆合塔尔说，这是阿拜第一次把批判的锋芒指向不称职的毛拉。他还援引了该诗的下面一节：

虽然裹着洁白的缠巾，
毛拉却曲解经文的内容；
贪婪成性的人已失去理智，
吞食的劲头绝不次于秃鹰……

文章接着指出：读者结合阿拜《箴言集》中对毛拉的议论，可以更好地了解阿拜的宗教观。

《脸颊一阵青、一阵红》和《我眼中的瞳人》是描写爱情的诗，两首诗的写作时间相隔不久。文章对这两首诗进行了比较，并用简短的文字指出两首诗的不同风格。《脸颊一阵青、一阵红》接近普希金、莱蒙托夫的情调：一对情人在神秘的大自然中幽会，在星星的陪伴和助兴中跳进爱河的漩涡，享受着爱的甜情蜜意。而《我眼中的瞳人》却用尽哈萨克语言精美的辞藻。从这首诗的韵味不难看出东方诗人纳沃伊、费祖里对阿拜的影响。

1891—1895 年是阿拜生命的多事之秋。阿拜同母所生的弟弟，他最可信赖的乌斯盘在这期间去世；最有希望继承他事业的儿子阿布都热合曼在经受了长达一年病魔的折磨后于 1895 年离开人世。阿拜心灵上受到极大的创伤。另一方面，阿拜周围豪门贵族的纨绔子弟虽经阿拜不厌其烦的教诲依然冥顽不化，阿拜对此极为愤慨。这几年，阿拜在悲愤交加中写了许多悼亡诗。穆合塔尔在评点这部分诗时着重指出了两点：（一）阿拜的哀痛不只是因为自己失去了亲人，更是因为他的民族失去了最有希望为人民大众的事业奉献自己的人才。（二）阿拜虽然极为伤感，但并不绝望，他依然怀着坚定的信念为年轻人献出具有教育意义、深含哲理的诗篇，鼓励人们不断上进。

在阿拜 1896 年写的诗里，穆合塔尔着重评点的有以下几首：《守财奴梦寐以求的只有牛羊》《可汗深宫里的姑娘》《心灵之鹰》《假如你也喜欢音乐》。在评点第一首诗时，穆合塔尔援引了下面一节诗：

凑集牛羊不过为作威作福，
为了在穷人面前炫耀和逞强；
自己是蠢猪却把别人当饿狗，
竟要人们感谢他抛洒的剩汤。

穆合塔尔说：还没有任何一位哈萨克阿肯像阿拜这样用如此辛辣的语言揭露巴依丑恶的灵魂。这首诗用明晰的大白话指出哈萨克巴依是劳动人民的敌人，反映了阿拜的民主意识在不断升华。在《心灵之鹰》和《假如你也喜欢音乐》中阿拜指出了歌曲和生活的联系以及音乐对人的陶冶作用。这两首诗可以说明阿拜对各种艺术门类的普遍关注，他的艺术触角已深入哈萨克社会生活的各个方面。推崇阿拜是百科全书式的阿肯是毫不过分的。

在阿拜 1888—1898 年写的诗中，穆合塔尔着重评点了以下两首：一是《无风的夜里一弯明月》，认为这首诗的意境、语言、感情都极为和谐地融为一体，是一首脍炙人口的抒情诗。另一首诗是《有一天，少女的羞涩将取代犀利的语言》，这是阿拜晚年创作的重要诗篇之一。阿拜在诗中或直率或含蓄地道出了他生命中的诸多纽结。研究阿拜的学者对这首诗的隐晦部分做了各种解释。穆合塔尔认为这首诗是阿拜在生命后期对自己一生所做的总结，他一方面以宽容、原宥的心态平静地向艰难苦恨的昨日告别，另一方面憧憬着美好的未来，和未来生活的主人公对话。他要带着信心和勇气从容地到达生命的终点。

穆合塔尔还谈到阿拜晚年的另一组抒情诗，《彩色缤纷的蝴蝶群》《心如海洋》《激情如闪光的宝石》等。穆合塔尔认为，这一组诗的主题和以往年代的作品没有明显的区别，但从艺术角度来评点，这些诗都堪称经典作品。

在阿拜晚年的诗歌中，穆合塔尔着重评点的一首诗是《安拉和安拉的旨意都是真的》。穆合塔尔认为，如果仅仅从文字表面判断这首诗，会认为阿拜是宗教诗人。但深入分析，可以看出阿拜的宗教观已经超越了伊斯兰教义。因为伊斯兰教称其他教的信奉者为异教徒，而阿拜并不歧视其他宗教供奉的神祇。他在诗中明确讲“还要爱亲人般爱整个人类”。另外，阿拜并不恪守伊斯兰教每日的五次礼拜，只在必要时有条件地援引伊斯兰教经典的条文。阿拜把人道主义和道德哲学看得高于一切。可以认为，阿拜所信奉的是人类一代代继承创造的科教知识和人道主义。

穆合塔尔在文章的结尾部分谈到阿拜的世界观。他指出：虽然俄罗斯进步的革命民主主义思想对阿拜的影响较大，但由于历史的局限、自己民族的愚昧落后，以及个人阶级意识的羁绊，阿拜未能达到革命民主主义的高度。在阿拜的言论中见不到直接反对沙皇政权的内容，也没有车尔尼雪夫斯基那些鼓吹俄罗斯人民去推翻沙皇政权的内容。

对阿拜世界观的认识和对他所有抒情诗的评议，穆合塔尔的态度都是认真和客观的。这可以从后面《致阿拜研究人员》一文得到证实。

在文章结尾，穆合塔尔再一次指出：阿拜曾为自己的个别诗和译诗作曲。阿拜创作的新曲既有别于哈萨克民间的流行曲调，也有别于他喜爱的俄罗斯民歌。用阿拜创作的新曲吟唱他那些脍炙人口的抒情诗，别有一番韵味。

穆合塔尔在评点了阿拜的抒情诗后，用不多的文字论述了阿拜的叙事诗。

在《阿拜诗文全集》中共收有三部叙事诗，穆合塔尔只论述了前两部，即《麻斯胡特》和《伊斯坎德尔》，因为《阿吉木的故事》没有结尾部分，穆合塔尔只勾勒了该诗的情节，没有用过多的文字评点。

穆合塔尔在文章中提出一个重要问题：阿拜不止一次讲，自己不写以曲折的故事情节取悦读者的长诗，最后竟然写了三部故事诗，该如何理解诗人笔端上的这种反差？

对此，穆合塔尔自己做出了解答：阿拜确实讲过他不写“阿里大圣和龙王”和“黄金的下颌和金发女郎”，认为吟唱这类长诗只会让听众在嬉笑中消磨时间，不会得到有益教诲。但阿拜写的两部叙事诗有个共同的特点，即情节单一，而寓意深远。不像西方古典作家拜伦、普希金的长篇叙事诗，洋洋洒洒数万言。虽然情节跌宕起伏令读者痴迷，但那不是阿拜的追求。阿拜是要用言简意赅的文字对读者进行人道主义教育，净化人们的精神世界。

穆合塔尔认为，在《麻斯胡特》里，年轻的主人公麻斯胡特赶走强盗、救助老人的行为，是符合阿拜所倡导的人道主义精神；而老人要他从颜色不同的三枚果实中选取一枚时，他选择了象征爱情的红色浆果。这也和阿拜所倡导的尊重女性的思想是一致的。阿拜有多首抒情诗的主题和麻斯胡特择取红色浆果的行为吻合。

穆合塔尔对《伊斯坎德尔》的评点较为细致，他先介绍了东方诗人尼扎米的《伊斯坎德尔纪事》，虽然文字不多，但明晰地讲述了尼诗的主要情节，并和阿拜的诗进行了比较。穆合塔尔认为：阿拜从尼扎米的长诗中截取了伊斯坎德尔在征途受阻的一段，在尼诗中伊斯坎德尔是无往而不胜的统帅，是一位明智的帝王——这也是一般诗人比较普遍的认识。而阿拜诗中的伊斯坎德尔却是一位屠城掠地、贪得无厌的君主。阿拜是要通过伊斯坎德尔的愚蠢引证他在《箴言集》中所说的“幸运的帝王不如智慧超群的庶民”。阿拜敢于向东方固有的观念挑战，显示了他的胆识，说明他是具有导师风范的诗人。

《阿吉木的故事》是阿拜根据《一千零一夜》的故事改写的。穆合塔尔认为这首诗近似普希金为儿童写的故事诗，和前面两首主题明确、蕴含作者人道主义思想的叙事诗不同。因为缺少结尾部分，穆合塔尔没有做更多的点评。

上编中《阿拜的译著》主要指由俄文翻译的诗歌。在哈萨克斯坦虽然有人在阿拜以前翻译过俄罗斯作家的作品，但没有产生阿拜译著般的轰动效应，是阿拜那些文采与意蕴兼美的译诗开创了哈萨克文学翻译的先河。

穆合塔尔对阿拜的翻译成果所做的评价是完全正确的。对阿拜翻译中个别技术问题的解释，乍一读或许感到牵强，但细细琢磨，确实有道理。在哈萨克斯坦，还没有人对穆合塔尔的观点提出不同意见。1961 年出版的《哈萨克文学史》全盘接受了穆合塔尔的观点。穆合塔尔认为：

阿拜的译著不仅仅是文学方面的成果，对教育的发展，对历史和社会的研究都起到了推动作用。

阿拜的译诗，不论是直译还是意译和节译，都集中表现了原著的内容，也传递了原著所能给予读者的美感。他在翻译过程中，不断吸收和提炼俄罗斯以及阿拉伯的文学词汇，丰富哈萨克文学语言。

穆合塔尔也对阿拜翻译中的自由化做了解释，他认为阿拜在翻译中增添或减少原作的行数是为了精练而准确地表达原作的内容，同时也为了增添译著的文采。他明确地指出：为了提高译文的质量，在不影响原作内容的前提下，阿拜在翻译时增添或删去了个别诗的行数，甚至做了一些改动。比如把克雷洛夫的寓言诗《蜻蜓和蚂蚁》改作《蚂蚱和蚂蚁》，这是因为在哈萨克民间文学里出现蜻蜓的情况很少，为了加深读者的理解，阿拜有意把“蜻蜓”改成了“蚂蚱”，这样改动并不影响原作的内容。

穆合塔尔较详细地解释了阿拜节译《叶甫盖尼·奥涅金》的原因。除了上面提到的理由以外，还与阿拜对文学翻译的理解有关。穆合塔尔认为《叶甫盖尼·奥涅金》是阿拜早期的翻译。在这以前他只节译过克雷洛夫的《捷列克河的礼物》，而当时的文学翻译并没有形成严格的规则。因此阿拜按照东方诗人“改写”的方法，选译了《叶甫盖尼·奥涅金》的几个片段。穆合塔尔坦言：“在哈萨克斯坦能够全盘照译普希金作品的译者大有人在，但能像阿拜一样通过节译传递《叶甫盖尼·奥涅金》的主题思想，表达一对青年相爱过程中感情上的起伏变化而令读者手不释卷，是不易做到的。”

穆合塔尔用简练的文字阐释了阿拜的散文（箴言），着重解读了一部《箴言集》在哈萨克繁多的史料中特殊的文献价值。

这篇文章的主要特点是诠释多于评点，不像前面的文章用编年体的方法依照阿拜创作的年代有序地评议他的抒情诗，而是按照每篇文章的内容分类进行诠释。穆合塔尔认为：阿拜历年创作的诗歌虽然有主题雷同现象，但写作技巧及艺术表现却随着创作的进程不断创新和完善，因此适合按编年体的形式进行评点。而箴言的各篇文章无论形式和主旨都没有明显的时间特征，适合按各篇的内容归类评点。

穆合塔尔在对散文按篇目分类时，首先提出了七篇短文。认为这七篇的内容已包括在其他各篇中。另外有三篇因内容独特，认为需要分开诠释，它们是第二十七篇“苏格拉底和亚里斯托蒂姆（亚里士多德）的对话”，第三十七篇的二十三条格言，还有关于宗教和科学的论文即第三十八篇。对其余三十五篇按内容分成了十一组进行诠释。这样分类显然是为了便于叙述，使文章更加精练，而大多数读者也感觉文章言简意赅，便于阅读。然而研究阿拜作品的多数学者却希望穆合塔尔对箴言的每一篇文章做精细的评点，认为他是阿拜学的奠基者，他的评点有指导性意义。

从穆合塔尔对阿拜《箴言集》的分类叙述可以看出，《箴言集》是一个内容广泛、涉及社会生活各个方面的作品。穆合塔尔对文集总的评价是：阿拜的《箴言集》和他的诗歌一样是阿拜文化遗产中宝贵的部分，可以使后人认识阿拜生活的那个时代、那一段时间的历史真实。《箴言集》关于人道主义及伦理方面的教诲，对我们这个时代的人同样有教育意义。他在谈到第三十七篇时说：阿拜的经典语录远不止文集中的二十三条，阿拜的个别含有哲理的诗行和文章中的警句在人们的长期引用中已经成为富于教诲的格言。

穆合塔尔对文集中的第三十八篇做了较多的说明。这是因为该篇不仅篇幅较长（约占全集的五分之一），而且对其他篇章中的某些问题做了补充性的说明。文章中较多地谈到宗教和科学方面的问题。穆合塔尔解释说：这是由于考虑到周围人们当时的思想状况。阿拜是要在伦理哲学、思想教育、宗教教义之间找到某种足以说服人们的共同点，作为规劝人们的材料。阿拜在文章中宣称自己也是一位穆斯林。他赞赏伊斯兰教的真主，并向人们讲解真主的多种特性，在讲解中始终强调做人必须弃恶扬善。可见文章的主旨是向人们讲述做人应有的品德。文集中的第二十七篇也有这种含义。但阿拜也以严谨的科学态度对个别所谓的宗教人士轻视科学家的无知表现提出了批评。这充分表现了阿拜的远见卓识。

穆合塔尔的下述观点，可以作为人们研究阿拜的参考：

《箴言集》中的个别篇章是阿拜对自己某些诗歌的诠释。阿拜意识到他的个别诗写得过分含蓄、超脱，同时代的读者不一定能准确理解诗的含义，因而将自己对生活中重大问题的思考写成了散文，在叙述过程中尽可能由浅入深、由近及远，引导读者准确领会。

总览文章的形式和内容，《箴言集》的写作方法不同于一般的回忆录、随笔及抒情散文。文集中的四十多篇文章根据不同的内容采用了不同的体裁，诸如评论、告诫、诤言等多种形式，可以说是一部内容丰富、思想深刻、具有多种体裁、属于阿拜的独特的文集。

阿拜通过撰写《箴言集》丰富了哈萨克语的词汇，提高了文学语言的质量。虽然在阿拜以前也有人用散文写作，但今天哈萨克文学语言的丰富多彩应当归功于阿拜。

《箴言集》中的许多篇章不仅对哈萨克民族的生存和发展提出了指导性意见，而且包含对东方穆斯林社会制度及群众习俗的思考。这说明阿拜既有渊博的知识，更有超人的胆识和魄力。

上编的最后两篇文章是《论阿克勒拜的作品》和《论马高维亚的作品》。

阿克勒拜是阿拜的长子。按照哈萨克的习俗，阿克勒拜是由他祖父库南拜抚养长大的。马高维亚是阿拜的幼子，一直跟随着父亲，但不幸早逝。

阿克勒拜是艺术方面的多面手，弹、唱、作曲都在行。他一生共写了三部故事诗《加拉赫》（七户人家）、《祖力斯》和《达格斯坦》。《加拉赫》是全部译诗。《祖力斯》只有前面少部分流传下来，主体部分手稿也被焚烧，唯有《达格斯坦》被全部保留下来。马高维亚也写过三部故事诗，即《婴勒克—柯别克》、《阿布来》和《麦地阿特—哈斯木》。前两部十月革命前不曾在读者中流传，只有《麦地阿特—哈斯木》拥有较多的读者。另外马高维亚还写过不少短诗。

在阿拜的学生中有许多著名诗人，除恰克日木因涉嫌政治问题当时不宜介绍外，其他像阔克拜、阿日甫、瓦伊斯等都是较有影响的诗人。穆合塔尔在文章中特意介绍阿克勒拜和马高维亚，不仅是为了向世人介绍阿拜诗苑中的两朵奇葩，更重要的是要世人了解阿拜这个大家族实际上已经成为诗歌世家。在阿拜的家族中和诗歌结缘的还不止他们兄弟二人。阿拜的庶出长子吐拉古勒、侄儿卡克太以及孙辈的奥巴克尔都是著名的诗人。如果列出阿拜后人中的诗人名单，将是个不小的诗人群体。穆合塔尔没有细数阿拜家族中的所有诗人。在研究阿拜的专集中论及阿克勒拜和马高维亚足以说明以阿拜为首的这个家族在发展哈萨克诗艺中起到的重要作用，另一方面也是为了说明阿拜的创作方法对他的学生们的影响。因为《加拉赫》《麦地阿特—哈斯木》都取材于外国故事，而形式上有欧洲和俄罗斯文学的影响，这正是阿拜开创的一条创作道路。穆合塔尔在论阿拜的专著中同时论到他家族中的这两位诗人，显然是为了进一步说明阿拜对发展哈萨克文学所做的贡献。

收入文集下编的第一篇文章是《阿拜的诗文情结》，1934 年先后在《文艺广场》和《苏维埃哈萨克斯坦》上发表。文章的内容着重在评介阿拜诗艺的源头和支流。由于文章观点新颖、比喻独特，引起了学术界的广泛注意。

穆合塔尔把阿拜的创作生涯比作奔腾的河流。他说：有时像锡尔河，有时又像伏尔加河流过广阔的哈萨克草原，穿过东方及欧洲人居住的大片土地……沿途有许多渠道的流水汇入滚动的大河，而大河本身又在沿途留下小的湖泊或分出支流……阿拜的创作活动仿佛沿着东西方文化史衔接的边缘及意识形态发展的走向流动的大河。但这并不意味阿拜的创作中没有哈萨克本民族的成分。不，本民族的成分应该是大河的主流。

文章接着介绍了阿拜在宗教学校的历程：他在学习宗教知识的同时，用更多的时间和精力学习了阿拉伯语和波斯语，以及东方文化和诗艺。离开宗教学校以后阿拜仍在不断地观察东方宗教改革者的学说，但从未放弃对文学创作的关注。

在讲到西方文化对阿拜的影响时，文章着重指出阿拜如何借鉴普希金、克雷洛夫、莱蒙托夫的创作方法，如何在翻译他们的作品中不断提高并完善自己的创作质量。

文章的后半部讲到阿拜诗艺的长河在分成很多支流后，如何灌溉了哈萨克的艺术园地，培育出哪些艺术奇葩。他指出阿拜的学生中成绩最突出的有恰克日木和阔克拜二人。阿拜不但向他们讲述写作方法，而且给他们命题，指定写作范围，甚至耐心地修改他们的作品。而他的学生也没有辜负师长的教诲，他们用自己的作品表达了阿拜生前来不及表达和当时有意识留给后人表达的观点。

这篇文章有以下几点值得特别注意：

阿拜是经过严格的甄别与思考后接受西方进步的社会思想和俄罗斯文化的。曾一度影响阿拜人生观的米海依勒斯、多洛果波罗夫等人始终未能令阿拜接受他们武装反抗沙皇政府的激进思想。阿拜的精力只向普希金、莱蒙托夫等人的诗歌天地倾斜。

阿拜接受东方文化的时间早于西方，虽然他的创作河流在西方的大片土地上迂回蜿蜒，他却依靠自身东方文化的底蕴抵制西方不健康的成分，清醒地在西方的文艺园圃中有选择地采撷对提高哈萨克诗艺有益的养分。穆合塔尔明确地讲，在阿拜的作品中，东方的特征要胜于西方。

阿拜虽然精心学习东方和西方的诗艺，但在创作上丝毫不受外部模式的约束。他的学习态度是去粗取精，为我所用。这从他的译著中看得很清楚。为了概括和精确向哈萨克读者介绍原著的主题思想，阿拜可以对原作的形式甚至个别情节进行改动。

因为文章的主旨是讲东西方文化对阿拜的影响，没有重点阐述哈萨克文学，但也明确指出本民族的成分应当是大河的主流。

下面按文章排列的次序依次简介：

作者在阿拜 95 周年诞辰前夕写的短文《致阿拜研究人员》曾刊登在 1940 年 6 月 17 日的《强劲》报上。文章的主旨是要纠正当时在阿拜研究热中出现的偏向，指明阿拜研究中最关键性的问题。

穆合塔尔说：人们正热衷于寻找和搜集散佚在民间的阿拜手稿，这是好现象。但许多人不辨真伪，不做任何鉴别，便轻率地肯定哪首诗是阿拜某一时期的作品。而研究人员也不做鉴定，把某些模仿阿拜的赝品当成阿拜本人的作品盲目评介，引起阿拜研究工作的混乱。

穆合塔尔指出，在即将跨越阿拜生辰95周年、准备迎接阿拜百年诞辰时，阿拜研究者应选择的最重要课题、最有意义的工作是拿出研究“阿拜时代”的有分量的作品。

穆合塔尔详细说明了研究“阿拜时代”的宏伟内容。在社会秩序方面，诸如人权、婚姻、草牧场纠纷及部落、派系间的权钱争执等；在群众生活方面如婚丧嫁娶以及各种文体活动；其他如四季牧场的使用、管理、四季气候的变化等。无论哪一方面的研究，都要贴近阿拜的生活，联系阿拜的创作生涯和作品的内容，而不要空泛地罗列与阿拜无关的生活现象及历史事件。

穆合塔尔着重指出：阿拜研究是庞大的系统工程，要长期不懈地坚持。而阿拜的百岁诞辰正等待着用具体事实说明那个时代的论著。

在下编中《俄罗斯经典作家与阿拜》是当时影响较大的评介文章。1944—1945年先后在《苏联科学院哈萨克分院消息报》《布尔什维克之路》《斯大林之路》上发表，曾收入作者另一部文集《历年的思考》中。文章的主旨是介绍阿拜向西方——主要是向俄罗斯作家学习的动机、方法和成果。

文章首先介绍了当时的社会情况：18世纪下半叶及19世纪初，资本主义生产开始在俄罗斯土地上兴起。他们既要寻找廉价的原料基地，又需要推销产品的市场。广袤的哈萨克牧区便成为他们最理想的“开发区”。市场经济的渗透，市侩及奸商的敲诈勒索导致牧民的贫困化。而沙皇与各级管理的层层盘剥及掠夺，更加深了牧民的苦难。

文章接着说，凡有良心的阿肯——人民的代言者都在吟唱人民的苦难，而新出现的知识分子更希望改变当时不合理的状态。首先是阿拜脱颖而出，振臂高呼：只有学习西方文化及先进的科学技术，提高全民族的文化素质，才能改变哈萨克人的精神面貌，使哈萨克民族摆脱贫困落后的状态，走上富裕的道路，才能站在世界民族之林。

而学习西方，尤其是学习先进的俄罗斯文化，也是阿拜为自己做出的选择。

文章还介绍说，阿拜学习的范围极广，他不仅学习俄罗斯作家的作品，而且通过俄文译著阅读了歌德、莎士比亚、席勒、海涅、拜伦、巴尔扎克等人的著作。他不仅熟悉西方的文学作品，而且认真研究过西方哲学家和思想家，如斯宾塞、斯宾诺莎、笛卡儿以及达尔文的著作，为了进行比较，他甚至探究过东方的佛教。然而对阿拜的创作产生重大影响的是俄罗斯的作家普希金。

阿拜的学习和他的翻译是同步进行的，他较早的译著是普希金的诗体小说《叶甫盖尼·奥涅金》。文章详细介绍了阿拜的翻译过程。阿拜通过翻译普希金的作品，不但学习了创作方法，而且学习了该如何缜密地观察生活，揭露社会上的不良现象，这对阿拜的创作产生了重要影响。在阿拜以前，哈萨克作家中还没有人像阿拜一样把阿肯的吟唱看作诗人的创作，从文化角度去论述阿肯的劳动。从阿拜开始，阿肯们学会了揭露、鞭挞身边的丑恶现象和各级官吏的罪恶活动，懂得了追求真理、歌颂正义。

文章在谈到阿拜对克雷洛夫的翻译时说，虽然阿拜高度评价并精心翻译了克雷洛夫的多首寓言诗，但自己并不想成为克雷洛夫似的作家，他不喜欢含沙射影地表达自己的观点。他需要莱蒙托夫似的直爽，直言不讳地指着对方的鼻子讲话。

文章用较多的文字介绍了阿拜和莱蒙托夫的诗缘：莱蒙托夫是阿拜最喜爱的俄罗斯诗人之一，从阿拜个人的创作中也可以感受到莱蒙托夫的韵味。一是因为他们有着相同的遭遇，两人都痛恨并怒斥过社会的黑暗；二是因为阿拜较多地翻译了莱蒙托夫的诗，在翻译过程中受到莱蒙托夫创作的感染。文章列举了阿拜译作的精品，其中包括由莱蒙托夫译作中转译的歌德和拜伦的诗。阿拜译诗的特点是：尽可能表达原作的内容，有的译诗尽管节奏、韵辙或比喻和原作不同，但准确表达了原作的感情和主题思想。可以认为,在今天的哈萨克作家中还没有任何人的译文质量达到阿拜的水平。

文章还指出萨尔蒂科夫 - 谢德林对阿拜的影响：从阿拜的《我总算当了卜勒斯》《卜勒斯高兴得忘乎所以》中都可以嗅到谢德林笔下人物那种令人作呕的气味。

文章在结尾部分说，阿拜通过自己的翻译，引来了一股文学创作的新风，这股风源自西方——俄罗斯的经典文学。这股风对促进哈萨克文学的繁荣起到了有益的作用。

穆合塔尔在文章中还讲到了向其他民族学习的必要性，他说：指出阿拜向西方作家学习，并不会降低阿拜创作的含金量，反而会显示阿拜的远见卓识。因为在一个闭塞的国度里能挺身而起，学习外部的东西，本身即是一种创见。普希金也是在向西方文学家学习中提高了自己的创作水平。

文章明确指出了阿拜诗艺的三个源泉：一是哈萨克民间文学遗产和阿肯的吟唱，二是容易被人忽略的东方文学，三是使阿拜成为学者型诗人的西方文学经典作品。

在哈萨克斯坦学术界，经过一段时间的争辩后，学者们已经认可穆合塔尔对于阿拜诗艺三个源泉的观点。

在接下来的《阿拜创作的高标准》中首先介绍了阿拜生命中的四个亮点，认为正是这四个有特殊意义的亮点使阿拜最终成为哈萨克历史上最伟大的诗人。

阿拜提出，“我不做父亲的儿子，做人民的儿子”，“父亲的儿子是人民的敌人，人民的儿子才是你的同袍”。这是阿拜所追求的人格标准，也是他生命中最大的亮点。阿拜是要为他的人民寻找生存空间，为人民的进步、社会的发展寻找出路。他和父亲分手实际是和上层官僚集团决裂。这是出于他事业的需要，也是出于振兴诗歌创作的需要。

在和愚蠢而蛮横的上层决裂后，阿拜不遗余力地为他的人民寻找出路。他不但要在哈萨克历史和哈萨克大地上求索，而且要向毗邻的民族——俄罗斯的科技、文化学习。他终于从历史和当代的俄罗斯人民中为自己、也为他的人民找到了朋友。由于第二个亮点的陪衬使第一个亮点更为耀眼。这是研究阿拜的主要线索。

阿拜把诗歌创作当成了进行社会斗争和干预时代生活的武器，这是以往任何哈萨克阿肯所不曾做到的。

阿拜把长期探索中得到的和自己创作的成果作为教材，传授给新一代诗人。阿拜亲手为哈萨克的新文学、经典文学奠定了基础，成为新文学的牵头人、全心关注人民疾苦的社会活动家。

文章接着叙述了阿拜和父亲分手后结识俄罗斯朋友——流放到斜米地区的革命民主主义者的过程。在和新朋友的交往中，阿拜意识到要想写出振奋人们精神的作品，不仅要熟悉本民族丰富的民间文学，还要向东方诗人、特别是向进步的俄罗斯作家普希金和谢德林等人学习。像他们一样，与人民同呼吸、共命运。穆合塔尔在这里又一次讲到阿拜诗艺的三个源泉。

文章比较详细地谈到阿拜向东西方文化学习的不同进程和收益，明确指出阿拜学习的目的是扩展自己的事业，拓宽知识面。因而，他的学习有选择、有重点、有明确的目标。他在对东西方文化进行比较后，认为西方文化——主要是进步的俄罗斯文学更有助于提高自己的创作水平。他不仅深入学习了俄罗斯古典文学，还学习了同时代进步作家如托尔斯泰等人的作品，而且用相当的时间翻译了普希金等人的诗篇。由于向哈萨克民族引进了俄罗斯文化，阿拜的形象变得更加高大。

文章最后说：阿拜的学习无论偏重于哪一个方面都不是死板的、简单的模仿。他要经过不断的反刍，使之消化为本身的艺术能量，在创作中发出另一种更加绚丽的光彩。这就是阿拜所追求的高标准，也是他的创作目标。

1951 年第二期《苏维埃哈萨克斯坦科学院消息报》上登载了《论阿拜的文化遗产》。20 世纪 50 年代初，哈萨克斯坦学术界对阿拜研究中诸多问题进行的争论并未完全结束。1950 年，《列宁主义青年》第七号上发表了语文学研究人员努如切夫的文章《论阿拜创作的最初阶段》。从穆合塔尔的评述可以看出，努如切夫的个别观点会妨碍阿拜研究的正常进行，比如努如切夫认为，应该把阿拜开始写作的时间定为 1882 年，阿拜的处女作是他在 37 岁时创作的《雪后围猎》。1982 年以前写的几首诗质量低劣，缺少诗意，无法证实是阿拜本人的作品。类似的作品都是一些失去记忆力的老人提供的。努如切夫正式提出，应当从阿拜的诗集中剔除 1982 年以前的作品；所谓阿拜用阿拉伯、波斯语写的三首短诗是最大的失误，阿拜不可能模仿东方诗人进行创作。

努如切夫为否定东方文化对阿拜的影响，不加区分地贬损东方所有的诗人，有意把东方文化说成光怪陆离的文化糟粕。

穆合塔尔严厉地批评了努如切夫对待阿拜遗产的错误观点。他指出，无端怀疑老年人记忆中的阿拜诗歌，认为在民间搜集到的作品都不可靠，实际是不折不扣的虚无主义。而对东方诗人的污蔑，会把阿拜研究工作引向错误方向。

穆合塔尔之所以严厉批评努如切夫的观点，是因为他的观点严重妨碍了对阿拜作品的搜集、整理和出版工作。尤其是他对东方文化的贬损，否定阿拜成长过程中从东方作品中汲取养分，都妨碍正确解释阿拜成长为“诗圣”的探索过程，也背离了穆合塔尔所提出的阿拜诗艺的三个源泉。在 1951 年，即开展阿拜研究的关键时刻，不宜低估努如切夫文章的负面影响。这就是穆合塔尔撰文反驳努如切夫的原因。穆合塔尔的文章曾在有影响的《社会主义哈萨克斯坦》《列宁主义青年》同时转载，说明了当时对文章的重视。

穆合塔尔严正指出：研究阿拜的作品必须客观、严谨，对任何一首诗的评估都不能离开写作的年代。要求阿拜青少年时代的作品具有他成熟期作品的高度，是不科学的。穆合塔尔用大量的文字阐明了他的这一观点。

《阿拜在思想文化方面的探索》是用俄文写的短文，1939 年同时发表在《哈萨克斯坦文学与艺术》以及《哈萨克斯坦真理报》上。文章的主旨是解说阿拜是如何向西方、向俄罗斯文化求索的，有哪些收获。最终号召当代青年应当像阿拜一样勤奋探索。

文章指出上世纪（指 19 世纪）最后 25 年，资产阶级革新思想逐渐替代在东方占统治地位的经院哲学学府毛拉的地位。如何引导哈萨克民族选择正确的发展方向，已成为觉悟的知识分子责无旁贷的义务。

阿拜从古老的东方文化谨慎地选择菲尔多西、费祖里、哈菲兹、萨迪、尼扎米、纳沃依的诗歌作品来充实自己的文化根底，但他用更多的精力、用它后半生的大部分时间去向西方寻找扩展他诗艺的另一个源泉。

阿拜通过翻译《叶甫盖尼·奥涅金》向哈萨克人民介绍了普希金，展示了先进的西方文化。然而，不能认为阿拜和俄罗斯的文化情结仅仅表现在一部作品上。阿拜还接触过谢德林等许多作家的作品，甚至熟读了他同时代托尔斯泰的著作。

阿拜由于认识了流放到当地的革命民主主义者，接触到了进步的俄罗斯社会思想，不但熟悉了俄罗斯及欧洲的经典文学，而且研究了亚里士多德、斯宾诺莎以及达尔文等人的哲学著作。这才宣称“我求索的标志已转向西方”[①]。

因为有了特殊的学历和丰富的创作实践，阿拜才向世人奉献出具有哲理的抒情诗和散文作品。在书面文学还不普及、用文字传播极为困难的条件下，阿拜的作品借助阿肯的吟唱和诗歌爱好者的传抄，流传到草原封闭的各个角落，这足以说明阿拜诗歌蕴含的真理和艺术魅力。

文章最后号召哈萨克的诗人和作家要像阿拜一样拓展学习领域。不仅要学习本民族的文化，而且要有选择地学习兄弟民族的优秀文化，创作出无愧于时代的作品。

穆合塔尔用俄语写的文章《俄罗斯的现实主义传统和革命前的哈萨克

① 原文是：“我的卡阿巴已转向西方。”（卡阿巴是麦加的清真寺，是穆斯林朝拜的圣地）

文学》最初发表在《人民友谊》1949年第二期上。文章的主旨是解读哈萨克文学和俄罗斯现实主义文学的情结；教育家阿勒吞萨林和阿拜的创作实践对哈萨克文学发展起到的推动作用。

文章开头即明确指出，哈萨克的阿拜、塔塔尔的托海、阿塞拜疆的阿浑多夫等人在推进民族文化方面的重大成就，都可以说明各少数民族人民的历史命运是和俄罗斯的革命民主主义相联系的。历史上有个别人津津乐道文学源流的“单一性”，是因为他们无视以往民族文学中真正进步的革命因素，最终倒向资产阶级狭隘的民族主义。

在追溯哈萨克作家、诗人和俄罗斯现实主义接触的历史时指出，在阿拜以前，厥坎和阿勒吞萨林已经向哈萨克人民介绍了俄罗斯文学，特别值得提起的是阿勒吞萨林在接受和传递俄罗斯现实主义中的作用。他不仅翻译了克雷洛夫的寓言诗，而且把他的译作纳入中小学课本中，是他在俄文字母基础上创建了哈萨克字母，并根据俄罗斯教育家乌钦斯基的教育思想编制了中小学文学课本。他一生不遗余力地用俄罗斯文学的现实主义传统培育哈萨克青年。但文章也指出阿勒吞萨林的局限性：他对俄罗斯现实主义传统的理解和传播未能超越文学课本和教学理论的范畴。他不像阿拜那样从广阔的范围和思想高度向哈萨克文学界介绍19世纪俄罗斯文学的现实主义。

文章接着用较多的文字介绍了阿拜的创作生涯。

在论述20世纪初的作家如何从阿拜的创作中接受俄罗斯现实主义传统时，首先介绍了库别耶夫和他的小说《财礼》：小说的主人公——一对青年男女为获得人身自由所进行的斗争，反映他们已经预感到革命风暴的逐渐接近。《财礼》的出现，说明俄罗斯进步文学在唤醒哈萨克作家中的现实主义创作意识。因为《财礼》是哈萨克作家创作的第一部小说，尽管艺术上还有某些不足，但小说鲜明的批判现实主义倾向引起读者的极大关注，也确定了它在文学史中的地位。

文章接着介绍了十月革命初两位有影响的诗人多宁塔耶夫（1894—

1933）和托赖格罗夫（1893—1920），他们的作品已充分体现了俄罗斯的现实主义传统。从托赖格罗夫的《雇农》主人公身上可以看到涅克拉索夫的《谁在俄罗斯生活得好》中的农民形象。

在文章的后一部分，作者肯定了当前文学艺术中的现实主义方向，同时指出了某些不足的方面：戏剧舞台上过多的传统节目把人民的欣赏趣味引向旧世纪的生活，从而冲淡了对现实生活的关注；在文学创作中，许多作品没能深入挖掘人们的内心世界。文章最后号召哈萨克作家要创作出更多、更好反映时代的现实主义作品。

接下来的《哈萨克人民伟大的诗人阿拜·库南拜耶夫》是作者评价阿拜创作成果和历史功勋的文章。最初发表在1945年8月15日的俄文《消息报》，其后曾在《伏尔加真理报》《共产党员》等杂志上转载。

文章前半部分简略介绍了阿拜的身世和步入创作前的生活历程：阿拜曾期望用政权的威慑力来改变丑恶的社会现实，为人民谋福利。在经过一段尔虞我诈、荆棘丛生的仕途后才幡然悔悟，坚定了通过创作达到教育的目的，但这时发表的诗都署了朋友的名字。1886年，阿拜四十岁创作《夏》时，开始用自己的名字发表作品。在生命最后的二十年中，阿拜把全部精力投入到创作中，为哈萨克人民写出了多首精美的哲理抒情诗和教育诗篇。

随着阿拜诗歌的流传，阿拜的名声传遍了哈萨克大草原。阿拜随之成为人民尊重的诗人。当时著名的阿肯布尔渐、沙拉等都跋山涉水来拜访他，在他周围逐渐形成了一个诗人群体，这个群体对哈萨克新诗的发展产生了强有力的推动作用。

文章又一次阐述了阿拜诗艺的三个源泉，比较详尽地介绍了阿拜是如何从这三个源泉中汲取艺术营养，完善写作手法，攀登思想和艺术高峰的。文章明确指出：灌溉阿拜创作土壤的三个源泉无疑提高了阿拜作品的质量。但阿拜不曾用模仿和摘抄手段湮没自己的才华，作为艺术大师，阿拜批判地、谨慎地选择并接受了对自己创作有益的养分，像一位丹青巨匠和伟大的思想家，在作品中充分显示了个人的创作意图和风格。

文章在谈到阿拜的第一个诗歌源泉时说，阿拜的作品和民间阿肯吟咏的口头文学有极明显的区别。他的诗歌中没有一首类似旧习俗的模式。在阿拜的创作中，无论口头诗歌的词汇、题材、风格都被新的思想和新的感受替代。阿拜的诗显示了他鲜明的个性和进步的思想倾向，尤其是他极为关切的创作目的——借助诗歌的艺术魅力引导读者追求知识、崇尚科学、摆脱愚昧落后状态。

文章在谈到阿拜和东方文化的交往时指出，阿拜童年时代确实受到东方文化的影响。阿拜从中汲取了许多有助于提高创作水平的养分，但应当看到阿拜和纳沃依、尼扎米及费祖里的作品之间的区别；区分阿拜向东方诗人学习的前后两个时期，即少年时代（1860—1865）和他创作的成熟期。在阿拜成熟期的创作中已见不到少年习作时模仿的痕迹。他有选择地、创造性地汲取了东方诗人的写作手法，这从《伊斯坎德尔》的改写中可以明显看出。阿拜笔下的伊斯坎德尔不是尼扎米诗中宽厚、雄伟的君主，而是一个贪婪的侵略者。

阿拜作品的思想内涵、他对现实生活的理解、对新世界的感知以及对人际关系的理解都不同于东方诗人的模式。阿拜彻底摒弃了伊斯兰教苏菲教派的神秘主义。他对宗教的认识和伊斯兰教课本没有任何共同点。宗教对于阿拜只是表现人类道德的有局限的标志，是表达他关于完善人类思想灵魂的工具。

文章谈到阿拜和俄罗斯文化交流的源泉时说，阿拜学习的范围绝不局限于普希金、莱蒙托夫及同时代的托尔斯泰。他经常在斜米图书馆废寝忘食地翻阅所能找到的西方进步作家的作品。阿拜通过俄译作品了解并翻译了歌德、拜伦以及西欧经典作家的作品。通过俄罗斯朋友的介绍，阿拜系统地研究了西方哲学家斯宾塞、斯宾诺莎及达尔文的著作。这使阿拜成为学者型的诗人和具有诗人气质的思想家。阿拜的俄罗斯朋友帮助他拓宽了眼界，他们也从阿拜那里了解到有关的历史知识、哈萨克人民的生活方式、经济状况以及地方法规等。

文章最后指出，阿拜的创作成果和他的业绩不但使他成为哈萨克人民的引路人，而且成为整个近东人民为求进步而斗争的光辉榜样。在进步的社会力量与反动势力斗争中，在新文化的成长及壮大过程中，哈萨克人民和其他受压迫的人民一样，看到了另一个俄罗斯，一个科技文化发展的俄罗斯。阿拜的功勋即在于他摧毁了哈萨克社会在接受进步的俄罗斯文化中的障碍。基于上述历史功勋可以认为，阿拜是哈萨克新文化真正的创建人，他的诗无疑是哈萨克经典诗歌的巅峰，他的进步思想是哈萨克人民的精神支柱。

1954 年 9 月 7 日哈萨克斯坦《文学报》上发表了《阿拜的人民性和现实主义》，文章在社会上引起了强烈反响，1961 年收入《历年的思考》中。令读者感到振奋的是，文章不仅详细阐释了阿拜作品中表现的人民性和现实主义，而且坦率地指出，阿拜虽然出生在贵族家庭，却背弃了奴役劳动人民的大家族，彻底断绝了和上层贵族、巴依感情上的纠葛。正因为如此，阿拜的作品才真实表达了贫苦牧民的追求和向往；揭示了沙皇政权的横征暴敛给人民造成的苦难，鞭挞了草原上的霸主对劳动人民惨苦的剥削。文章接着指出阿拜作品的人民性扩展了同时代阿肯的视野，促进了哈萨克新文学的产生。

在谈到阿拜的现实主义时，作者指出，阿拜的作品不仅扩大了民间阿肯创作的狭小范围，刻画了那个时代人们的典型性格，而且深刻分析了一切愚昧、落后现象产生的社会根源。阿拜不但把现实主义带进了哈萨克文学，而且以自己现实主义的作品唤醒了沉睡的哈萨克民族。

作者在评论阿拜的现实主义时，总要联系到俄罗斯文学对阿拜的影响，在文本中特别强调：阿拜的人民性及现实主义对哈萨克精神文化的成长产生了决定性的作用，因而必须一再指出，是俄罗斯古典文学的民主主义传统促成了阿拜诗歌最突出、最明显的特征。

在前文中作者谈阿拜诗艺的三个源泉时曾指出，在阿拜的作品中，东方的特征胜于西方，但作者并不轻视俄罗斯作品对阿拜的影响。作者穆合塔尔文学理念中不可动摇的定势是：没有俄罗斯文学的影响，没有普希金、莱蒙托夫、克雷洛夫等人作品的引导，不可能有阿拜的现实主义。哈萨克现实主义文学的产生要推迟多年。

穆合塔尔在阿拜逝世50周年时写的纪念文章《人民伟大的儿子》曾刊登在《苏维埃哈萨克斯坦》1954年第10期上，并收入《历年的思考》中。

文章的主旨是要阐明阿拜在人民心目中的伟大形象是如何形成的。作者首先指出：半个世纪以来随着每十年一次的纪念活动，阿拜的人格魅力和作品的价值已为广大人民群众认可。阿拜在人民心目中的形象愈来愈显得高大。在哈萨克斯坦出现了以“阿拜”命名的地区、集体农庄、学校等单位。阿拜的作品已成为人民不可缺少的精神食粮。在今天——阿拜谢世50周年时，哈萨克人民的纪念活动不再是一般意义上的怀念，而是怀着崇敬的心情研究他的生活道路、他不平凡的命运，他和黑暗、残酷的社会进行斗争的历程，以及他作品中丰富的内容。哈萨克人民公认阿拜的文化遗产是人类宝贵的精神财富。

作者认为，上述情况已明显说明阿拜在人民心目中的伟大形象，但在阿拜研究中也出现了一些偏差。比如某些人错误地理解文学作品的人民性。有个别人提出：阿拜是否在作品中明确号召人民群众反抗封建主，号召哈萨克人民加入到先进的俄罗斯人民反抗沙皇政府的武装斗争中等。

作者认为，那样理解阿拜的人民性是片面的。他明确地说：阿拜的人民性在于他的思想追寻，他创作事业不可动摇的方向是人民不断前进的历史。这正是他作品极其丰富的内容……人民性的标准在于作品在怎样的程度上推进并丰富了人民的文化。

作者最后指出：阿拜的作品丰富了人民的历史，同时以极其鲜活、新奇的内容充实了世界文化。在阿拜的作品中充满人类先进诗艺的因素，正是这种因素引导了与世隔绝的、落后的哈萨克文学走向新的、不断向上的历史进程。

在谈到阿拜作品的现实主义时，作者指出：19世纪下半叶哈萨克地区的商业经济正在兴起，农村、牧区的阶级分化及阶级对抗日益加剧。阿拜的作品第一次用批判现实主义的创作方法深刻描绘了哈萨克社会的真实面貌，揭示了纷繁复杂的社会现象和社会矛盾。在书面文学普及的初期让人民群众逐渐熟悉从书面作品中去了解和认识社会的内幕。

作者在本文中还谈到前面文章中曾解释过的阿拜的宗教观、俄罗斯作家和评论家对阿拜的影响以及学习俄罗斯文化、科教的必要性等一系列问题。文章让人们认识到阿拜既是人民伟大的儿子，也是芸芸众生的导师和伟大的诗人。

文集中的最后一篇文章《我是如何创作“阿拜”和“阿拜之路”的》，最初发表在俄文刊物《列宁时代》上。

文章详细介绍了作者的创作目的、构思过程以及小说的主要内容等一系列问题。由于祖父的指引和影响，穆合塔尔对阿拜怀有特殊敬意。随着对阿拜的理解加深，穆合塔尔决心继承阿拜的事业，向世人介绍并宣传阿拜和他的作品。《阿拜之路》即是他的一部分成果。

穆合塔尔说：“我的目的不是要一般地图解诗人阿拜的生活轨迹，而是要通过他创作所依据的社会现实，通过他对历史上各类事件的剖析，展示十月革命前半个世纪哈萨克社会生活的完整画面，让读者充分认识阿拜的生活历程和他为哈萨克民族指出的生存和发展道路。”

文章接着介绍了小说的构思和创作过程。作者把自己比作掉队的旅客。他要在商队留下的灰烬中寻找未烧尽的残枝焦叶，用力吹出火星，使它重新燃烧起来。他要从健在的阿拜同时代人中甚至曾对阿拜怀有敌意的老人的记忆中了解阿拜和阿拜生活的环境；要从艾克里姆已经出现皱纹的脸上追寻她年轻时的风姿——因为阿拜的爱情诗紧密联系着他反抗封建婚姻，号召妇女解放的斗争。

文章明显的特点，是它通过一系列具体事例来说明小说的主题和阿拜作品的思想内容完全一致，而小说的所有情节都是随着时间的进程开展的。如前面的章节中所述，阿拜虽然和父亲库南拜在某一事件的处理上有争议，发生过龃龉，但并未写他们最后如何分手。而在小说临近结尾的第四节《遇险》中，阿拜在群众集会上讲话时却宣称：“为了主持正义，你甚至可以指出父亲的罪过……”当时库南拜虽然已经过世，但阿拜这时的态度说明了父子间的感情会随着时间的推移发生变化，这显然是为了小说的情节严格按岁月的进程有序地、逻辑性地开展。

文章还举出小说的个别段落，说明作者为增强作品的艺术效果，对某些主要情节的精心描绘：

托葛建是阿拜最初的情人，由于各方面的阻力未能组成家庭。托葛建最后嫁到另一个阿吾勒，但阿拜始终未中断对托葛建的恋情。多年后，有一次阿拜和众多朋友结束禽猎活动，在回家途中遇到了暴风雪，因迷失方向被风雪困扰时间太长，阿拜在马背上被冻僵。由于同伴们的帮助和细心照顾，夜深时才到达附近的阿吾勒，在一处大户人家休息。而这正是托葛建的大家庭。阿拜和托葛建的这次意外相遇，竟成为他们生命旅途中生离死别的痛苦回忆。正是在和托葛建分手的最后时刻，阿拜在昏迷中苦苦地追忆着他“用心血呕成的诗”。卡拉恰希曾把这首诗告诉托葛建……它早已成为托葛建为往日生活所唱的挽歌，深深铭刻在她心里：

即是月亮和太阳同时闪光，
也不能把我阴暗的心室照亮。

后面两句，阿拜方才已念出声来。它仿佛是太阳西沉时的寄语，是晚霞即将消逝时的反照，是阿拜踩在死亡门槛上的吟唱：

对于我，世上没有人比得上你，
对于你，也许有人更比我理想……

托葛建用阿拜的手扪住自己的胸口，流着泪吻着他的手臂说："亲爱的！这不应当是你的话，应当是我的，你是在表达我的心声。可憎的命运……"

作者解释说：阿拜在禽猎后归途遇到暴风雪是暗示爱情生活的磨难在他心中引起的风暴。

文章最后还说明，在小说第一部《阿拜》出版后还亟需写第二部《阿拜之路》的原因。因为第一部未能写完阿拜的全部事业，只有第二部《阿拜之路》才完整地展现了哈萨克民族从封闭的、落后的草原走向阿拜所指引的进步的人民民主的道路。

传记性历史小说《阿拜之路》

《阿拜之路》第一部上下册于 1942 年、1947 年作为单行本先后出版。初版时的书名为《阿拜》，1949 年获苏联国家最高文学奖。第二部上下册是 1952 年和 1956 年依次出版的，初版时书名为《阿拜之路》。全书于 1959 年获列宁文学奖。小说第一部出版不久即被译成俄文，接着被陆续译成其他文字在世界各地出版。穆合塔尔也由此跻身于世界名作家的行列。全书最后合并为上、下两卷，统称作《阿拜之路》，各卷仍沿用旧名。

半个多世纪以来，撰文评介和褒奖这部小说的文学界人物近百名，其中有法国著名作家路易・阿拉贡，苏联作家肖洛霍夫、吉洪诺夫、费定、法捷耶夫及艾特玛托夫等人。路易・阿拉贡说："具有史诗规模的《阿拜之路》是 20 世纪最优秀的长篇小说之一。说这部小说仅仅是苏维埃文学的上乘之作还不够，因为在其他国家也难找到能和它媲美的作品。"[1] 我国的哈萨克学者认为：和《红楼梦》在汉族读者中的影响一样，《阿拜之路》是哈萨克读者最喜爱的作品，是哈萨克民族的《红楼梦》。可以说《阿拜之路》艺术方面的成就，在 20 世纪文学史上的地位得到了充分肯定。但它的文献价值，它对于研究阿拜作品，尤其是诗歌方面的重要性还有待

① 译自民族出版社《荟萃》1992 年 13 期 138 页《有关穆合塔尔的评论》。

深入探讨。

哈萨克斯坦科学院的创建人，第一任院长萨特巴耶夫在谈到《阿拜之路》时说：“任何一位研究哈萨克民族渊源的学者都不能无视这本书。语言学家在纵览丰富的民间文学资料的同时可以从中了解哈萨克语的词汇雏形及文学语言的普及过程；人类学家在了解旧时代的同时可以了解已经过时的生活现象和岁月的印记……经济学家可以得到19世纪哈萨克斯坦社会畜牧业经济结构的准确资料，了解当时阶级矛盾自身的特点；法律学家可以得到从伊斯兰教规开始到毕官审判期间草原法规的珍贵资料。”[1]萨特巴耶夫纲领性地指出了《阿拜之路》对研究哈萨克学所具有的参考价值。可以说，任何研究阿拜和阿拜作品的学者都不得不认真阅读这部具有史诗规模的《阿拜之路》。小说在向世人宣传阿拜、拓展阿拜学方面起到的特殊作用，是其他任何文献所不可替代的。

1995年哈萨克斯坦出版的《阿拜百科辞典》“阿拜之路”条目中记载：“截止到1993年《阿拜之路》已被译成116种文字，发行600万册。”这可以说明，世界各地已有相当规模的读者通过阅读《阿拜之路》认识了阿拜。小说的感染力无疑引起了读者对它的主人公的仰慕和崇敬。穆合塔尔说：“我非常高兴，我所敬仰的导师——小说的主人公，由于我的微薄的劳动使读者感到更亲切、更容易理解和接近。”读过《阿拜之路》的人都渴望了解阿拜本人的作品。小说的问世扩展了阿拜作品的翻译和出版规模。

阿拜本人的作品译成其他文种的时间一般都晚于小说《阿拜之路》的出版。如最早译成英文的《阿拜叙事诗和抒情诗选》是在1970年，译成阿拉伯文和拉丁文的部分诗也都在1970年，而这时《阿拜之路》的第一部已由俄文转译成其他文字在世界各地出版发行。阿拜的个别诗虽然在20世纪30年代初译成了俄文，但阿拜诗文全集的俄文译本却是在1954年出版的，这也晚于《阿拜之路》第一部译成俄文的时间。我国的翻译界早在20世纪50年代即阅读了《阿拜》的原著，他们也是受到小说的启

① 译自阿拉木图古籍出版社《阿拜百科辞典》43页《阿拜之路》条目。

发和诱导着手翻译阿拜的作品的。

穆合塔尔创作《阿拜之路》和他撰写评介阿拜的文章是同步进行的。小说的主题思想和评介文章的主要观点完全一致。穆合塔尔说："我个人认为，《阿拜之路》是我至今研究阿拜的一部分成果，而另一部分成果是我今年完成的科学研究手稿。"①

翻开《阿拜之路》的第一页，可以读到阿拜和派到城镇小学来接他回家的听差在牧道赶路。从这些简短的文字就可以联想到当时的教育情况：牧区没有正规小学，有条件的人家要送孩子到城里读书。这既是小说的开端，也是阿拜人生之旅的起点。从这里开始，小说紧贴着阿拜的人生经历和半个多世纪耳闻目睹的一切展现了哈萨克人生活的全貌，揭示了19世纪发生在青格斯山区的种种社会事件；告诉人们沙皇政府是怎样通过卜勒斯的频繁更迭愚弄哈萨克人民，不断引发部落以及家族间长年累月的械斗，削弱哈萨克民族的凝聚力；是哪些原因加大了哈萨克同周边民族之间的差距，使哈萨克民族滞留在封建宗法制度中裹足不前。小说通过对现实生活认真的描绘和剖析，展开了阿拜思想的核心和阿拜作品的总主题：在沙皇殖民主义统治下哈萨克民族该如何求生存、图发展，摆脱当前贫困落后、愚昧无知的状态，最终进入先进民族之列。

阿拜在他的《箴言集》中谈到哈萨克民族落后的原因时说："如果我们在发展畜牧业的同时也兼顾务农、经商、习艺、科研，是不会落到这步田地的。"阿拜没有特意阐述单一的畜牧业经济的不稳定性。而穆合塔尔在小说中用大量篇幅描绘了暴风雪难以抵挡的破坏力。读者仿佛亲眼看到一群群牲畜因缺少冬储饲料成批死亡的惨状，以及贫苦牧人在冰天雪地中的挣扎和呻吟。小说上卷最后一章《在险峰》中有一段阿拜和哈德尔拜阿肯的对话，可以明显看到小说和阿拜作品间的联系：

阿拜："暴风雪给住毡房的哈萨克人带来灾难不是一年了。可以

① 译自穆合塔尔著《阿拜·库南拜耶夫》288页《阿拜的文学遗产》。

说这是哈萨克世世代代的天敌。谁都承认这一点，但为什么每一代人都不能从中吸取教训？……”

哈德尔拜觉得这些提问都有新意，他沉思片刻像说顺口溜似的：“生活在动荡，幸福难捉摸……秋风匝地起，草木将凋谢……”

阿拜很欣赏阿肯的口才，但认为用草木的凋谢比喻人们的生活不够确切，他说：“……我们哈萨克对其他民族的了解太少了。一个民族只有了解其他民族才能学习他们先进的东西。从古至今都可以互相学习，取长补短，不断前进。而我们却很少学到其他民族的长处，科学技术非常落后……我们的民族需要科学，需要知识。要让人们学习、受教育。如今已经不是依赖辽阔的牧场和草地睡大觉的时代了，是应当向科学技术发达的民族学习的时代！”

阿拜在生前曾多次会晤过哈德尔拜阿肯，这段谈话的过程应该是接近实际的。

部落、家族和家庭尤其是库南拜对阿拜成长的影响是研究阿拜的重要内容。阿拜出身的窝勒加依是托布克特部落中有声望的大家族。库南拜一代是这个家族的鼎盛时期。库南拜曾担任喀尔喀热勒地区的大苏丹。他的政绩和过失都会对阿拜产生影响，而负面影响则会成为阿拜人生道路的障碍。民间有关库南拜的传说虽然比较多，但不如小说《阿拜之路》记述得那样系统和详细。小说中的许多情节是作者从长时间的实际调查、访问中得到的第一手资料。

《阿拜之路》上卷前半部的内容主要是围绕库南拜、阿拜父子间的矛盾展开的。小说中的库南拜是个严酷、倔强但不鲁莽的家长，是个足智多谋、临危不乱，能够在沙皇官吏的监控下保全自己部落和家族利益的大苏丹。他要不惜任何代价为自己家族及子孙的繁荣昌盛创造条件，但阿拜却没有按照父亲的意愿展现自己的人生价值。童年时敬畏父亲的阿拜随着年龄的增长和知识的积累，对父亲各个时期处世做人的态度逐渐由感性认识上升到理性的高度，到成年时经常和父亲发生龃龉，最终选择了不同的人生道路。

哈萨克斯坦著名作家穆斯热颇夫按小说上卷《阿拜》的目录顺序描绘了阿拜父子不同的生活道路。目录顺序是：一、归家；二、在重围中；三、在途中；四、在莽原野林里；五、跨进高岗；六、攀登；七、在险峰。这是阿拜一步步攀登生活的高峰，极目远眺，审视风云变幻的阿拜之路。如果逆转目录的顺序，从后向前阅读则是由生命的绝顶——“在险峰”滑到老窝——“归家”的库南拜的生活道路。《在险峰》的结尾用一段库南拜父子二人的谈话，准确表达了他们不同的人生观和价值观：

库南拜说：“首先你分不清贵贱。不懂得珍惜和炫示自己的东西。经常为一些廉价的欢笑和没有价值的小事挥霍自己的财富……要知道，一池浅水可以由狗和鹰随便吸吮。第二，你分不清敌友。更不用说有区别地对待他们……第三，你倾向于俄罗斯人，还在走向他们那边……这是宗教和穆斯林所不能容忍的！”

阿拜非常理解父亲讲话的含义，这是在鞭挞他心中最珍贵的那些东西。这正是阿拜要背离父亲另辟一条生活道路的根据。而库南拜也准确地指出了儿子和自己的分歧。然而阿拜早已下定决心，要坚持自己的信念，不屈从世界上的任何势力……他滔滔不绝地说：“爸爸，您讲的这三点我都不能接受！我认为自己选择的道路是正确的。第一，您把我比作浅水。与其像一口深潭只供有权有势的人享用，还不如真的成为一池浅水，能为所有贫富、老少祛暑解渴。第二，您讲到了争取群众的方法和领导群众的人应具备的条件。我是这样理解的：群众最早像绵羊一样。只要牧人喊一声‘哎特！’就可以让一群羊站起来去啃草；喊一声‘恰衣特’就可以让一群羊全都卧下休息。以后群众变得像驮队的骆驼一样，即使你喊着‘确克’扔一块石头，他还要望你好长时间才慢慢卧倒……今天的群众完全像马群。只有那些能在疾风暴雨中、在冰天雪地里和群众一起搏斗的人，能和群众同甘共苦、啃冰咬雪的人，才能像称职的牧马人一样领导群众……只有懂得同情他人，能为他人着想的人才能争取群众……第三，您提到俄罗斯人。无论对人民还是对我自己，我认为世界上最宝贵的是知识和技术，而正是俄罗斯人掌握着它们。我从他们那里可以得到寻找多年而没有得到的东西，难道我不应当接近他们吗？……我如果疏远和躲避他们，只能说明我愚蠢，而不是明智……”

儿子的话是在传递一个严酷的信息：你的时代已经过去了！

小说的这段文字和穆合塔尔评介文章的内容完全一致，也许不会是无中生有完全虚构的情节。

在哈萨克斯坦，阿拜虽然享有思想家、教育家等多项尊称，但他首先是一位诗人。哈萨克人亲切地称他为“诗圣”“我们哈萨克最伟大的阿肯”。哈萨克斯坦首任总统纳扎尔巴耶夫在纪念阿拜150周年庆祝大会讲话时就称阿拜为“全人类的精华、诗人和俊杰”。因此研究阿拜的思想和业绩必须深入研究他创作的全部诗歌、译著和哲理论文——《箴言集》。

在将近一个世纪的时间里，研究阿拜的专著和文章不可胜数，哈萨克斯坦还出版了《阿拜百科辞典》，而更多的哈萨克读者希望从《阿拜之路》中了解阿拜从一位普通草原青年成长为诗圣的过程。由于哈萨克被誉为“诗歌民族”，作为诗歌民族的诗圣会使人感到仰之弥高，他的人生经历必然具有浓郁的传奇色彩，《阿拜之路》也就成为人们最喜爱的作品。下面着重介绍阿拜的创作环境和写作时的心态。

小说从第一章开始到结尾，每一章都不乏有关阿拜创作活动的描写。诗歌显然是一条艺术链，把小说的全部章节串成有系统的整体。而每一章都在启示，阿拜为他的民族指出了通向光明的道路，诗歌正是阿拜引领他的民族在这条充满荆棘的道路上穿越时的主要工具。小说的第一章就详细描绘了阿拜的诗歌情结：

无论白天、晚间，还是转场途中，阿拜不停地求奶奶讲故事……有些日子，奶奶给阿拜讲述了玛木尔和婴勒克[1]这些姑娘的痛史。阿拜听得非常入神。要是奶奶困了，不想讲，他便去纠缠妈妈。乌力渐也会讲许多故事，而且经常引用诗句……

正当阿拜专心致志地听奶奶和妈妈讲的故事以及各种传说时，从外地来了一老一少两位客人……

寒暄过后，乌力渐望着阿拜：

“好啦，孩子！说唱的能手这不来了，你该不纠缠奶奶和我了吧！这位是巴尔拉斯阿肯！”……

在晚餐未准备就绪以前巴尔拉斯阿肯演唱了《英雄阔布兰德》，这是阿拜第一次听到的最优美、最精彩、最感人的长诗……

阿拜问：“这首诗是谁创作的？是谁最早演唱的？”他想知道如此感动自己的这部长诗的作者是谁……

阿拜白天夜晚都不离开两位阿肯……阿拜和巴尔拉斯、白阔克切阿肯成了忘年交和知心朋友。在最后几天，阿拜甚至和巴尔拉斯睡在一起。白天则殷勤地款待他们……

“我的这个孩子从学校回来以后一直病着，你们的那些好诗篇简直像奇方一样见效……”乌力渐说。

在这一段时间里，阿拜真的像完全恢复了健康一样，觉得浑身是劲……

以上片段说明：（1）阿拜生长在文艺氛围非常浓厚的环境里；（2）阿拜自幼喜爱诗歌，他不但想了解史诗的传承关系，而且喜欢和演唱史诗的阿肯交往，甚至结为挚友。小说第一章的内容仿佛是小说的引言，说明阿拜

---

① 玛木尔、婴勒克是由阿肯们演唱的哈萨克民间故事的女主人公。

之路的起点。

在这同一章的另一个情节则传达了阿拜诗艺的源泉。这紧密联系着穆合塔尔研究阿拜的一个重要课题：

从城区小学回家的阿拜，为了让老祖母开心，在老祖母耳边悄悄诵读了他用阿拉伯文和波斯文混合写的两组诗，接着又继续念道：

小麻雀在蓬蒿间飞来飞去，
您也曾像它那样不断地寻觅。
奶奶已耳聋，什么也听不清，
愿我的诗句给您带来吉利……

这段情节的含义是：还在童年时代的阿拜已经能像民间诗人一样即兴吟诗，而且掌握了阿拉伯文和波斯文，接触了东方诗人的作品。这几行简短的文字说明了阿拜诗艺的源泉。首先是古老的哈萨克口头文学和东方诗人的创作，而不是俄罗斯文化和西方文学。阿拜关注俄罗斯文学是在他结识流放到青格斯山区的俄罗斯民主主义者米海依勒斯开始的。而他热衷于外国文学、研究并翻译普希金、莱蒙托夫的作品是他晚年的生活内容。这些在小说后面的章节中有详尽的描写。

穆合塔尔在他的研究论文中曾多次阐述阿拜诗艺的三个源泉是本民族的口头文学、东方诗人的创作和俄罗斯文学，并坚持首先是哈萨克口头文学形成了阿拜诗艺的主流。但20世纪50年代联盟内部反地方民族主义时有人否定哈萨克口头文学对阿拜产生的影响，企图将阿拜诗艺的源泉完全归属于俄罗斯文学。穆合塔尔不惜笔墨，在《阿拜之路》中依次描绘了阿拜在各个年龄段论诗和创作的实践过程。他是要通过这些形象的文字渲染加深读者对他的论点的理解。

阿拜在《诗是语言的皇帝》中说："哈萨克人普遍喜爱诗歌。"他立志要用毕生的精力写出含有哲理的诗篇激励人民，教育青年一代。他深信诗歌的感召力可以通过阿肯们的吟唱进入每一顶毡房、启开人们的心窗，传遍整个草原。下面援引描绘阿拜在创作之初写《年轻时不曾关注科学的作用》前后的过程：

……这一天阿拜让孩子们自由自在地吟唱、猜谜语、说绕口令、玩羊拐骨，晚饭后阿拜把所有学生、包括自己的孩子都集中起来，给他们朗诵他今天刚刚写完的一首新诗。

年轻时不曾关注科学的作用，
也不曾主动地求索和追寻……

孩子们作为这首诗的第一批读者，都聚精会神地听着。阿拜把下面这四行诗又重复了一遍：

童年时代孕育着人类的希望，
我从未忽视过教育儿童。
送孩子上学是要他们掌握科学，
不是让他们在官场追逐功名……
朗诵完后，阿拜简短地讲了几句话：

“孩子们，小朋友们！我们这一代人，包括你们的兄长和父辈，好像还没有成长就变得像枯黄的野草。我们为自己没能掌握科学知识终身感到悔恨。正因为如此，我才写了这首诗，并把它献给你们。这是长者的心愿！是人民，是你们的父辈对你们的期待和希望。读书是为了真正地做人。你们读书一定要想着为民造福，为民争光，做一个高尚的、有作为的人！”

阿拜想，如果能精心培养，从在座的学生中造就一代新人，他们不正是自己可以信赖的助手吗？不正像自己牢靠的一对翅膀吗？今后的工作——包括创作、宣教、劝解都要朝着一个方向，就是要从愚昧、落后的群众中培养出有觉悟、有文化知识的一代新人。现在已经到了振兴我们民族的时代。

今年冬天，阿拜除了继续坚持读书以外，还经常拿着纸和笔，记录下自己心灵的感受，写出一行行富有音乐感的动人的诗句。这些含有教育意义的诗正是献给年轻一代的。不过，这些新诗的作者、这位追求真理的诗人，此刻还没有属于自己的“诗人称号”，只有不为人们所知的笔名。

小说不可能也没有必要对阿拜所有的诗都这样解读，只要品味阿拜几篇代表作的写作过程和当时的心态，以及作品产生的影响，就可以加深理解小说《阿拜之路》的文献价值。下面再研读阿拜吟唱《库列木拜》的情况：

阿拜向同行的白阔克切、叶尔波勒以及阿斯勒别克指着县长周围闲散的卜勒斯及翻译官等人吟唱着讽喻诗。他的几个亲戚和其他地区的卜勒斯昨天在县长门前装模作样的丑态，整夜在他眼前晃动着。他听到有人叫“塔克渐卜勒斯”、“莫勒达拜卜勒斯”或“斯哈克卜勒斯”时，总要嗤之以鼻。此刻，当他看见那些人又守候在县长门口时，那些令人作呕的形象立刻变成诗句从他嘴里迸发出来：

有一天，听差突然跑来，
气呼呼地对我讲：
“县官要来这里开会，
快准备役马和毡房！”
时间急迫任务重，

急得我心里发慌。

当阿拜用手中的皮鞭指向县长毡房那边时，白阔克切、阔克拜及叶尔波勒等人都哈哈大笑起来。

“再唱，再唱！继续往下唱！不都在你嘴边上吗！”白阔克切驱动着他的褐色玉丁马，靠近了阿拜。阿拜继续唱道：

对于管辖的百姓，
又硬着头皮撒谎：
“只要真主关照，
我这次会竭尽全力，
答谢人民的哺养！”
就这样东奔西跑，
一切都安排妥当。
单独会见县官时，
我从未透露过，
部落的真实情况。
回到部落里我又说：
“这次一步也没退让！”

由于两天来所积累的笑料，此刻都变成了形象逼真的诗行，阿拜自己也高兴地哈哈大笑起来。

在阿拜的诸多诗篇中，穆合塔尔特意选择了《库列木拜》的创作过程作为小说的一则重要情节，原因有二：首先，这是阿拜前期创作的主要代表作之一，了解它的创作过程有助于了解阿拜其后的创作趋向；其次，卜勒斯是沙皇殖民主义最前沿的御用工具。这些人上通官府，下辖百姓，虽然等级不高，但不乏翻云覆雨的本领。他们一面骑在老百姓头上作威作福，一面奴颜婢膝地对上司谄笑，觊觎当权的俄罗斯人“轻轻地拍着他的右肩，给他披上华丽的切克曼”[1]。通过小说摘引的几行诗和简短的几句对白，卜勒斯这一人物的本质已彻底暴露。读者可以感受到阿拜创作这首诗时的激情和灵感。更好地了解他的创作目的。

下面再研读作者描写《某一年，十一月还不见雪花飘落》时的心态：

当人们饮过马奶酒、喝完茶时，阿拜开始谈另一个问题：关于塔克渐和季格铁克家族在冬牧场为打草发生的纠纷。

阿拜的话刚讲完，塔克渐紧跟着提出最使他烦恼的问题：

“这话是季格铁克那些阿吾勒自己提出来的呢？还是巴扎尔阿勒挑唆的？那是个不惹事就吃不下饭的恶棍！”

“就算是巴扎尔阿勒该怎么样？他们是一个家族，土地草场有他的份儿！要求赔偿损失难道算惹事吗？！”

“阿拜！巴扎尔阿勒并不求你替他申冤！别怪我没及时提醒你。人们的议论我不是没听见！你可别后悔！”

“我没有看见巴扎尔阿勒欺侮任何一个老实人！可许多哈萨克人是被你抓去流放的，是你把他们赶到绝路上。你却像巫婆一样大喊大叫‘巴扎尔阿勒在欺侮我’！”

经过短时间激烈的交锋，两个人都懊丧地停下来……

阿拜无法说服这位专横跋扈的兄长，无可奈何地沉默了片刻。因为嫂嫂的饭还不曾备好，遂悻悻地走出毡房。

阿吾勒周围显得格外萧条。一群衣衫褴褛的穷孩子光着腿、裸着积满污垢的脚面在寒冷中打战。他们有时靠近巴依的大毡房，在堆满行李卷向阳的一面晒太阳。牧工的褐色旧毡房已破烂不堪，四周的栅墙在风中晃动，一扇壁毡已完全脱落。脸颊和手背多处干裂的主妇在

① 见《阿拜诗文全集》81页《卜勒斯高兴得忘乎所以》。

吃力地缀补壁毡的破孔……他仿佛已从周围的萧条与凄凉中获得了特殊的创作灵感。奇特的意境、犀利的语言、丰富的想象同时在心头涌现。他很快走到上首座位，刚刚坐下便让代尔勉给他拿纸和笔。

阿拜在情绪受到强烈震撼或在激烈的争辩后，只要拿起笔和纸，肯定要写带有批判意义的诗句……

穷孩子哪敢进巴依的住房，
只能站在房檐下躲避风霜，
有时久久靠着向阳的墙壁，
望着暮秋时节暗淡的阳光。
巴依夫妇常管束自己的孩子，
可这等畜生有什么指望？
看到同龄孩子未免心虚，
不敢大大方方地吞一口肉汤……

以上是小说下卷《阿拜叔叔》第二节中的片段。这一节的内容几乎全是描绘阿拜和他胞兄塔克渐由于世界观、价值观不同而产生的矛盾。阿拜因主持正义反对塔克渐对巴扎尔阿勒的迫害，同情贫苦牧人遭受的苦难。当他看到伊斯奶奶一家在寒冷的冰雪天因缺少取暖的柴草几乎冻僵的状况时，奋笔写出了类似讨伐剥削阶级檄文的诗篇。这一节仿佛是全书的缩写。阅读全文有助于了解阿拜的身世，了解他是如何蹚过激流险滩密集的历史长河，走完了艰难的人生道路。

阿拜的个别抒情诗显得过于激愤，有的诗句近似训斥。不了解 19 世纪下半叶哈萨克历史的人会认为阿拜是在借诗泄愤，寻求知音者同情。《阿拜之路》在告诉读者，阿拜的这类诗不是一般的即兴之作，更不是借诗泄愤，而是在他心底长期积淀、发酵，无法抑制的爱国爱民之情的喷射，是他声嘶力竭的召唤得不到反响时迸发的吼声。按阿拜自己的说法是“愤怒的火焰……闪光的雷电”。他是要凭借这些震撼人心、激荡民族灵魂的诗行唤醒他沉睡的民族。下面的无题诗是阿拜晚年的代表作，也是他生命的写照，是他心灵的一声声呼唤：

有一天，少女的羞涩将取代犀利的语言，
我将在阴森而潮湿的墓穴里长眠；
这颗曾被爱抚也曾被戕害的心，
将会凝成一块坚硬的冰团。

有谁能躲开那哀痛的一天，
幸运的人也只能拖延时间。
桀骜的心会使人走上歧途，
能不招致世人的非议和赘言。

到那时我不可能再做出回答，
任凭你们自由地议论和评判。
我受尽了人间的忧患和折磨，
难道应当受到双倍的责难。

请向你思想的深层继续开掘，
我的人生之谜等待着被你发现。
我独自在荆棘丛中开阔道路，
一生孤零零地与恶势力作战。

年轻时我任性而又倔强，
醒悟虽早但未达到理想的彼岸。

我一直在世俗的倾轧下挣扎，
曾点燃智慧和仇恨的火焰。

我的思想常遇到遏制和非难，
请不要踩着我的足迹蹒跚。
人们不支持我，又不给我自由，
但愿你会怜惜，使我安静地长眠。

我一事无成地走向生命的终点，
胸膛里依旧燃烧着仇恨的火焰。
诗歌会泄漏我内心的秘密，
该到了我们分手的时间。

（1898 年，无题诗）

从字面推敲这首诗，会误以为阿拜一生恃才傲物、愤世嫉俗，担心后人不谅解自己，因而写了这首诗。《阿拜之路》的最后一章显然是这首诗的题解：阿拜在临终前神志清醒的弥留之际，依然沉浸在沉重的民族忧患意识中，他的忧虑依然是哈萨克民族的前途和未来，而不是他个人在历史上的定位：

寥廓的苍天！但愿你讲几句话！……我可以离开这个世界，可在若干年以后，我那些被你的风吹散的花和果实会不会发芽成长，再绽蕾开花，结出果实：哪怕是在一条沟里，我留下的种子会不会向蓝天伸展枝叶，结出果实？会不会在某一年，那些枝叶在某个地区撒下成片绿荫，形成枝头上挂满果实的园林。会不会有善鸣的夜莺在绿枝上鸣唱，赞美新的生命。在它的绿荫里会不会出现新的生活，新的人生？……

阿拜从未奢望自己登上“诗圣”的位置，让后人为他树碑立传、歌功颂德。他只希望后人遵循他倡导的爱科学、爱劳动、爱知识的方向一直走下去。他坚信哈萨克民族的未来是光明的。但因为自己不能和人民群众臂挽臂渡过黎明前的黑夜，共同迎接未来的曙光而抱恨：

> 和他的精神状态一样，他的健康状态也一天不如一天……许多事他都记不清，记不住……只有在目力勉强到达的地方，在夜幕笼罩的悬崖上有若隐若现的山梁。在山梁后面，有一抹霞光正在撩开夜幕，驱赶沉沉黑夜。阿拜还在全神贯注地朝着圣洁的方向迎接灿烂的阳光。然而周围的世界，又冷又深的泥水又在不停地困扰他，淹没他。

《阿拜之路》为阿拜的“人生之谜”提供了完整而准确的答案。

阿拜留下来的手稿不多，现存的近300首诗（包括50多首译诗），有相当一部分是靠诗歌爱好者传承的。在这些数量不多的诗歌中有多首论诗诗，除上面提到的《诗是语言的皇帝》外，还有《如果某一家有丧亡事故》《我写诗不是为消磨时光》《诗歌是你终身的伙伴》等。这些论诗诗包括诗歌创作的各个方面，其中有较多的诗行涉及民间艺人——阿肯的创作。因为阿肯的吟唱是当时人民群众文娱生活的主要部分，吟诗的内容和质量直接影响人们的思想和行动，同时也关系到诗歌民族的形象。阿拜虽然尊重布尔渐、厥结、白阔克切等优秀阿肯，但极端憎恶某些阿肯的轻率、虚伪，以及他们在聚会演唱时的装腔作势。他在诗中曾严厉地指出：

> 弹着阔布孜、冬不拉信口开河，
> 逢人便唱谄媚和奉承的歌。
> 叫花子般哼哼着讨饭，
> 语言的精髓已被他们阉割……

小说中有一段阿拜和布尔浙阿肯谈话的记录，可以加深读者对阿拜论诗诗的理解：

> 别的我就不讲了，布尔浙哥！有一种流氓阿肯，他们专靠摇唇鼓舌，靠向富人摇尾乞怜来维持生活。就是这种人玷污了诗人的价值。还有一种卖唱的，就会谄媚别人，整天跟在有钱人后边献殷勤。演唱竟被他们糟蹋得不如一撮鼻烟……
>
> 常言说“艺人要懂得自尊”，我认为孤独和贫穷不属于人的缺点。一名有才能的阿肯和歌手，即使他一无所有，只要他能唱出人们心中的忧患，能抑制人们的泪水，就该是最受人尊重的高尚艺人……

在阿拜晚年写的诗歌中有两首接触到人们的宗教信仰。诗中诚恳地告诫“穆斯林要有真诚的信仰”，同时指出“还要爱亲人般爱整个人类”。阿拜的这首诗是后人研究阿拜宗教观的重要资料。有人用这几首诗和阿拜的散文对照，希望能准确了解阿拜的宗教观。阿拜是否如他诗中写的“对解释高深莫测的安拉，我感到能力欠缺……”所以在他写的散文中多次谈到宗教信仰问题，阐述他自己对宗教的认识。

阿拜在《箴言集》中正确阐释了科学与宗教的分野以及它们可以沟通的契合点。他不像某些肤浅的无神论者，只看到宗教的负面影响，看不到或不愿看到宗教抑恶扬善的教义可以用来规范人们的行为。虽然他自己不迷信真主，却理解人民群众的宗教感情，注意保护宗教文化。他希望借助《古兰经》的圣谕规范人们的行为，使哈萨克成为讲文明、讲科学的民族，走上先进民族的行列。但小说《阿拜之路》中有关阿拜对宗教态度的描写却显得偏激，未能完整体现阿拜的宗教观。这不是作者不理解阿拜宗教观的实质，而是担心某些别有用心的极左分子会把阿拜当成狂热的宗教信徒逐出历史舞台。穆合塔尔坚信后人会正确理解阿拜的宗教观，也会理解他为阿拜的宗教观添加激进色彩的苦衷。当时的任务是在宣传阿拜的同时保护阿拜，而保护阿拜就是保护哈萨克民族的凝聚力。

穆合塔尔从构思《阿拜之路》的写作到出版经历了约15年时间。这期间苏联曾进行过肃反活动。许多优秀的哈萨克知识分子被关进监狱，有的被无辜杀害，穆合塔尔只是幸存者之一。哈萨克斯坦独立之后另一名叫穆合塔尔的作家——哈萨克斯坦《星》杂志主编、国家阿拜奖评委穆合塔尔·马嘎温在回忆那个年代时说："我们曾生活在一个严酷的时代，嘴被捂着，每句话都被人监听……应该写什么，该怎样写；哪些可以写，哪些不可以写，都要听候命令……讲的不是心里的话；不敢提父辈的名字，要提也只能咒骂、贬损、诬陷；不敢唱祖先留下的歌。如果怀念他们，也要指出他们的反动和祸害。"[①] 像《阿拜之路》这样一部"涉嫌"民族主义的长篇巨著肯定要经过多种关口审查，能够出版的可能性是很小的。作者既要充分展示阿拜的光辉形象，又担心阿拜的光环会产生辐射作用，引起意想不到的后患。因此在叙述历史上的重大事件、刻画小说中的重要人物时，都要严格掌握分寸，不敢越雷池一步。在可能引起异议的事件上必须含蓄地甚至隐晦地暗示自己的观点，有时又不得不违心地闪烁其词。这正是作者描述阿拜宗教观时的顾虑。

从小说的人物安排同样可以发现作者的顾虑。小说中的曲巴尔是胡大别尔德的次子——阿拜的亲侄。他的真名应该是恰克日木，是阿拜学生中最有才华的诗人，被认为是阿拜事业最可靠的接班人，是撰写《阿拜之路》不可或缺的人物。由于恰克日木在"大清洗"的年代遭杀害，苏联解体前被当作反动文人，小说中不敢做正面人物安排，只能按他的辈分与排行改名为曲巴尔，作为中间人物出场。由于曲巴尔的特殊身份，小说中不宜过分扭曲他，在许多场合他和阿拜显得若即若离。然而作为传记性历史小说，《阿拜之路》中不能不再现恰克日木的真实形象，否则阿拜事业的继承人将完全空缺。作者按照恰克日木的原貌塑造了另一个典型——代尔勉。熟

① 译自《星》2002年1月号《青年们的诗艺竞赛》130-131页。

悉哈萨克民族那一段伤心历史的人都知道，《阿拜之路》中的代尔勉就是恰克日木的化身。我国的哈萨克作家乌拉孜汗·阿合买提 1997 年发表在《新疆社会科学》第三期的论文中也阐明了上述情况。小说不但明明白白地道出代尔勉创作了《婴勒克—柯别克》（这是恰克日木创作的长诗），而且是由他履行了实际上应由恰克日木履行的历史性任务：向世人传达了阿拜的遗愿。

哈萨克斯坦独立后，有人写文章对《阿拜之路》中个别历史事件的真实性、对人物的褒贬程度提出了不同看法。从文章作者所持的观点看都是善意的。但《阿拜之路》毕竟是文学作品，即使是传记性历史小说也属于文艺创作，作者在保持历史真实性的基础上进行必要的艺术加工应该是允许的。由于《阿拜之路》是特殊年代的产品，书中不可避免地留下那个时代的痕迹。虽然作者曾声言“这部历史小说也可以作为历史学家的参考资料”。但它毕竟不是历史教科书，不是法定意义上的历史资料。它只能如作者所说的当作“参考资料”，而不能当作后人著书立说的根据。由于作者已经过世，不可能阐明自己的真实观点和当时写作时的顾虑，也不可能抹去书中偶尔出现的细小的凹凸现象，但这些细微的瑕疵不会减弱《阿拜之路》所具有的文献价值。因为从总体上看，《阿拜之路》中的绝大部分资料都真实可靠。《阿拜百科辞典》阿拜条目中称“这部四卷本的《阿拜之路》不曾遗漏 19 世纪后半叶哈萨克人生活的任何角落”，这就是说，《阿拜之路》是一部真正的哈萨克民族社会生活的百科全书。

（二）对拓展阿拜学做出过贡献的人

沙比特·穆坎

在将近一个世纪的阿拜研究中，有上百名学者对阿拜学的拓展做出过贡献。这里首先介绍沙比特·穆坎是因为有许多研究人员曾跟随他走过一段弯路。了解沙比特可以详尽了解阿拜学艰难、曲折的发展历程。

20 世纪 20—30 年代初期，哈萨克斯坦学术界对阿拜的认知还不完全一致，甚至有过激烈的争论。在对立的方阵中沙比特的呼声显得最强烈。1923 年，沙比特在 1 月份《哈萨克劳动者》第 69 期上发表《雄辩家，当心被列入黑名单》中说“阿拜属于贵族，不属于我们”。1928 年在《新文艺》3—5 期上发表的《每个人都有自己的思考》中说：“有人不适当地抬高阿拜……我们夸奖一个人时常把他举过头顶……鹞鹰一再驯养也成不了金雕，河水如何加工也成不了奶食。”在经历了长时间的探索和实践后，沙比特终于改弦易辙，成为阿拜研究的核心力量，于 1934 年在《苏维埃哈萨克斯坦》6 月号上发表的《致两位读者》中公开承认自己对阿拜认识的错误，并在 1942 年的著作《18—19 世纪哈萨克文学杂谈》中详细解释了自己是在怎样的情况下写出这种在政治及科学方面都完全错误的文章。

沙比特在联盟时代曾任哈萨克斯坦科学院院士，是颇有影响的社会活动家。20 世纪 50 年代曾来我国伊犁哈萨克自治州访问，由于他显著的社会地位和声望，评价阿拜的文章令读者格外关注，其中反响较大的有：

《哈萨克人民英明伟大的诗人——阿拜》（《斯大林之路》1945 年 8 月号）

《我们永远敬仰他》（《苏维埃哈萨克斯坦》1945 年 9 月号）

《哈萨克人民的骄傲》（《少先队员》1945 年第 8 期）

《阿拜——人民的诗人》（《文学阵地》1957 年 4—5 期）

《永恒的诗人》（《国营农场的旗帜》1971 年 5 月号）

《我们的阿拜》（《苏维埃哈萨克斯坦科学院信息报》1971 年第 4 期）

《世界文学的顶峰》（《哈萨克文学》1971 年 5 月号）

沙比特不但连篇累牍地发表评介阿拜的文章，还在各种集会上介绍和宣传阿拜的经历和历史功勋。穆合塔尔在指出对阿拜学的拓展做出过特殊贡献的人物时首先提到沙比特，其次才提到自己，足见穆合塔尔对他的重视。

哈萨克斯坦学术界在谈到沙比特时都会提到他善于学习，酷爱收集和研究历史资料，这应该是他对阿拜认识转变的主观原因。而客观上当时在学术界的激烈辩论中对方正确观点的引导和帮助肯定对他产生了影响和启迪作用。例如穆合塔尔就对沙比特的著作《阿拜·库南拜耶夫》做了详尽的评点，在肯定作品主旨的同时对全书的结构、层次、个别观点都提出了改进意见。穆合塔尔的关心和帮助对沙比特后期积极投入并推进阿拜研究事业起到了重大作用。在穆合塔尔谢世后沙比特正是阿拜研究领域的领军人物。他在 1946 年发表《闪耀的群星》时讲的一段话被学术界认为是拓展阿拜学的方向和指针：

> ……阿拜是巨人，是伟大的诗人、思想家、社会活动家，也是卓越的战士。全面展示他的特质与风范并非易事，因此深入研究阿拜，全面了解阿拜不只是一年或一代人的任务，而需要多年，甚至需要几代人的努力。当然每个人要依据自己掌握的资料发表自己最终得出的论点。

白山拜·肯捷拜耶夫

白山拜·肯捷拜耶夫生于 1904 年，也是穆合塔尔指出的对阿拜学的拓展做出过特殊贡献的人。

白山拜从 1925 年刚满 21 岁时开始发表评介阿拜的文章，一直到晚年封笔，一生都在关心对阿拜的研究。从发表文章的数量看，他不能列在最前，但他的文章多有新意。他不屑于步人后尘，人云亦云。他发表在 1949 年 7 月号《共产党员》上的《哈萨克文学的泰斗》及 1973 年在阿拉木图出版的《阿拜·库南拜耶夫》中有关阿拜的论述都曾引起学术界关注。当人们在争论阿拜的出身及归属时，他明确提出：“阿拜是人民的诗人，是普及哈萨克书面文学的牵头人，不应根据他的身世和阶级成分来给他定位。”

白山拜也是最先关注阿拜散文的研究者之一。他指出：“阿拜的散文同样是他文学遗产中珍贵的部分。”他认为只热衷于评介阿拜的诗歌而忽略对阿拜散文的评介是严重的疏漏。他感叹地说：“至今还不曾见到研究阿拜散文的专著，甚至不曾见到篇幅有限的短文。”他不同意把阿拜的散文集称作“阿克利亚”，他认为阿克利亚是规劝、告诫类文体。阿拜曾对自己最初写的告诫类文章称“阿克利亚”，而后人把阿拜的全部散文汇集成书时依然称“阿克利亚”则不能准确显示作品的全部内容。他对此做了详尽的论述：阿拜的文章多数是鞭挞某些为中饱私囊而巧立名目、为非作歹、鱼肉百姓的毕官、卜勒斯及刁民的；是批评那些目不识丁却贯于装腔作势、自吹自擂的纨绔子弟，规劝一些不务正业、好逸恶劳、游手好闲又喜欢造谣生事的无赖和懒汉的。从他的许多文章可以看到这类人物的典型，譬如在第十八篇中描绘纨绔子弟的形状时写道：

> 人的穿戴应该朴素、大方，保持干净、整齐，可是硬要超越自己的经济条件摆阔气，或者即是穿戴并不阔绰，偏要装模作样炫耀自己，是纨绔作风。

白山拜坚持把阿拜的《箴言集》改作《散文集》是认为《散文集》同样可以包括规劝、告诫类题材的文章，但称作《箴言集》则不适宜包括叙事、抒情类的散文，势必影响学者在选择研究课题时的取向。当时的实际情况确实有漠视阿拜散文的倾向。报刊上评介阿拜的文章中，诚如白山拜所讲，很少提及阿拜的散文。他担心这种现象会严重影响阿拜在文学史上的定位。因为阿拜不只是新诗的创建者，更是哈萨克书面文学的奠基人。

在阿拜的全集中把“箴言集”改成“散文”，不知是否依据白山拜的观点。但认真解读阿拜的《散文集》，白山拜的主张无疑是正确的。

在将近一个世纪的历史进程中，有许多人发表过一两篇评介阿拜的文章即搁笔了，而白山拜则把一生的精力投入到阿拜的研究和宣传中。他对阿拜作品的思想、语言、技巧及风格都做出了公正的评价。他认为“阿拜诗歌的节奏、音节、韵律和诗的内容极为协调，因而他的诗既有明确的意旨，更富有音乐感”。他曾感叹：“如果能准确译出阿拜作品的内涵，尽善尽美地译出阿拜那些文字精练的诗文再和各国文化巨人的作品比较，绝不会显得逊色。”这反映了哈萨克文化界人士的普遍心理，也应当成为翻译阿拜作品力争达到的标准。

穆合塔尔在《认识阿拜》一文中提到的对阿拜学的拓展做出贡献的还有喀基木·居麻里耶夫等人，而其后更有许多新人致力于这一文化工程，这里有选择地介绍沙比特和白山拜，是因为他们的研究历程代表着多数研究人员经历的不同过程和起步时的不同趋向。前面曾提到沙比特最初对阿拜研究态度冷漠，甚至有过多的疑虑。当他真正认识到阿拜的人格魅力和作品不可估量的价值时彻底改变了态度，从当初的旁观者成为后期的领军人物。白山拜却自始至终笃行不倦，他们两人研究阿拜的不同历程反映了阿拜学发展中的曲折过程，在阿拜学史册中占有特殊地位。下面简单介绍穆合塔尔所提喀基木·居麻里耶夫等三人。

喀基木·居麻里耶夫（1907—1968）是著名的学者、诗人、评论家。他的博士生学位论文《阿拜诗的语言》和他以前的《哈萨克诗歌语言》曾引起学术界的关注，文章的旨意也是他其后研究的主要内容。他在报刊上发表的主要文章有《阿拜——哈萨克的经典作家》（《文学园地》1934 年第 11 期）、《阿拜及东方、俄罗斯、哈萨克文学》（《铁路公园》1940 年 10 月）、《阿拜诗歌的语言》（《文学与艺术》1940 年第 6 期）。他在文章中着重评介了阿拜对提高哈萨克文学作品的思想性、对规范文学语言做出的贡献，东西方作家的经典作品对阿拜的影响以及与他们思想上的共鸣。

耶斯麻嘎木别特·斯马伊洛夫（1911—1966）是哈萨克斯坦著名学者，

从20世纪30年代初开始专心致志从事阿拜研究，发表过多篇文章，最初发表在《苏维埃哈萨克斯坦》上的《阿拜诗歌的魅力》中详尽剖析了阿拜诗歌高度的艺术水平。其后发表的文章有《哈萨克诗歌的历史》（《哈萨克文学》1936年4月）、《普希金与哈萨克文学》（《哈萨克斯坦》1936年哈历3月）、《普希金与哈萨克阿肯》（《列宁主义青年》1937年）、《哈萨克人民杰出的诗人》（《共产党员》1940年8月）、《阿拜的伦理观》（《哈萨克斯坦教育家》1954年哈历7月）。从耶斯麻嘎木别特发表的文章可以看出，他研究的侧重点主要是俄罗斯文学对阿拜及哈萨克文学的影响，他特别强调和认定阿拜诗歌的魅力和艺术标准将大力推进哈萨克诗歌的发展。

别勒戈拜·恰拉拜耶夫（1911—1988），哲学家、学者、文艺评论家。他在自己的专著《哈萨克小说的发展史》中特意论述了阿拜散文的特点，指出散文中有关哲学的思考及阿拜的世界观，包括对社会现实、伦理道德及生活诸方面的认知。从下面文章的标题即可看出他更多地关注阿拜和俄罗斯诗人的关系：《普希金与阿拜》（《哈萨克斯坦真理报》1936年10月）、《普希金对阿拜的影响》（《哈萨克斯坦真理报》1945年哈历6月）、《俄罗斯文学巨人普希金——阿拜的导师》（《苏维埃哈萨克斯坦科学院消息报》1950年第8期）。在上述文章中他详尽地解说了阿拜翻译普希金诗歌高超的艺术技巧。

哈菲孜·玛塔耶夫

哈菲孜·玛塔耶夫（1931—　）是对阿拜学走向世界学术领域贡献最多的人。他在苏联解体前曾担任苏联共产党阿拜县最后一任书记，哈萨克斯坦独立后依然是该县的行政领导。当时的一项主要任务是向世人宣传阿拜和他的业绩，为研究人员提供可靠的第一手资料。他在职期间即撰写了一部全面介绍阿拜县自然环境、经济条件及历史变革的“县志”。这成为研究人员必备的手册。2008年哈萨克斯坦作家托列根·渐阿力耶夫在所著

《玛塔耶夫》一书中对哈菲孜·玛塔耶夫的信念及功绩做了简明而准确的介绍：

> 玛塔耶夫到阿拜县的第一天就为自己确定了两项黄金顶梁柱般不可毫厘松动的任务：第一，无论如何，无论怎样的条件和环境，都要引导青年一代认真阅读阿拜的作品；第二，让阿拜家乡优异的风尚普及哈萨克人所有地区，接着伸展到联盟的各邦，最后让全世界人翘首仰望。[①]

由于阿拜县的引领作用，哈萨克斯坦各地逐渐普及了阿拜日，并有序地进行着阿拜诞辰及逝世纪念活动。规模宏大的阿拜 150 周年诞辰纪念活动正是在哈菲孜的积极建议和倡导下开展的。因为这是在哈萨克斯坦独立后进行的第一次大规模纪念活动，引起了世人的广泛关注。纳扎尔巴耶夫总统在庆祝大会上的一段讲话充分说明了纪念活动在世界各地产生的影响。

> 今天是伟大的节日……这次隆重的纪念活动不是从阿拉木图和斜米开始的，不是从卡拉吾勒和吉迭拜开始的，而是从我国的东邻和西邻的重要国家开始，从欧洲和亚洲最有影响的大国开始的，从莫斯科、伊斯坦布尔、巴黎和北京这些著名的都城开始的……[②]

由于哈菲孜在阿拜县做领导工作时的显著成绩和他在群众中的声望，他被学术界推举为阿拜基金会主席。为了将阿拜学伸延到世界各地，他积极、热情地接待长年来阿拜家乡访问的各国文人及学者，亲自到有关国家访问并和某些学者保持书信联系。1996 年哈菲孜特地来我国专访，肯定了

① 译自该书 86 页《一心向往阿拜》一章。

② 见本页注①所引，《论阿拜》181 页。

我国的阿拜研究成果，并鼓励研究人员继续努力，为阿拜学向世界拓展做出贡献。

哈菲孜既是优秀的领导人，也是有成就的学者，他在职期间定期在有关刊物上发表指导性文章。1992 年哈历 8 月在《哈萨克文学》上发表的约五千字的文章《是阿肯也是领导》在读者中引起强烈反响。文章深刻阐述了阿拜社会思想对现实的指导意义。他坦诚地说："之后的路并不平坦，前面仍有许多艰险的斜坡和弯路，需要我们清醒地向前迈进。怀念阿拜，举行纪念活动正是要遵循阿拜的教导，振兴经济，重建爱国、爱民的新体制。"文章的特点在于他表达自己的观点时精确引用阿拜的经典语录。这使读者感到心悦诚服。

哈菲孜把毕生精力献给了阿拜事业，他对阿拜学走向世界所做的重大贡献应在阿拜学史册中占显著的一页。

别依布特·萨帕尔阿里

别依布特·萨帕尔阿里于 1962 年生于哈萨克斯坦斜米州阿拜县喀拉吾勒乡，童年时即勤奋好学，1979 年中学毕业时曾获得校方颁发的金质奖章，1984 年毕业于基洛夫大学（现称法拉比大学）新闻系。他曾多次去穆斯林圣地麦加朝拜，2000 年创办哈萨克穆斯林学研究院，被宗教界视为具有领导地位的哈吉，是这一代人中颇有影响的学者、作家、社会活动家。由于他博学多才、知识面广，又精通经文，能正确阐释宗教与科学之间的区别与关联，告谕群众既要遵照经典教义弃恶扬善，更要为国家的建设事业多做贡献。因此不但受宗教界人士的尊重，也受到广大人民群众的赞赏。

从别依布特的创作轨迹可以看出，他深受阿拜思想的影响，极为关注历史和现实生活中为人民的事业做出过贡献的人。他的第一部著作《阿达勒巴坎》即属于这类作品。为准确了解作品的主旨，下面对书名做简要的解释，而这也有助于读者了解哈萨克民族昔日的生活状况。

"阿达勒巴坎"即衣架。因为牧民毡房没有墙壁可以安装衣架，多用带有树墩、枝杈和粗细合适的树干作衣架。富裕人家的衣架上还带有银饰和雕刻的花纹，一般把贵重的衣物挂在衣架上。作者在序言中说“衣架被游牧民族看作圣洁和珍贵的物件”。把书名称作衣架的含义很清楚，也很恰当。《阿达勒巴坎》既是别依布特的第一部著作，也是他其后写作的总方向。他的第二本著作，即 1995 年出版发行的《库南拜哈吉》。该书彻底澄清了民间流传和前人著作中贬低库南拜的一切不实之词。

别依布特为库南拜正名是具有历史意义的功绩。前面在谈到库南拜家族时曾提到，库南拜被人们诟病的要害是他在追剿哈萨克民族英雄哥涅沙尔时曾立过汗马功劳。别依布特在《库南拜哈吉》一书中，引经据典，依据目击者讲述的资料事实，肯定库南拜不但不曾加害哥涅沙尔，反而机智地为哥涅沙尔指出了一条生路，避免了一次劫难。《库南拜哈吉》一书在为库南拜正名的同时，也为民间传说中阿拜父子间纠缠不清的琐事给出了令人信服的答案。作者认为，没有库南拜这位开明的父亲送儿子去私塾读书，到县城求学，怎么可能从大草原走出阿拜这样享誉世界的诗人。这确是不言而喻的道理。

别依布特只是公正地指出了小说《阿拜之路》中被扭曲的库南拜形象及有关人物和个别故事情节不符合实际的情况，但并不否定《阿拜之路》的文学价值，甚至在自己的著作中详尽解释了小说中多处与情节有关的山川、河流、草牧场等位置，并注明在小说的哪个章节。对小说中与库南拜家族有关的人物也做了类似的说明，更可贵的是详尽梳理了库南拜所属的托布克特部落体系。这是一件极为繁重的历史文化工程，仅罗列的人名即有数千名。

别依布特对我国的阿拜研究也极为重视。他不止一次来我国访问，而每次都要和有关人员详细了解我国阿拜学的拓展情况。这完全值得我们向他表达谢意！

三、关于阿拜的比较研究

纵览阿拜研究将近一个世纪的历程，引人注目的是关于阿拜的比较研究，主要是在阿拜和俄罗斯诗人之间进行比较。这是因为俄罗斯文学和哈萨克文学的接触、交流时间最早。在阿拜从事创作以前已有阿勒吞萨林等人翻译过俄罗斯诗人的作品，但影响远不及阿拜。在哈萨克斯坦对阿拜和普希金、莱蒙托夫之间进行比较，至今仍是阿拜学中的重点课题。20 世纪中叶随着阿拜学的拓展，哈萨克斯坦学术界也有人把阿拜和东方诗人纳沃依及民间著名阿肯江布尔进行比较。众多学者的文章虽然侧重点不同，但都在阐释同一个话题，如穆合塔尔所说的那样，阿拜诗艺的三个源泉是如何流过阿拜的笔端成为一条艺术的长河，灌溉和滋润着哈萨克民族辽阔的艺术园地。

在早期的阿拜评介中，人们喜欢把阿拜和其他民族的伟人比较，这反映了哈萨克人民持续长久的心态。他们渴望自己的“诗圣”能走出青格斯山区和各国的伟人站在一起。在探讨有关阿拜的比较研究时熟悉哈萨克人民多年的期盼和愿望，肯定有助于在阿拜与各国著名作家间进行比较。在哈萨克斯坦，人们非常熟悉蒙古族的成吉思汗，因为成吉思汗西征时曾长时间在青格斯山区的卡拉吾勒河边扎营。哈萨克的十二位部落酋长曾在青格斯拥立成吉思汗为可汗，青格斯山峰就是因与成吉思汗谐音而得名。由于阿拜出生在青格斯山区，人们很自然地把他和成吉思汗联系起来进行比较。在 1961 年阿拉木图出版的《阿拜全集》中有一篇附录的文章《从青格斯山区飞向世界高空的阿拜》，其中有下面一段文字令人回味：

> 在历史上和沙日阿卡[1]的青格斯山有联系的人中，可以指出两个人的名字，这两个人给后世留下了不同的遗产。因此，可以对他们做

① 沙日阿卡：哈萨克斯坦斜米州阿拜出生地，在今阿拜县内。

历史的比较，一个曾居于统治地位，是震撼过整个世界的雄威的皇帝——成吉思汗铁木真。虽然他的武功彪炳史册，他的金戈铁马曾横扫大半个欧洲，但没有在自己身后留下宏伟的业绩……另一位，不是用武力，而是用令人敬重的语言使群众折服的思想家、诗人——阿拜。他是对丰富人类的文化宝藏做出过贡献的人。读者也许会这样想：这种比较有多大必要？不，我们不这样认为。通过清点旧世界留下的遗产来评价历史人物的功过时，只能有这样一个标准，那就是他们给过人民什么好处，为他的继承人树立了哪些可贵的榜样。因为人的最终目的不是要销毁已有的成果，而是要创造过去所没有的东西，人们不只是要为自己这一代，而且要为后代人工作。我们不是要看某个人曾居于什么地位，而是要看他为人民做了哪些有益的工作……使用武力是任何人都可以做的，但是能用智慧的语言教育人民的却不多……阿拜在教诲和劝告青年一代时，从不讲要他们做官，而是劝他们掌握技术，并依靠掌握的技术找到自己在社会上的位置，尽一个人应尽的职责。

近几年，由于孔学在世界各地的普及，引起哈萨克斯坦学术界的重视。《星》杂志主编穆合塔尔·马嘎温将《论语》译成了哈萨克文。读者在阅读《论语》时发现其中的某些论点和阿拜的散文《箴言集》中的观点相同。人们在议论孔子时怀着景仰的心情联系到阿拜，认为他们都是伟大的教育家。我国哈萨克民族的双语学者中也有人关注这一课题，但目前还没有见到大块文章。相信他们的研究会结出丰硕的成果。

（一）阿拜和普希金、莱蒙托夫之间的比较

在学术界对阿拜和俄罗斯诗人普希金、莱蒙托夫之间进行比较研究以前，他们之间的诗文情结已是民间阿肯议论的热门话题。

阿拜在城区小学读书时，已从俄语课本中接触普希金的诗歌，他们之间厚重的诗缘从阿拜翻译普希金的诗体小说《叶甫盖尼·奥涅金》开始，就预示这将成为联结东西方文化的又一纽带。

阿拜按照哈萨克长诗的创作方法把《叶甫盖尼·奥涅金》改写成八段情节连贯、韵节优美的叙事诗。当时哈萨克书面文学尚未普及，阿拜却贸然翻译世界名著，而且获得巨大成功。他的这一创举在世界文学史中也极为罕见，堪称奇迹。

阿拜改写的《叶甫盖尼·奥涅金》在读者中引起轰动。他不但把《达吉亚娜的信》改写成富有音乐感的诗行，而且亲自为他的译诗谱曲。由阿拜一人承担全部创作过程的《达吉亚娜的信》很快唱遍了哈萨克的千里草原和大小城镇。从穆合塔尔在《阿拜之路》中的描述可以清晰地了解阿拜改写所产生的影响：

> ……人们在聚精会神地听木哈买提渐演唱。一开始大家都感到歌手吐字清晰，歌词明白易懂，却分辨不出这是长诗还是俄罗斯歌曲。又过了一阵，人们才听出这支歌音调轻柔，意蕴悠远，有一种特殊的感人的韵味。尤其是歌词，简直要催人泪下。……认为这是过去闻所未闻的心灵的创伤！当听过三段以后，阿肯们已被这支歌特殊的旋律所征服。这是一个不幸的少女，通过幽怨的曲调唱出了她奶液般纯净的感情和永远无法解脱的痛苦。人们仿佛看到流着眼泪、浑身颤动的少女正站在眼前吟唱……
>
> 到夜深入睡以前，所有能弹唱的人都背熟了《达吉亚娜的信》，学会了它的曲调……

可以说，俄罗斯杰出的诗人普希金，于1887年带着他的达吉亚娜走进了广袤的哈萨克草原，成为拥有广大读者，令人敬仰的阿肯。达吉亚娜给哈萨克青年带来了闻所未闻的崭新而抒情的语言，而她自己也在草原落户生根了。

由于普希金和阿拜同是各自民族伟大的诗人，他们的诗都被认为是经典之作，两人之间又有深厚的诗缘，因此有多种可比性。从比较文学走进哈萨克学术领域开始直到今天将近一个世纪，在阿拜和普希金之间进行的比较研究从未中断。下面是学术界普遍认同的观点：

普希金是阿拜所敬仰的诗人。阿拜立志要和普希金一样创作出人民喜爱的富有教育意义的作品，用以唤醒他沉睡的民族。阿拜的创作实践完全证实了他的志向。无论他的诗和散文都像普希金的作品在向人民呼唤：要粉碎人民身上沉重的精神枷锁，冲出毡房，走向世界。

阿拜经过长时间的学习和实践，充分认识到必须像普希金那样严格区分两种不同的文化，区分沙皇集团和俄罗斯人民，把俄罗斯劳动人民和哈萨克人民的命运联系在一起，同时缜密而客观地观察复杂的社会现象，才能写出贴近人民生活的作品，真实地反映人民的疾苦和需求。阿拜通过学习普希金的作品，更好地掌握了现实主义创作方法。下面一段话非常准确地指出了普希金和阿拜诗歌所特有的共性：“别林斯基在评论普希金时说，人民性、讥讽功能和艺术性构成普希金诗歌的丰富多彩而且得到充分发展。天才诗人作品中的这三要素同样体现为阿拜诗歌的特征。”①

虽然阿拜是在诗歌民族的环境中成长的，童年时代就接触了东方诗人的作品，并且按照东方诗人的创作方法试习写作。但阿拜能成为具有民主思想的诗人，除了他本人的天赋和勤奋求索外，还要归功于普希金和进步的俄罗斯文学最后的淬砺。

如果说普希金的辉煌成就是阿拜仰望的艺术高峰，莱蒙托夫的创作经历及作品却鼓励阿拜登上了这座高峰的绝顶。

在前面穆合塔尔的文章《俄罗斯经典作家与阿拜》中对阿拜翻译莱蒙托夫作品的特点做了介绍，学术界普遍认可穆合塔尔的观点。因此研究人员人都以阿拜的译著作为切入点，从阿拜翻译莱蒙托夫诗歌的选题、诗歌

① 详见《阿拜百科辞典》普希金词条有关阿拜于普希金的诗文情结。

主题的倾向、创作风格等方面去探讨两位诗人的诗文情结。著名学者哈里渐在《怒目环顾的诗人》一文中说："阿拜像喜爱普希金的作品一样喜爱莱蒙托夫的诗歌。他翻译莱蒙托夫的诗歌不只是为了简单地向读者介绍这位大诗人的经典作品。他是在考虑哈萨克民族多灾多难的命运。为了给民族的未来寻找出路；为实现自己的理想、为抚慰心灵的伤痛寻求知己，寻找精神的依托。"

作者从阿拜的译诗和创作中看到两位诗人思想上的共鸣：

> 坚贞、刚毅的莱蒙托夫因对愚昧、污浊的环境厌倦而对自己的生命感到惋惜：
>
> 没有愉悦，没有欢笑，
> 只有去不尽的烦恼；
> 生命被哀痛裹挟，
> 还有什么值得寻找！

阿拜晚年曾写过一首无题诗，句首为：我的希望像枯瘦的黄叶。他像自己崇敬的莱蒙托夫一样，陷入极度的烦恼中……从阿拜的译作和创作的诗行中都可以品味莱蒙托夫的忧伤、愤懑与疑惑。

哈里渐是20世纪中叶的作家和诗人。他从事阿拜研究的时间长达半个世纪，发表过多篇高质量的研究文章。1939年8月在《苏维埃哈萨克斯坦》发表的《莱蒙托夫和阿拜》中详细介绍了阿拜的译著。1978年这篇文章获得了哈萨克斯坦阿拜文学奖。

1972年阿拉木图作家出版社曾出版《深沉的人》一书，作者为塔坎·阿里木库洛夫。该书被认为是阿拜学拓展过程中最有价值、最完善的专著。作者对阿拜的评价仿佛是在呼应哈里渐的论述："从阿拜的作品中能品味莱蒙托夫的诗韵不会是偶然的，"试读由阿拜翻译的莱蒙托夫的以下短句：

苦闷、忧愁、无奈的时候，
有谁会向你同情地伸手，
没有希望痴心的等待又有何用，
只有美好年华悄悄地溜走。

阿拜只翻译了该诗的第一节就把莱蒙托夫当成了知音，和莱蒙托夫同声慨叹，同声啜泣。

在早期出版的阿拜文集中有几首诗很难分辨是阿拜的创作还是译诗，因为诗中既有阿拜的心声，又有莱蒙托夫诗歌的意蕴。这两位诗人可谓你中有我，我中有你。阿拜和莱蒙托夫这种剪不断、理还乱的诗文情结可以说是世界文化史上的一大奇观。《哈萨克百科大辞典》阿拜条目中准确指出：

阿拜翻译最多的是莱蒙托夫的诗歌，其主要原因是他们的思想观点相同。莱蒙托夫作为沙皇政策的对立面，揭露了它的弊端和阴暗。他是因为自己的思想得不到支持而陷于孤立的诗人。和莱蒙托夫一样，阿拜也“孤零零地和恶势力作战”，他说：“我像巫师的坟茔，凄凉而又孤单”，晚年仍感到寂寞。阿拜的创作有时很难和他的译著区分。

可以说，莱蒙托夫的作品不但激发了阿拜的创作冲动，也给阿拜指出了一条走向成功的捷径。他既像阿拜的诗友，更像阿拜的知音。

俄罗斯文学对阿拜的影响，正如穆合塔尔所形容的那样，在阿拜艺术长河的澎湃声中可以听到俄罗斯文学美妙的声韵。

在与普希金、莱蒙托夫的比较研究中，学者们关注较多的是他们相同的一面，都认同俄罗斯两位诗人对阿拜的影响，这无可置疑。假如能同时了解他们创作生涯中不同的一面，会更好地了解阿拜是如何在知识的汪洋大海中求索的。他那些深含哲理、别具一格的教育诗又是如何锻造出来的。

首先，他们的创作环境和条件有极大的差别。普希金和莱蒙托夫从事创作的19世纪上半叶，俄罗斯已是文化高度发达的民族。他们的前辈中就出现过许多著名作家和诗人，如罗蒙诺索夫、茹克夫斯基、克雷洛夫等。在他们前面已经有一条通向艺术高峰的阶梯，虽然这需要他们的努力攀登。而哈萨克的历史文化及社会条件却没有赐给阿拜这种优越条件。普希金和莱蒙托夫仿佛是在花草葳蕤的园圃行吟，身边虽然有带刺的玫瑰和蒺藜，甚至有令人窒息的毒草，但满园飘逸的花香却不断催发他们的创作激情和灵感，使他们在写作的快感中任意挥洒，不屑顾及可能发生的危险。他们投向皇室的利剑与匕首都带有奇异的香气，让读者在阅读的快感中陶醉，甚至争抢着预购他们的新作。而阿拜着手创作时，哈萨克书面文学几乎是一片空白，或者说是在发轫期。阿拜为开辟新的文学园地，必须在坚硬的黄土地上开垦。他要孜孜不倦地探索和锻造新诗的形式，寻求与民间阿肯吟唱有区别而又为听众接受的诗的新品种，甚至要在其他突厥语系民族的文学中寻找新的词语填充哈萨克书面文学词汇的不足。

其次，不同的年龄段对创作的影响不言而喻。普希金生于1799年，活到38岁，而莱蒙托夫的寿命只有短短的27年。他们的不幸遭遇令世人惋惜和痛心，但这属于另一个范畴的话题。从文学创作角度讲，中青年是作家的想象力最丰富、精力最充沛的年龄段。上述两位俄罗斯诗人都属于这个创作精力旺盛的年龄段，而阿拜正式开始创作时接近四十岁，已错过创作的最佳年龄，只能用剩余的时间和精力在新开辟的处女地拼命地耕作，力图锻造“有黄金般意蕴 / 与白银般闪光”的诗句，让人们品尝别有新韵的艺术珍品。然而痴恋民间阿肯吟唱的听众最初不易接受照书本朗诵的诗歌。阿拜不得不再挤出时间像推销新产品的销货员，不停地高喊：

也许尘世的一切都使你厌倦，
诗歌却会成为你终生的伙伴……

如果不受时间和条件局限，阿拜也会像两位俄罗斯伟大诗人一样有更多精美的作品留给后人。

再次，阿拜的创作动机和目的更多地偏重于诗的教育作用，甚至可以说完全出于教育目的。因而他的作品里既没有类似普希金的《渔夫和金鱼的故事》《小金鸡的故事》等童话诗，也没有像莱蒙托夫的《伊兹梅尔－贝》洋洋洒洒近三千多行的长诗。他的诗除童年的习作及与友人的唱和外，几乎都含有一定的教育意义，甚至在描绘草原景色及牧人活动场景的短诗结尾也要缀几行含有哲理的句子。

他在自己的论诗诗中多次阐明他的创作目的：

我写诗是为更多的人受到教育，
希望你们理解且不要介意……

（1886 年）

我的目的是规范诗艺使语言精练，
我要用诗的泉水浇灌人们的心田……

（1888 年）

为了使人们的精神更加振奋，
我要写出更多的歌词和诗章……

（1896 年）

在一部著作的序言或后记中说明创作意图的情况并不罕见，但像阿拜这样一次次向读者提示的情况却不多。很明显，这是希望读者能接纳他创作的新诗，接受他的观点，振作起来，加快上进的步伐，早日赶上先进的民族。

上面用较多的文字说明了阿拜的创作目的和他作品的教育作用，但这不隐喻两位俄国诗人作品的教育作用不如阿拜，只是要明确说明阿拜的创作目的更多地偏重于教育。至于两位俄国诗人教育意义深远的大部头著作和寓教于乐的童话诗世人皆知，无须赘言。阿拜正是通过学习和翻译普希金、莱蒙托夫的精品佳作掌握了现实主义创作方法，也为刚刚起步的哈萨克书面文学开辟了现实主义的创作道路。他们之间的诗文情结仿佛架设在大草原上的一座天桥。进步的俄罗斯文学正是通过这座天桥走进哈萨克的艺术园地，而淳朴浑厚的哈萨克民间文学以及阿拜开创的哈萨克新文学也是通过这座天桥走进俄罗斯，并通过俄罗斯走向世界的。

（二）阿拜和东方诗人纳沃依之间的比较

在和东方诗人的比较中，学者们议论较多的是阿拜和纳沃依源远流长的诗文情结。阿拜在小学读书时即写过前面曾举例的这首诗：

费祖里、夏姆希、赛哈里、
纳沃依、萨黑德、菲尔多西，
还有霍加·哈菲孜，请给我灵感，
让我学习你们精湛的诗艺。

纳沃依是15世纪乌兹别克著名诗人和作家。在他以前的乌兹别克族诗人多用波斯语创作，纳沃依是第一个用乌兹别克文写作的诗人。这和阿拜开创哈萨克书面文学有同样的意义：他们都为本民族历史文化的发展做出了巨大的贡献。这是所有研究人员认同的一点。

纳沃依用噶泽拉形式写的抒情诗，不但题材多样，内容丰富，辞句也极为华丽，深受读者喜爱。而使他成为东方诗坛巨星的是他著名的五部叙述诗，即《法尔哈德和希林》、《为使正直的人惊讶》、《莱丽和麦吉依》、《七星图》及《伊斯坎德尔》，合称《五诗集》。从纳沃依作品的总主题和绝大部分诗歌的旨意可以肯定，他一贯反对强暴、主持正义、同情生活困顿的平民百姓。他在担任朝廷高官期间曾倡导兴办有利于国计民生、社会发展的事业，如修桥筑路、开设医院、创办学校等。学者们在提到阿拜和纳沃依深厚的诗缘时，特别强调他们共同恪守的人道主义。

阿拜属于19世纪下半叶的诗人，他从事创作的年代要晚于纳沃依四百多年。从前面阿拜读书时的习作可以看出阿拜非常敬仰纳沃依。研究阿拜的学者都认同纳沃依对阿拜的影响，甚至认为阿拜的创作风格酷似纳沃依，连个别诗歌的形式及题材也类似纳沃依。一位名叫约铁干的学者曾说："他们之间虽然相隔四个世纪，却像生活在同一个时代，无论思想感情、生命历程都有许多共同点。"学者们对两位东方诗人研究的侧重点虽有区别，但都承认阿拜对纳沃依的敬仰，他既把纳沃依看作历史上的文化巨擘，又当作自己攻读诗文的典范。

以上的评价无疑是正确的，但进一步深入研究，则不难发现，他们的世界观、人生观之间却有一定的差别。纳沃依虽然曾在作品中揭露和指出中世纪神学的虚伪与黑暗，但始终认为是神的旨意在主宰世界。阿拜却认为：

> 如果说，真主可以随意安排属于他的一切，我们不能说他有失误，那么这话的含义是不是说：真主不是没有失误和弱点，而是多得很。只是我们不敢说罢了……我们能说，无论谁在行善，谁在作恶，不过是在奉行真主的旨意吗？……
>
> ——《箴言集》第28篇

阿拜因受到19世纪社会学新思潮的影响，已认识到宗教和科学的分野。他同样在箴言中指出：

> 人的认识来自对真理和真实的渴望，以及对了解事物本质属性的执着。只要对包罗万象的科学执着地追求，就可以得到应有的知识……
>
> ——《箴言集》第38篇

至于阿拜与纳沃依的人生观、生活目的不难区别。纳沃依毕竟是宫廷的高官，一心一意忠实于朝廷，盼望有一位贤明的君主为黎民百姓造福。他歌颂伊斯坎德尔美德的叙述诗充分反映了他的思想认识，从阿拜的生活经历和作品中却找不到类似的观点。阿拜所向往的是自己的民族摆脱愚昧落后状态，早日加入先进民族的行列，因此殚精竭虑从事写作，希望通过教育手段改变人们的精神状态，进而改变他们的社会地位和经济状况。他从未幻想通过沙皇政府布施仁政改变这一切。这是他们之间最大的区别。

如果比较纳沃依和阿拜之间作品的数量，纳沃依作品的数量远远超过了阿拜。阿拜因为开始笔耕的时间晚，作品的数量不多，假如他从青年时代开始创作，也可能会有等身的作品。另外阿拜为引进俄罗斯的先进文化把大量时间用在翻译工作上。他翻译的诗近60首，其中包括改写普希金的大部头著作《叶甫盖尼·奥涅金》。阿拜没有进过俄罗斯学校，他的俄文是自学的（附录中提到他短暂地学过俄文），翻译普希金和莱蒙托夫的作品对他是耗时费事的繁重劳作，更何况他要让每一首译作都闪耀“金银般的光泽”，保持原著的意韵。

评价诗人作品的主要依据应该是诗的旨意，即诗的思想性。一首高品位诗歌所产生的社会效应是无法估量的。如我国唐代诗人李绅的五言绝句：“锄禾日当午，汗滴禾下土，谁知盘中餐，粒粒皆辛苦。”

这里无意贬低纳沃依的作品，只是要说明阿拜那些含有哲理的教育诗的文献价值。一首《我的哈萨克民族》就仿佛响亮的军歌，曾激励他的民族披荆斩棘向困难进军，终于取得胜利。即使今天，哈萨克人只要吟诵这首诗，依然会抖擞精神，奋起追赶发达的民族。

如果依据诗歌的总主题为两位诗人定位，阿拜应属于人民的诗人，而纳沃依却带有宫廷诗人的色彩。可以说青出于蓝而胜于蓝，但这不否定纳沃依代表的东方诗人的作品属于阿拜诗歌长河源头的一条支流。

（三）阿拜和民间阿肯江布尔之间的比较

在阿拜和江布尔间进行比较既是学术界关注的科研项目，也是群众喜欢热议的话题。因为江布尔被誉为哈萨克民间文学的泰斗，曾获得联盟政府的高级荣誉奖章，在青年时，他的歌声已响彻哈萨克大地及周边的加盟共和国。他的人生经历本身就是一部唱不完的民歌。而阿拜则是哈萨克新诗的创始人，被誉为哈萨克民族的“诗圣”。在他们之间进行比较，肯定会闪现令人惊喜的艺术火花，成为哈萨克比较文学的精彩篇章。

江布尔和阿拜属于同时代而不同世纪的阿肯——诗人。所谓同时代是因为江布尔比阿拜只小一岁，他们共同经历了沙皇政府没落的最后年代。阿拜于 20 世纪初谢世，一般被称作 19 世纪的诗人。江布尔则活到 99 岁，虽然是跨世纪的歌手，但他的辉煌岁月——吟唱最活跃的年代却是在联盟时期。他 90 岁以后吟唱的诗就近 13000 行。人们把他看作 20 世纪的著名阿肯。

在官方的资料里没有两位诗坛巨匠曾经会面的记载，也未发现江布尔 19 世纪的艺术活动对阿拜产生的直接影响，但江布尔所代表的民间文学却是阿拜诗歌长河源头的一条强劲支流。阿拜在思考如何让民歌匀称、优美的节奏和音乐感融进新诗的意境时，也许曾想到这位民歌泰斗和他流传在民间的吟唱记录。但学术界研究的侧重点主要集中在阿拜对江布尔的影响，因为这反映了书面文学的普及对提升民间文学水平的重要作用。

20 世纪 80 年代《哈萨克文学》周报曾刊发尼散别克·特列库诺夫的《阿拜和江布尔》一文。文章精辟地描述了阿拜倡导的新诗如何震撼了这位哈萨克的民歌泰斗：

吃饭期间马嘎什朗诵了他父亲阿拜的几首诗。在座的客人，尤其是江布尔，静心地听着，并称赞说：“太好了，全是我们不曾听过的话。”“是哈萨克阿肯不曾吟诵过的新诗。”最后他用钦佩的口气说：“我说诗艺在哪儿，诗的矿藏在哪儿，原来全在阿拜这里，确实是这样！可以说前无古人！我们常夸‘这个阿肯唱过，那个阿肯讲过’……”夸库勒曼别提、杜拉特、买阔特、恰普拉什的苏云白，说他们的诗像旋风一般，好像在原野上飞驰，原来真正的诗全在这里。如果把阿拜比作江河，我们这些人最多只能算小块沼泽了！我们的诗，虽然也引人发笑，让人激动，但没有发现真正应当发现的！对人民的爱护，对思想的启迪——这些智慧和艺术典范不全在他这里吗！我的马嘎什，你朗读的诗，引起了我的爱慕和向往！愿你慈爱的父亲成为我尊敬的兄长……

从江布尔此后吟唱的诗歌可以证实，他真诚地接受了新诗的创作方法。在他晚年的创作中已很难分辨是即兴吟唱，还是预先写在纸面上的新诗。如下面的《致中国》一诗：

日本帝国主义者，
又侵入友邦的领土；
法西斯把中国比作，
软弱无力的蝇蛆。
可英雄的中国人民，
岂能够忍受凌辱，
他们奋起抵抗，
要保卫自己的领土。
任凭毒蛇般的侵略者，
使尽所有的伎俩。

却碰得鼻青脸肿，
只得暗暗叫苦……

江布尔后期的创作为民间阿肯学习写作起到了示范作用，可以认为江布尔是阿肯群体中对普及书面文学起带头作用的人，不愧为阿肯民族民间文学的泰斗。至于他与阿拜的社会地位、两人在人民心目中的位置，可以从下面一段文字得到答案：

1940 年在阿拉木图开展了阿拜诞辰 95 周年纪念活动。当人们搀扶着九十四岁高龄、德高望重的江布尔走进会场时，他肃穆地站在阿拜的像前，以虔诚的语气吟唱了一首诗：

这镜框里的肖像可是阿拜?
——诗和文章稀有的天才；
他是智慧、信念和勇气的象征，
谁能不对他由衷地爱戴！……
对他的思想要加深理解，
他恰似一片深沉的大海……

整个大厅变得静悄悄的，人们都在注意听江布尔吟诵。

译自 1985 年 8 月 2 日《哈萨克文艺》周报

民歌泰斗肃立在阿拜像前恭敬地吟咏赞颂诗证实他对阿拜的尊敬，对阿拜的才华、智慧及人格魅力的仰慕。这可以充分说明阿拜在哈萨克人心目中的位置，而这也同时展现了江布尔谦恭、自重的高尚品格。

四、阿拜文学理念中的接受美学

接受美学是20世纪60年代由德国康士坦茨学派创立的盛行于欧洲的文学理论。而阿拜是生活在19世纪下半叶的诗人，他活动的年代比接受美学的问世要早半个世纪。这里把阿拜的名字与接受美学挂钩是因为从阿拜的作品中可以看到和接受美学理论相近的诗歌和短句。虽然这些诗句只是零散地出现在他各个时期的作品中，但只要稍加归纳和梳理就可以明显地看到阿拜文学理念中潜在的接受意识。

阿拜随意吟咏和信笔涂抹作品的时间较早，他正式开始创作的时间是1882年，写的第一首诗是《雪后围猎》。诗的结尾处是："只有认真推敲这里的每一行诗句，你的心境上才会映现出清晰的投影。"阿拜在创作的第一首诗中就提醒读者要认真阅读原作，可见他早已意识到接受者在文学作品普及中的位置和应持的态度。在他以后写的作品中不乏类似的诗行，如"愿有志者敞开心窗，迎接智慧与奥秘的灵光""只有打开心灵的窗口，才能迎接真理的投影"。这几行诗也许较为含蓄，下面直白的诗句却把意思讲得再透彻不过了：

书本是科学的海洋，
要认真领会和攻读。
（1886年）

语言在净化，听众也要端正态度，
请注意听我专为你们吟唱的诗歌。
（1886年）

再解读下面的几行诗会看到早在19世纪下半叶阿拜已经为接受美学的面世敞开了半扇窗口。

也许诗歌像串珠不会被人们遗弃，
能够互相转抄传播到群众中去。

（1886 年）

但愿这短小的诗篇，
能在你心中燃起火焰，
假如你是一位善歌的安奇，
愿我的诗随你的歌声流传。

（1889 年）

仔细翻阅阿拜各个时期的作品，从他的抒情诗中也可以领会其中蕴含着对读者——接受者的期望。比如他 1889 年写的 25 组《八行诗》中下面的一组诗：

我登上峭壁，
面向群峰呼唤，
对面也发出同样的叫喊。
听到了回音，
想寻找其根源，
频频向左右探看。
周围依然是群山，
有回音但不是呐喊！

阿拜渴望听到有内容、有定向的呐喊，而不是空荡荡的回音。用今天的网络语言解释，即希望读者——接受者“点赞”和“转发”类似他呐喊的有价值的作品。阿拜不但认识到接受者的地位和作用，更期望接受者在作品的传播过程中发挥正能量。

这里指出阿拜诗歌中有和接受美学理论近似的内容，不是要从接受美学理论创始者手中为阿拜分一块美味蛋糕，只是要说明阿拜渊博、精深的文学理念中有许多尚待挖掘的珍藏。正如沙比特·穆坎所说：“研究阿拜不是一代人所能完成的巨大工程。”[1] 笔者在 1995 年为哈萨克斯坦《阿拜》写的文章《要用毕生精力研究阿拜》中只简单地提出了自己的观点，未做详细解释，这里做一些补充：在阿拜的文学理念中，作品能够普及和流传的首要因素是作品优异的质量，作者必须向社会奉献人民大众喜爱的现实主义作品。他在著名的论诗诗《诗是语言的皇帝》中指出：“诗匠千锤百炼锻造奇句。”

在晚年写的《像愤怒的火焰》中，阿拜对作者提出了更严格的要求：

苦思冥想的诗句，
如清风溜过人们身边；
只有心灵的颤音，
能涌进人们的血管……
（1898 年）

阿拜对作者的要求远高于对接受者的指点，这完全符合接受美学的观点——作者的作用是第一位的，另外哈萨克民族当时的社会情况也需要阿拜更多地关注作者的产品质量。

阿拜有关文学理论的思考，散见于他各个时期的诗歌中。令人遗憾的是他未采用论文形式系统地记录下他这些有创见性的观点。但只要系统地归纳他论诗诗和论诗短句中的理论成分就可以确信，提出阿拜文学理念中含有接受美学成分的观点绝不牵强，这是 19 世纪下半叶东西方文学相撞的大背景下产生的必然结果。

阿拜进行创作的年代是书面文学在哈萨克斯坦开始普及的关键时刻。

---

① 见本书下编《对扩展阿拜学做出过贡献的人——沙比特·穆坎》的引文。

作为诗人——即书写阿肯的作品只有经过最热心、最积极的接受者——民间阿肯的吟唱才能够互相传抄传播到群众中去，吸引更多的接受者，使诗人的作品发挥再生产的作用。而这正是接受美学理论的核心。

虽然阿拜没有把自己的观点归纳为系统的文学理论，但不能否认在阿拜的文学理念中蕴含着接受美学的成分。因为接受者的作用，即阿肯的吟唱对当时普及书面文学的重要性已非常明显，而这是阿拜极为关心的大事。阿拜在自己的文学理念中为接受者定位，可以说顺理成章。也许这为其后接受美学的形成带去了一些信息。

五、阿拜作品在中国

哈萨克也是我国多民族大家庭的成员之一，人口超过150万，大部分生活在新疆维吾尔自治区北部的伊犁哈萨克自治州，与哈萨克斯坦共和国接壤。历史上双边亲友间的来往从未间断。阿拜作品刚一问世，就有人将手抄本带到我国哈萨克人聚集区。正是阿拜的作品开启了我国哈萨克书面文学的先河。曾任新疆维吾尔自治区文联副主席的库尔班·阿里在他的学术论文《阿拜的生平及其作品的价值》中明确指出："阿拜及其作品与我国哈萨克文学有着密切联系，对其产生过直接影响。也可以说，阿拜在我国哈萨克文学中居首位……他虽然生长在国外，但在中国哈萨克人民的心目中，他仍然被看作是自己的诗人。"①

在我国的哈萨克文化界中，最早和阿拜作品结缘的是阿勒泰地区一位称作阿合特的诗人，据说他曾去斜米地区拜访过阿拜。从他下面的诗句可以看到他对阿拜的仰慕：

我们的前辈中出现过许多阿肯，
其中唯有阿拜对我的影响最深。②

20世纪40年代，掌握新疆军政大权的盛世才在共产党人的协助下制定了包括"亲苏"的六大政策。当时哈萨克斯坦的书籍可以不受限制地进入新疆地区。我国的哈萨克族读者有幸买到特意用阿拉伯字母印制的阿拜著作。阿拜的诗歌不但成为人们喜欢阅读的作品，也顺利地进入中小学的

① 引自新疆文联原副主席，著名诗人库尔班·阿里在乌鲁木齐市民族文学讨论会上的发言《阿拜的生平及其作品的价值》（译者张世荣，见新疆社科发行的单行本第3页）。

② 译自民族出版社《荟萃》18期43页《阿拜的家世与生平业绩》，作者米迪哈特·热孜旦。

课堂。阿拜诗歌中含有哲理的精句很快被人们当作箴言。有些哈萨克族老人读到阿拜诗歌中含有教育与启蒙作用的绝句时用右手掌扪住心口，表示折服与敬佩。直到今日，虽经历史风云巨变，社会制度更替，阿拜在哈萨克斯坦人们心目中的位置不但未减损，他的声望反而提高了。在哈萨克斯坦阿拜早已成为人民敬仰的诗圣和精神领袖，而我国20世纪的哈萨克族母语作家和诗人无一不是从学习阿拜的作品起步，走上创作道路的。

我国学术界开始研究阿拜的时间虽然较晚，但在哈萨克族学者中有许多人曾热衷于宣传和介绍阿拜。除前面提到的库尔班·阿里外，还有加合甫、阿吾力汗、纳比坚、布兰泰，以及已故学者尼合买提等人。他们都曾介绍阿拜，对阿拜学在我国的传承做出过贡献。在20世纪长达十年的“文化大革命”结束后，阿拜研究也随着改革开放的步骤有序地展开，有些大学和科研单位还将阿拜学纳入科研项目确定专人研究。

1995年春夏之交，《新疆社会科学》杂志哈文编辑部组织了一次阿拜学术研讨会，研讨议题是“阿拜与中国哈萨克文学”。当时在乌鲁木齐市的学者、作家及诗人大部分参加了研讨会。因为这是首次为本民族诗人召开的高规格学术研讨会，而且选定阿拜诞辰150周年这个有特殊意义的时刻，会议不但有开创性意义，同时成为我国哈萨克文学史中最珍贵的一页。了解与会者中知名人士的发言内容，可以深刻认识阿拜对我国哈萨克文学界的影响。

夏侃·沃阿勒拜是我国有影响的作家和诗人，曾任新疆维吾尔自治区文联名誉主席、中国作协名誉委员，发表过大量作品，有译成汉文的诗集《乡情、诗情、爱情》出版。他在发言中讲：“我在孩提时代经常听父亲吟咏阿拜的诗歌，我是在阿拜诗韵的熏陶中成长的……在小学读书时我就喜欢背诵阿拜的诗歌，从涂抹自己的处女作开始，就遵照阿拜论诗诗中的指教‘词句要精练，感情要真实’从事写作。在40多年的创作中都力求作品的质量，向阿拜指教的高标准攀升。”

夏侃不但是多产的著名诗人，也是优秀的翻译工作者。他曾参与毛泽东诗词的翻译及马列著作主要哈文译本的集审工作，可以称作是学者性的诗人。他的发言具有一定代表性。

参加会议的另一位作家沃拉赞拜·也高拜论述了阿拜对唐加勒克的影响。他从五个方面，即作品的思想性、现实主义、向世界进步作家学习、诗歌的韵律与音乐感以及作品的人民性，详细论述了唐加勒克是如何学习阿拜的。

唐加勒克被认为是我国哈萨克文学的奠基人之一。他的诗已由我国优秀女作家阿依努尔·毛吾力提译成汉文出版，译文精确、流畅。了解阿拜对唐加勒克的影响会令人确信库尔班·阿里所说的“阿拜在我国哈萨克文学中占据首位”。

会议最后由新疆社会科学院副院长贾合甫·米尔扎汗做了总结。他首先肯定了会议取得的成果，称赞了与会者的发言，接着系统地讲述了阿拜作品从十月革命前由民间口头吟诵传到我国哈萨克地区的历史过程。他指出，阿拜的作品能跨过小毡房门槛走向世界，是因为他的作品有震撼读者灵魂的魅力，能指引失迷者回归正路，激励上进者向更高的目的地攀登。……阿拜的哲理思考，有关发展经济文化的指导性意见，尤其是作为思想家的超前意识，不仅唤醒了在大草原沉睡的哈萨克人，也是今天甚至未来人们用之不尽的精神财富。

作为新疆社科院的领军人物之一，贾合甫一贯重视学术界对阿拜的研究，他在2006年出版的文献性著作《哈萨克族文化大观》中还介绍了阿拜的身世和历史功勋，明确指出：“阿拜对哈萨克的书面文学，尤其对新诗创作的繁荣、发展所做的贡献，可以用喜马拉雅山的高度比喻。”这会令人想起杜甫的诗句：“会当凌绝顶，一览众山小”。贾合甫对汉文读者阅读阿拜的作品也极为关心，正是有他的鼓励和操持，学术界才加快了对阿拜作品的翻译和研究。

在新疆社科院召开阿拜学术研讨会的同一时间，伊犁人民出版社汇集哈萨克学者及作家的文章，出版了《阿拜智慧》一书，其中有新疆大学教授阿合买提别克·克尔其拜的《阿拜·库南拜》等18篇文章。这是汇集我国阿拜研究作品的第一部文集，对这一学科的拓展产生了巨大影响。其后我国各省、市、地方出版社及大专院校的专刊中不时刊登评介阿拜的文章。2000年北京的民族出版社出版了卡哈尔曼·木汗的专著《阿拜·库南拜》。该书没有用过多的文字评论阿拜的诗歌，而着重介绍了阿拜的学术造诣及生活中遇到并顺利排解的各类疑难事件，为研究阿拜提供了可靠的资料。书中“有关阿拜说不完的趣闻”一节耐人寻味，是一部兼有文学特质的评介文集。

这里需要特别指出伊犁师范学院在拓展阿拜学方面所起的作用。据悉，阿拜作品是该院文科学生的选修课，也是毕业生撰写论文课题的首选。多年来该院师生一直在本院校刊上发表、宣传和评介阿拜的文章。这对国内学术界的阿拜研究起到一定的推动作用。2012年哈萨克斯坦阿拜学院正式入驻该院，这使该院成为我国阿拜研究的中心。

我国的汉文读者接触阿拜作品的时间较晚。1955年《译文》刊登了穆合塔尔的《阿拜的人民性和现实主义》、莫·依·费提索夫的《关于阿拜》，译者均为宋白。同时刊登的还有阿拜的长诗《伊斯坎德尔》。1958年北京的人民文学出版社出版了《阿拜故事诗》。其后几年新疆人民出版社及北京的民族出版社相继出版了阿拜的诗歌和散文及穆合塔尔·阿乌埃佐夫的传记性历史小说《阿拜之路》（汉译本），但系统的研究及评介文集却不多，到目前为止，看到的只有粟周熊先生的《青格斯山的三巨峰——阿拜、恰卡里姆、穆合塔尔》、郑振东的《阿拜——哈萨克草原上的北极星》及拙作《阿拜研究文集》。

这里需要对粟周熊先生做简要介绍，因为他是对宣传和评介阿拜做出重大贡献的侗族学者。他曾在我国驻哈萨克斯坦大使馆工作，其间走访过许多阿拜的后人及阿拜研究的学者，收集了大量有关阿拜的珍贵资料，并精心梳理，汇集在其学术著作《心锁思路》中出版。而他与著名哈萨克族双语作家艾克拜尔·米吉提合译的《阿拜箴言录》更是一部文义准确、文字流畅的优秀译著。尤为可贵的是他在阿拜150周年诞辰纪念前后在中央及地方报刊上发表了近三十多篇通讯和文章，不仅加深了读者对阿拜的认识，也促进了学术界对阿拜的研究。

《阿拜——哈萨克草原上的北极星》的出版也值得表彰。作者郑振东为撰写这本书走访了众多资深学者，同时远到新疆伊犁哈萨克自治州去体会人民大众对阿拜的感情。由于掌握了大量第一手资料，对阿拜品格的描述、对阿拜的历史功勋及诗歌所做的评论精确公正。在我国学术界对阿拜的研究方兴未艾之际，该书的出版显得弥足珍贵。但愿它有助于拓展我国学术界对阿拜的研究。

近两年阿拜研究逐渐引起学术界关注，大专院校的刊物上不断出现评介文章，既有专家学者的研究成果，也有高等院校学生撰写的毕业论文，有的文章不乏新意。如2015年《东北师范大学》上刊载的《俄罗斯文学影响下哈萨克诗人阿拜的创作》（作者：沙娜·莎根迪克）评议不拘一格，有一定的学术价值。类似的佳作经常出现在报刊上，多数是关于阿拜的比较研究。比如阿拜与鲁迅的比较，相同的观点是他们文风相似、笔锋犀利且言之有理，对愚昧落后现象的批判可谓一针见血。他们都为维护真理，为人类社会的进步与发展做出了贡献。地方报刊上还可以见到阿拜与孔子的比较，如2015年《新疆社会科学报》上刊载的《孔子与阿拜思想共同点的比较》（作者：姆哈塔尔·木巴扎克）。随着网络文学的崛起，网上也可以看到评介阿拜的文章，其中同样有佳作。更可喜的是近年来有许多优秀的双语作家在参与有关阿拜作品的译介与研究。据悉，著名女作家哈依霞·木巴拉克翻译的《阿拜之路》不久将付梓，读者将会从精美的译文中欣赏享誉世界的名著；青年作家艾多斯·阿曼泰翻译的多首阿拜的抒情诗陆续在《西部》《诗歌月刊》上发表，深为读者喜爱。凡此种种极有利于我国学术界对阿拜及其作品的研究。可以想象，当读者在北京朝阳公园阿拜塑像前驻足流连时，肯定会意识到出现在哈萨克斯坦的跨世纪阿拜现象也会出现在有五千年历史、十三亿人口的大国。可以预料，随着各国之间频繁的文化交流，特别是“一带一路”倡议的经济沟通与互补，阿拜现象会很快展现为风靡世界五大洲的文化景观。

附　录

附录一：阿拜简历

阿拜生于 1845 年 8 月 10 日。

阿拜于 1855 年 10 岁时写出第一首诗《我以为是谁追赶着骆驼乱跑》。

1855—1857 年阿拜在阿吾勒宗教启蒙小学读书。

1857—1859 年阿拜在斜米市阿合买提·力扎小学读书。期间曾短时间到俄罗斯教区小学校学俄文。

1876—1878 年阿拜被选为洪吾尔·阔克斜部落的卜勒斯。

1876 年由于乌孜克拜·别日拜耶夫的诬告，斜米官方开始审讯阿拜。

1883 年 4 月 27 日乌孜克拜·别日拜耶夫在官方审问时承认自己是无故状告阿拜。

1884 年 8 月 27 日斜米市法院马阔维茨斯基正式解除了延续八年的阿拜“罪状”。当时曾有七百人先后出庭为阿拜作证。

1885 年 5 月斜米市下属五个县区的毕官、卜勒斯、地方权贵在卡拉莫拉集市期间召开了例行的大会。阿拜被选为大会的首席毕官。经过三昼夜的讨论，大会通过了阿拜拟定的哈萨克 74 条新法。主持大会的是斜米市长切克林斯基将军。

1885 年 6—8 月间阿拜的俄罗斯朋友——政治流放犯多洛果波罗夫曾到青格斯山区阿拜的阿吾勒小住。

1886 年经友人米海依勒斯的推荐，阿拜入选斜米科学统计委员会成员。

1886 年阿拜写了 15 首诗，这是他创作丰收的第一年。

1889 年阿拜的《致库列木拜》《夏》等诗歌首次以阔克拜的名字在《原野》报上发表。这些诗可能是 1888 年阿拜的阿吾勒进驻巴卡纳斯河畔时写的，也可能是在阿卡恰套选举卜勒斯期间为嘲讽库列木拜写的。

1889—1890 年是阿拜创作的第二个丰收年。普希金的《叶甫盖尼·奥涅金》也是这期间翻译的。

1890 年翁布省省长——陶别男爵到斜米地区给卜勒斯们戴奖章、披锦袍时，阿拜曾写一首政治讥讽诗《卜勒斯高兴得忘乎所以》。

1895 年阿拜最疼爱的儿子，聪慧过人、博学多才的阿布都热合曼 27 岁时去世。阿拜由于过度悲痛，写了多首悼念诗。

1898 年在阔什比克选举木库尔地方卜勒斯时，乌拉孜拜之子吉格铁克、木尔扎 - 觉坎等的部落头目唆使阿孜别日干、别依山布、布兰拜、阿班等人谋害阿拜。由于卡克太、瓦依斯、阿帕斯等亲人、朋友的干预和保护，阿拜幸免于难。自此以后阿拜停止了所有社会活动，并和曾谋害自己的人和解，宽恕了他们。

1903 年 4 月 18 日斜米市作战部长苏合亭命令对阿拜及马高维亚、吐拉古勒的家进行了搜查，但一无所获。

1903 年著名俄罗斯学者谢苗诺夫 - 天山斯基在介绍哈萨克原野的专著《祖国地域详解》204 页中明确提出："阿拜的名字应成为哈萨克新文学的开端。"

1904 年 5 月 14 日阿拜寄予厚望的次子马高维亚去世。

1904 年 6 月 23 日心系人民疾苦的伟大诗人阿拜悲戚地离开人世。

1904 年 8 月 3 日阿拜的另一个儿子、诗人阿克勒拜去世。

（译自 1961 年阿拉木图出版的《阿拜 · 库南拜耶夫》）

附录二：阿拜作品目录

诗歌[1]

1882 年以前的习作

《眸子如钻石发亮》

《费祖丽、夏姆希、赛哈里》

《嘲讽阿不拉尔》

《快止步，我的意马心猿》

《即兴吟三首》

1882—1885 年

《雪后围猎》

《平正的前额如闪光的白银》

《年轻时不曾关注科学的作用》

1886 年

《年纪越大，忧思越多，睡意越来越少》

《年纪愈大，愁绪和悔恨愈多》

《桀骜的大雕迅捷而又凶猛》

《我的哈萨克民族》

《巴依请牧人看守他的牲畜》

《远近的哈萨克人我都见过》

《人在迷误时不辨曲直与正反》

① 阿拜的诗除个别几首，如《致艾赛特》《八行诗》《秋》《冬》等外，一般都不写标题，书本中的目录都以诗的第一句作标题。以上目录是据阿拉木图文艺出版社 1961 年出版的《阿拜·库南拜耶夫》翻译的。

《美好的青春转眼即会消失》

《年轻人，不是一切娱乐都具有笑的能量》

《至高无上的真主》

《我看到人们向集市走去》

《当你未掌握科学的时候》

《骏马的风采》

《夏》

《许多哈萨克儿童》

《阔克拜在含泪吟唱》

《即兴吟：阔捷克》

《我们每天在悔恨中告别岁月》

1887 年

《浮躁、懒惰、不顾羞耻》

《阔克拜的伎俩》

《诗是语言的皇帝》

《即兴吟：致那扎尔》

1888 年

《如果某一家有丧亡事故》

《秋》

《某一年，十一月还不见雪花飘落》

《冬》

《致库列木拜》

《阔克拜》

《无风的夜里一轮明月》

1889 年

《虽然我的呼吸没有中断》

《库列木拜》

《致艾赛特》

《卜勒斯高兴得忘乎所以》

《愿智者所做的教诲》

《八行诗》（25 组）

《假如你思想的火花还在闪烁》

《我写诗不是为消磨时光》

《敏锐的智慧如晶莹的冰凌》

《爱情和情欲是不同的概念》

《生命的枯萎》

《究竟还要我怎样？》

《致姑娘》

《姑娘的回答》

《身后的发辫又粗又长》

《既然没有真诚的朋友》

《青春之火，难道你已经熄灭》

《即使月亮和太阳同时发光》

《即使给劣马披锦戴花》

《即兴吟：致青面女人》

1890 年

《贤哲已减少》

《心在燃烧》

《我们将要走完人生的道路》

《诗歌是你终身的伙伴》

《有时喷涌的激情像一匹烈马》

《春》

《一位年轻的吉戈特》

《抱着自己的孩子》

《骑着小驹》

1891 年

《请看这乱世的青年》

《虽然长着一双眼睛》

《当年轻的心》

《脸颊一阵青、一阵红》

《我眼中的瞳人》

《我曾蔑视所有无知者》

《谜语诗三则》

1892 年

《你在寻求什么，我的心》

《呦，我的心，别再乱跳》

《博学会带来愤懑》

《悼乌斯盘》

《乌斯盘》

1893 年

《时而高烧，时而颤抖》

《走路时摇摆》

《好事听不到有人念叨》

《代白麻干别特妻子吟的短句》

1894 年

《只要聚首商谈》

《虽然喀拉恰是收获季节》

《这一代青年的积习令人不安》

《爱情的语言是无声的语言》

《不要显示耀眼的装潢》

《旧时服饰》

《阿布都热合曼患病时》

《怀念阿布都热合曼》

《代卡克太写给阿布都热合曼的诗二首》

《柯孜达尔》

1895 年

《有些话，我不知讲过几遍》

《饿汉的急需不过是一顿饱饭》

《你可知道，童年已经离去》

《羊群蹚过的水面并没有油花》

《大自然也许湮灭，人不会消亡》

《悼念阿布都热合曼诗五首》

《忆阿布都热合曼》

《自慰诗》（阿布都热合曼去世后）

《劝慰阿布都热合曼的爱人玛嘎希》

《代阿布都热合曼的爱人玛嘎希写的悼唁诗》

《怀念乌斯盘》

《悼亡诗》

1896 年

《守财奴梦寐以求的只是牛羊》

《我没有看到父母做出的榜样》

《可汗深宫里的姑娘》

《不要把钟表的嘀嗒声当作消遣》

《心灵的鹰》

《当忧愁和疑虑》

《乌云在飞速地翻滚》

《即兴吟：热合木恰勒》

《玛沙克拜和他的妻子》

《即兴吟：致库玉斯拜》

《即兴吟：致对山库勒》

《即兴吟：拉扎克》

1897 年

《未来的岁月如阴暗的云团》

《不要轻信那些无谓的夸赞》

《称道安拉并不困难》

《没有内容的呐喊》

《我又在写信给你》

《天生一株招风引雨的犟苗》

《致嘎比多拉》

《假如你也喜欢音乐》

1898 年

《自从出现了帮派》

《像愤怒的火焰》

《你是否招架得住旧世界的挑衅》

《有一天，少女的羞涩将取代犀利的语言》

《如果没有坚定的意志》

《贾曼巴拉的孩子去世时有感而吟》

《黑夜紧跟在白昼后边》

《衰竭的心跳动得又弱又慢》

1899 年

《你是否记得自己的童年》

《我的心包有四十块补丁》

《人的躯体有皮肉组成的外壳》

《我喂养了一只小狗》

《即兴吟》（无题）

《杜特拜》

《你曾头顶蓝天倔强地生长》

1900 年

《你在想什么，我的心》

《当阴影慢慢伸长》

1901 年

《嘴里喊着廉耻是为了欺骗》

《我的希望像枯瘦的黄叶》

《不要追寻和迷恋》

《哈萨克贪饮柯姆孜》

《你的语言》

1902 年

《多姿多彩的蝴蝶群》

《安拉和安拉的旨意都是真的》

《心如海洋，激情如闪光的宝石》

1903 年

《当雷电之神拉嘎特》

写作年代尚不明确的诗

《别再触摸冬不拉》

《当回忆的画面》

《唐尔别日德》

《因司马古勒弟远离亲人有感而吟》

《和其他阿肯的对句》

《即兴吟：致柯亚斯拜》

《即兴吟：代木卡木阿拉孜吟》

《即兴吟：致巴克扎特孙女》

《即兴吟：致阿格勒拜》

《即兴吟》（无题）六首

叙事诗

《伊斯坎德尔》

《麻斯胡特》

《阿吉木的故事》

散文

《阿克利亚》（《阿拜箴言集》）

《哈萨克族源简述》

译诗及改写

1882—1885 年

《波罗金诺》（节译莱蒙托夫的同名诗）

《小宝宝的摇篮如辽阔的夏牧场》（译自莱蒙托夫所译德国诗人席勒的短诗）

《又苦闷、又厌倦》（节译莱蒙托夫的诗。原诗共三节，所译是第一节）

1889 年

《奥涅金的性格》

《达吉亚娜致奥涅金的信》

《奥涅金的回信》

《奥涅金的表白》

《奥涅金致达吉亚娜的信》

《达吉亚娜的表白》

《连斯基的自白》

《奥涅金临死前的自白》

（以上由普希金诗体小说《叶甫盖尼·奥涅金》改写）

1892—1893 年

《被囚波兰将军的自白》（由米娜耶娃所译，波兰诗人密茨凯维支的《纪念册 C.b》转译）

《乌云笼罩着大地》（译俄罗斯民歌）

《好吧，就让我相信你的话》（意译莱蒙托夫诗）

《我的心是阴沉的，快来呀，阿肯，快来》（由莱蒙托夫所译英国诗

人拜伦《希伯来小调》转译）

《高山沉睡在夜的昏暗中》（由莱蒙托夫所译歌德的无题诗转译）

《不要相信自己，青年人！》（直译莱蒙托夫的《不要相信自己》）

《我不怕暴风骤雨》（译自布宁的无题诗）

1894 年

《怎样才能管理群众》（译自莱蒙托夫的长诗《伊兹梅尔－贝》第二章第 3 节）

《被囚的武士》（直译莱蒙托夫诗）

《蓝天仿佛在欢笑》（译自莱蒙托夫的无题诗。原诗为五节，阿拜意译了后面的四节）

1895—1896 年

《欢乐，你已经丢弃了我》（译莱蒙托夫诗）

《不要为求爱费力劳神》（莱蒙托夫《又苦闷、又厌倦》的第二节）

《为了寻求爱情和友谊》（被认为是上首诗的重译）

《咏怀》（译莱蒙托夫诗）

《剑》（莱蒙托夫诗。原诗为四节，译诗为前三节）

《题纪念册》（译莱蒙托夫诗）

1897 年

《你是否又无奈地来到这里》（译莱蒙托夫诗）

《休想了解我的隐情》（译莱蒙托夫诗）

《祈祷》（译莱蒙托夫诗）

《圣洁的祈祷》（译莱蒙托夫诗）

1898 年

《亲爱的，我一直在沉默》（译莱蒙托夫诗）

《我看见高大的桦树倒在地上》（译莱蒙托夫诗）
《捷列克河的礼物》（译莱蒙托夫诗）
《我独自一人在静悄悄的夜里走上大路》（译莱蒙托夫诗）
《恶魔》（节译莱蒙托夫的故事诗）
《橡树和荆条对话》（译克雷洛夫诗）
《遇难的土布大衣》（译克雷洛夫的《遇难的农夫》）
《受穷的富翁》（译克雷洛夫诗）
《驴与夜莺》（译克雷洛夫诗）
《乌鸦与大雕》（译克雷洛夫诗）
《蜻蜓与蚂蚁》（译克雷洛夫诗）
《歌唱家》（译克雷洛夫诗）
《毛色不同的绵羊》（译克雷洛夫诗）
《乌鸦与狐狸二首》（译克雷洛夫诗）
《青蛙与牛》（译克雷洛夫诗）
《大象与哈巴狗》（译克雷洛夫诗）
《驴》（译克雷洛夫诗）

1899 年

《孤帆》（译莱蒙托夫诗）
《峭壁》（译莱蒙托夫诗）
《心底有许多宝贵的财富》（译依·波伦斯基诗《心》）

1900—1901 年

《灵感又来寻访》（莱蒙托夫长诗《伊兹梅尔－贝》的十二行序诗）
《当夕阳西下时》（莱蒙托夫的《傍晚》）
《混乱的宴会》（意译莱蒙托夫的无题诗。原诗 12 行，译作 16 行）
《瓦季姆》（莱蒙托夫歌颂农民起义的诗）

附录三：阿拜诗歌选录

我的哈萨克民族

（1886 年）

哈萨克，我人口众多的民族，可爱的人民！
迟迟未修的髭须竟污损了你的仪容。

你左腮上是血，右腮上有未拭净的油泥，
分不清好与坏，分不清丑恶与美丽。

谄笑时，你还显得和蔼可亲，
怎的转眼间竟是另一副面孔？

你只顾自己讲，不听别人说，
就知道信口雌黄，贫嘴薄舌。

自己的牲畜不能由自己做主，
白昼与黑夜都得不到安静与宽舒。

轻浮而又贪婪，不懂得约束自己，
反复无常，轻率地改变主意。

各行其是，如碎屑般凌乱，
似这样能不丧失民族的尊严？

既然失去了自主的权利，
很难相信你们会改变自己！

亲友们为莫须有的事互相抱怨，
不就因为个人的欲壑难以填满？

步调不一致，更不讲真诚与团结，
马群正在失散，财富一天天枯竭。

互相猜忌，为几头牲畜恣意挑衅，
可怜的民族正在混乱中沉沦。

假如这些恶习得不到改正，
等待你们的只有苦难与不幸。

你甚至无力跨越前面的土岗，
我们如何敢对你寄予希望？

没有立场，摇摆不定的可怜虫，
整天嬉皮笑脸成什么体统！

遇见好心人真心实意来开导，
你们又背地里“扑哧、扑哧”地嗤笑！

骏马的风采

（1886 年）

两耳直竖，额鬃如粗壮的棒槌，

有兔的双颊，羚的额骨，羊的颈椎；
下颚不显，后脑壳自然下凹，
脖顶稍突，鬃毛既柔且美。

鼻似公山羊，下唇垂悬，牙齿稍长，
肋条粗壮，躯干高大而魁伟。
股端筋肉鼓出，胸围既宽又大
前胸如饱餐的大雕有些下垂。

蹄为环形，趾骨粗大而坚实
前腿的尺骨远离两肋；
距毛拂地，筋粗可见，腿部垂直，
肩胛既宽且平，但不显得厚肥。

尻部宽，腹部窄，匀称而协调，
鞍垫可以牢固地贴着腰背，
坚韧的臀端紧箍着浓密的尾巴，
滚圆的臀部显得格外优美。

飞节靠下，肌腱异常发达，
后部浑圆，体形自然健美，
前蹄较短，腹部显得瘦长，
后腿为梯形，阴囊略显厚肥。

胫骨略粗，胫端酷似驼羔，
快步驰骋时如轻风追随。

两眼不停地环视左右，
拴在毡房旁如大山沉睡。

颠跑和疾驰都不会失蹄，
下颏轻轻晃动，令人感到快慰。
有速度，有耐力，任凭主人驱使，
这样的坐骑才值得赞美……

慢跑时踏着匀称的碎步，
雕鞍上的骑手能不陶醉！
这才是我理想中的骏马，
趱颠时连跑马也无力跟随。

（1888 年）

某一年，入冬时还不见雪花飘落，
某一年暮秋时已满天飞雪；
巴依为节省过冬的牧草，
入冬后还在秋牧场安歇。

穷人没有柴烧毡房里冰冷，
鞣皮的酸乳已结成冰凌；
妇女们冷得织不成切克曼，
男人们犹在风雪中驱赶羊群。

穷孩子已被冻僵没有火烤，
窗外的风雪在不停地咆哮；

如果家里有年迈体弱的老人，
这苦难的日子如何煎熬！

巴依想吃肉也只能宰食老羊，
牧民的生活更不堪设想！
能给穷人施舍半麻袋粪块，
也可认为是巴依的慈悲心肠。

巴依住房的壁毡有好几层，
暴风雪天孩子也不会受冻；
巴依的孩子常欺侮穷人的孩子，
穷人的孩子含着眼泪不敢吭声。

穷孩子哪敢进巴依的暖房，
只能站在房檐下躲避风霜；
有时久久靠着向阳的墙壁，
望着暮秋时节惨淡的阳光。

巴依虽然管束自己的孩子，
可这等畜生有什么指望？
看到饥饿的穷伙伴未免心虚，
不敢大大方方地吞一口肉汤。

巴依不会为牧工的生活着想，
额外赏赐要更多的劳动抵偿；
收主无情，牧工也缺少诚意，
难道是胡大让他们监视对方！

牧工惴惴不安地接受巴依的赐赏，
巴依该懂得这是应付的劳动补偿；
牧主不宜过分刻薄，应宽待一冬，
不要让穷人老老少少到处流浪。

（1888年）

无风的夜里一轮明月，
映照着水面的涟漪；
深谷里奔腾的急流，
呼啸着沿阿吾勒流去。

树林沙沙作响，
是枝叶在窃窃私语；
山野一片碧绿，
是芳草染透了大地。

远山一阵阵犬吠，
回音时断时续；
伴随着你在深夜，
悄悄来这里相聚。

你轻轻踮着脚步，
畏怯地屏住呼吸；
可是受惊的身躯，
依旧不停地战栗。

你的心跳动不已，
腼腆地表达爱的情意；
在幽暗的夜幕里，
犹自痴情地伫立。

廿五组八行诗（选二组）

（1889 年）

饱食而无所用心
悠闲而不务正事，
会使人走上邪路。
无端的争吵，
无休止的抢掠，
会贻害我们的民族。
攻讦已超过极限，
早就该懂得悔悟。

满脸是血迹，
满身是灰尘，
却依旧赔着笑脸。
不停地弓背弯腰，
累得浑身发酸，
还跟在后面蹒跚。
像这样奴颜婢膝，
讲什么羞耻和尊严。

（1889年）

假如你思想的火花在闪烁，
请仔细听听这有益的劝说；
假如你思想的火花已经熄灭，
活着还是死去对你毫无区别；
一旦眼睛被翳霾遮住，
眼前的景物必然模糊；
祈祷时若没有伊玛目[1]领诵，
祷词会念得错误百出；
没有一位英明的领导人，
盲目的众人会走上歧途。

团结一致的部落，
像草原上的清水湖；
清风徐徐吹拂，
芳草如波浪起伏；
从山泉流泻的小溪，
涓涓地注入水湖。
牲畜的优化与繁殖，
都显得格外突出。

没有团结的部落，
像积满淤泥的臭水湖；
水鸟绕湖岸惨叫，

① 伊玛目：伊斯兰教寺庙主持人。

幼犊望湖水发怵。
喝过臭水的牲畜，
倒在山冈下呕吐。
这其实是污水坑，
谁愿意来这里放牧！？

每一个大小部落，
都该有自己的头目；
贤明的领导人，
会管好部落的事务；
没有人领导的部落，
不可能和睦相处；
要注意团结和安定，
这有说不完的好处；
不要无缘无故地争吵，
免得我为鱼肉，人为刀俎！

可汗深宫里的姑娘

（1896年）

可汗深宫里有一位美丽的姑娘，
为了使她欢喜可汗费尽了心肠；
一箱箱金银珠宝供她享用，
一群群侍女用人为她奔忙。

无奈可汗像失势的公牛一样，

只能在众人的吆喝声中逞强；
姑娘憎恶老耆抚摸她的身躯，
从悬崖上跳进翻滚的波浪。

富贵不能驱散少女的忧伤，
她渴望得到一位称心的情郎；
谁愿拥抱生命衰竭的枯骨？
只有同龄伴侣能比翼飞翔。

老态龙钟无法取悦妙龄女郎，
诱惑与谄笑只能使少女懊丧；
夫妻的年龄岂可过分悬殊，
金钱只能给爱情披上伪装。

有的恶棍霸占着年轻姑娘，
他从不顾及姑娘的忧伤；
夫妻生活没有爱情做基础，
岂不和强制配种的牲畜一样。

巴依妄想赎回逝去的时光，
临近暮年变得越发放荡；
想用金钱买取少女的青春，
专为满足自己肮脏的欲望。

巴依哪能体会少妇的痛痒，
虽然每天和和气气地同床；
只要女人佯装得百依百顺，

愚蠢的巴依也会得意扬扬……

一个是红颜少妇，一个白发苍苍，
哪能够甜甜蜜蜜地欢聚一堂；
一个如待放的花蕾，一个形似枯蒿，
三月阳春哪能伴随秋末的寒霜？

无论亲吻还是想出别的花样，
只能引起少女的厌恶和沮丧；
两情之间相隔一年的路程，
休想激起一丝春情的波浪。

（1896 年）

不要轻信那些无谓的夸赞，
警惕别有用心的人故作妄言。
要依靠自己的智慧和劳动，
摆脱众人的束缚和羁绊。

不要过高估计自己引起非难，
更不要追求虚荣自我表现；
违心地追随众人欺骗自己，
追踪缥缈的幻影哪值得称赞！

欢庆时要冷静，不要忘乎所以，
忧患中切不可失望和悲观；
打开你思想的矿藏深深挖掘，
你将会得到最珍贵的发现。

（1897 年）

假如你也喜欢音乐，
要像我这样锲而不舍。
明快的旋律会使你振奋，
唤起你美好的憧憬和思索。

每当我欣赏一首优美的歌，
心潮随着节奏的变化起落；
仿佛忘记了我自己，
也忘记了尘世的一切。

仿佛沙漠里焦渴的行人，
看到粼粼的水波在闪烁；
仿佛有一只温暖的手，
轻轻抚摸着我的心窝。

音乐会使我重新想起，
往日岁月的痛苦和喜悦；
又给我披上命运的外衣，
去迎接未来征途的风雪。

我隐隐约约地听到，
昔日生活的喁喁私语；
一切可憎与丑恶的面目，
又一次充斥着我的回忆。

我又跳进昔日的苦泉里，
吞饮曾经危害我的毒液；
我仍然轻信着人们的谎言，
像过去一样的天真无邪。
还有什么人不曾欺骗过我，
还有什么毒液不曾伤害过我；
我并不曾气馁和畏缩，
依旧像昨天一样地活着。

像愤怒的火焰

（1898 年）

像一束束喷射的
愤怒的火焰，
像劈开乌云的
闪光的雷电。
——可惜这样的诗，
撼动了几人的心弦！

敏锐的思想，
借助锋利的语言，
向愚昧与邪恶，
进行激烈的论战。
——可怜的人们，
你们竟默默无言！

苦思冥想的诗句，
如轻风溜过人们身边；
只有心灵的颤音，
能涌进人们的血管。
——也许有人吟唱我的诗篇，
可有谁铭记在心间！

（1898年）

衰竭的心跳动得又弱又慢，
连我的胸腔也被拖得疲倦；
灼热的血从心壁上滚过，
折腾得我整夜不能合眼。

无端的忧愁搅得我心烦意乱，
亲情和友谊成了沉重的负担。
那些不顾羞耻无谓的争吵，
已使我感到憎恶和厌倦。

昔日生活的影子又浮现在眼前，
——不是生活，是该诅咒的梦幻；
它时而渴望幸福与宁静，
时而去寻找烦恼与忧患。

我有时想用苦涩的泪水，
冲洗心灵上的累累伤瘢；
有时却悄悄地躲到一边，

怕人们瞧见我红肿的泪眼。

衰竭的心跳动得又弱又慢，
默默承受着人生的苦难；
沸腾的血依旧从心壁上滚过，
我仍然痛苦地在病榻上辗转。

（1902 年）

多姿多彩的蝴蝶群，
飞舞在夏天的花丛里；
秋天花儿凋谢、散落，
可怜的蝴蝶已无处可去！

什么是生活的含义？
相知、相爱、相待以礼；
不断地思考和求索，
不停地开拓和寻觅。

是时代支配个人，
这是不可改变的规律；
狂人妄想支配时代，
时代决定了他的悲剧。

附录四：从阿拜到唐加勒克

——兼谈关于编写我国哈萨克文学史的一些思考

在谈哈萨克文学史时，人们会很自然地提到阿拜。因为他是哈萨克书面文学的奠基者，标志着哈萨克文学新纪元的开始。阿拜的文学活动虽然属于19世纪，却延续到21世纪初。在我国的哈萨克作家和阿肯中，19世纪末和20世纪初都有人亲自聆听过阿拜的教诲。被誉为我国现代哈萨克文学杰出代表的唐加勒克，正是在阿拜作品的影响下，走上创作道路的。探讨从阿拜到唐加勒克之间的作家和作品，了解其间的文学现象，对正确认识我国哈萨克现代文学的产生与发展过程，写好我国的哈萨克文学史具有重要意义。

（一）

阿拜对哈萨克文学发展所做的贡献，他的作品对哈萨克民族的觉醒所产生的巨大作用，已为世界各地的哈萨克人所公认。在哈萨克斯坦，阿拜被认为是哈萨克人民的精神支柱、文明与智慧的化身。在我国，由于历史遗留的偏见，阿拜和其他少数民族的文学巨匠，包括他们所代表的少数民族文学，都未能进入"正史"。在"左"倾路线统治文坛的年代，阿拜的作品甚至被视为禁区。只是在党的十一届三中全会后，人们才开始评介和研究他的作品，但一般只是泛指他的艺术风格和创作道路，很少有人进行全面的评价，明确指出他在我国哈萨克文学史中的地位。

1983年2月，新疆维吾尔自治区召开了首届少数民族古典文学学术讨论会。文联副主席库尔班·阿里在会上宣读了他的学术论文《阿拜的生平及其作品的价值》，第一次明确提出："阿拜及其作品与我国哈萨克文学有着密切的联系，产生过直接的影响。也可以说，阿拜在我国哈萨克文学中占居首位……他虽然生长在外国，但在中国哈萨克人民的心目中，他仍然被看作是自己的诗人。”对上面的评论，可以有不同的看法，但应当承认，库尔班·阿里讲的是历史的真实。

“生长在外国”，却“在我国哈萨克文学中占居首位”。这种特殊现象只有在哈萨克这样个别跨境民族中存在。因此，我们的文学史要对这种特殊现象产生的原因，做出合乎逻辑的历史的说明。

在历史上，哈萨克曾经是一个统一的民族，由于历史发展进程中政治、经济等因素，以及旧时部落的流动、变迁、分裂、重组等多种原因，终于分居在毗邻的三个国家——哈萨克斯坦、中国及蒙古国。但历史是无法分割的，历史留下的文化传统、文学遗产也同样不可分割。阿拜无论生长在任何地方，他的文学遗产都属于世界上所有的哈萨克人。

哈萨克斯坦编写的文学史，把十月革命前的文学统称为“20世纪初期的哈萨克文学”。虽然内容方面有所侧重，但很明显是当作整体论述的。而对十月革命以后的阶段则称为“哈萨克苏维埃文学”。这种分期方法是符合历史事实的，可以作为我们的借鉴。我们的哈萨克文学史也只有正确确定分期问题，承认历史上两国的哈萨克文学是一个整体，才能顺理成章地解释文学史上的一些特殊现象，使人信服“阿拜虽然生长在外国”，却应当“在我国哈萨克文学中占居首位”，在编写文学史时，才可能打消顾虑，充分肯定阿拜在我国哈萨克文学史中的地位，明确写上：我国的哈萨克近代文学同样是由阿拜开创的。

我国哈萨克文学在发展过程中，与汉族及其他兄弟民族之间产生过不同程度的交流及相互影响，但这主要表现在现代和当代文学阶段。比如三四十年代我国文艺工作者曾翻译介绍过鲁迅和茅盾的作品；新中国成立后，各民族之间的文学交往已是普遍现象。而21世纪初，当哈萨克现代文学还在胚胎时期，却不能不借助邻国的影响。哈萨克民族有幸比其他兄弟民族较早接触俄罗斯的进步文学和苏联的革命文学，他们在20世纪末就阅读了阿拜翻译的普希金、莱蒙托夫的作品。而高尔基的大部分作品译为哈萨克文的时间要比译为汉文的时间早得多。

（二）

在阿拜和唐加勒克之间，哈萨克文坛上出现过一颗耀眼的星——艾赛特·乃曼拜。通过艾赛特的一生，可以更清楚地看到历史上中国和哈萨克斯坦两国哈萨克人民频繁的文化交往，了解跨境民族文学的一些具体情况。

艾赛特于1864年生于今哈萨克斯坦斜米州。年轻时曾从师阿拜，是阿拜的得意门生。阿拜有《致艾赛特》一诗称赞他的好学精神。可以认为艾赛特是阿拜文艺思想最忠实的继承人和传播者之一，他正是以这种身份游历了我国阿勒泰、塔城、伊犁、博尔塔拉等地的大部分哈萨克地区。据传说他每到一处，就被当地的文学爱好者围住，昼夜跟随着向他请教。伊犁著名阿肯热合木渐·蔑西别特、阿勒泰阿肯卜玛勒·依布莱、依达希·热合木等，都声称是他的学生。1916年艾赛特携家眷来我国塔城乃曼部落定居，1923年在伊犁夏牧场谢世。

艾赛特创作上的成就是引人瞩目的。他的代表作《萨里哈与莎曼》艺术上达到了相当的高度，另外还有《木马》《法兰西皇帝》等长诗和多首即兴吟唱的短诗。艾赛特深谙声律，作诗讲究节奏。他的诗富有音乐感，可以朗诵，可以依曲而歌，甚得人们喜爱，论者认为风格酷似阿拜。艾赛特更是对唱的能手，曾和许多高手对阵，目前群众中流传的对唱诗就有十多部。其中著名的《艾赛特与额尔斯江对唱诗》被誉为谜语对唱的典范，在哈萨克斯坦被收入各种文学教材和课本中，成为初学者必读的对唱诗。在我国，艾赛特的作品也曾遭到禁锢，到十一届三中全会后才被解除禁令。近年来已有人发表文章介绍他的作品和创作道路。

由于艾赛特的足迹遍及毗邻哈中两国广大的哈萨克地区，文稿多有散佚，需要搜集、整理并加以订正。前几年有人提出《萨里哈与莎曼》系21世纪初我国新疆托里县阿肯柯孜尔所作，1981年民族出版社出版的单行本也曾署名柯孜尔。但有人坚持不同意见，认为《萨里哈与莎曼》的作者历来被认为是艾赛特，是无可争议的。有人更证实，在哈萨克斯坦穆合塔尔文学研究所档案室还保存着艾赛特最初的手稿。最后由至今健在的老诗人阿斯哈尔·塔塔乃说明了真实情况：1946年《萨里哈与莎曼》在《自由阿勒泰》发表时他曾参与编校工作，他的说明当然是可信的。《萨里哈与莎曼》的争议虽然平息，但却引人深思：在文学史的编写中会不会再遇到类似情况。应当承认，像《萨里哈与莎曼》这样一部具有史诗规模的作品，不是任何一位阿肯都能够写出来的。

在哈萨克斯坦编写的文学史中，艾赛特在19世纪末的作家群中占显著地位。在我国编写的哈萨克文学史中，对反映艾赛特的文学活动也许是不会有异议的。但对评价他的具体作品，考虑到前几年《萨里哈与莎曼》引起的争议，不能不令人深思。应当着重指出，艾赛特在我国哈萨克地区的活动，在一定程度上起到了传播文化、推进文学与艺术发展的作用。艾赛特的文学活动恰好在阿拜和唐加勒克之间。可以认为艾赛特是哈萨克文学中承先启后、沟通中外的作家和诗人。

艾赛特在我国的文学活动，一直延续到20世纪20年代。从艾赛特的文学生涯可以进一步证实，20世纪初以及在这以前的哈萨克文学是不可分割的。根据我国的具体情况，是否可以考虑，以艾赛特文学活动的终点，即1923年作为我国哈萨克近代文学的下限。从艾赛特以后作为现代文学阶段，而现代文学则和哈萨克斯坦文学明确分开，独树一帜。至于哈萨克斯坦文学对我们的影响，则另当别论。

（三）

在探讨艾赛特时，会遇到一个更为响亮的名字——江布尔·加巴耶夫。他是哈萨克斯坦最著名的阿肯，文学生涯长达80多年，被誉为民间文学的泰斗。在我国抗日战争艰苦的年代，他曾引吭高歌，给予积极支持和声援。江布尔的诗和歌，不仅遍及辽阔的哈萨克草原，而且震响过整个中亚。

有人可能感到惊讶：难道我们的文学史要专门写江布尔不成？当然不

是。因为江布尔属于现代作家是很明确的，只是下面的事实不能不令人思考。

江布尔生于1846年。按出生的具体时间推算，比阿拜仅仅小几个月。虽然江布尔活到20世纪中叶，跨入哈萨克斯坦现代作家的行列，但他在19世纪的文学活动，同样令人注目。他背着冬不拉在民间游历、在对歌的竞技场纵横驰骋的岁月，大部分属于19世纪。他吟诗嘲讽巴依和牧主，鞭挞上层贵族的事迹，已成为19世纪的文学史话，在民间流传。十月革命时江布尔已71岁。如果认为19世纪的哈萨克文学是一个整体，对江布尔这种特殊现象加以考虑，不是没有理由的。当然，我们无须像对阿拜和艾赛特那样，在我们的文学史中专门为江布尔立传，但有必要在我们的文学史中介绍江布尔19世纪末及20世纪初的文学活动。尤其在谈到民间文学时，似乎不应该排除江布尔。

由于江布尔在民间文学方面做出的巨大贡献，尤其因为他在社会主义建设时期，以及苏联卫国战争年代的卓越功勋，苏联党和政府曾授予他多种荣誉和奖状。我国汉族文艺工作者从江布尔作品的俄译本中转译过他的诗歌，而且详细介绍过他的生平事迹。相比之下，在我国哈萨克读者中，对江布尔的介绍似乎显得太少。从历史的角度看，笔者认为，我国的哈萨克人民分享江布尔的文学遗产和荣誉，也许是不过分的。

我们不必因为江布尔属于哈萨克斯坦现代作家而回避他的影响，也不必回避其他哈萨克斯坦作家的影响。回避这些我们将无法解释现代文学，甚至当代文学中的某些现象。试想我国当代哈萨克老年作家群里，有谁不曾读过《阿拜之路》《博塔阔孜》《哈萨克英雄》等哈萨克斯坦作家的作品。有人就明确地讲过，他是通过厚厚的四本《阿拜之路》和文学结缘的。

十一届三中全会后，随着文艺形势的改观，哈萨克作家的创作如雨后春笋，破土而出。如果仔细观察则不难发现，其中，中老年作家的创作尤为显著。试想如果没有历史文化的深层积淀，没有相应的文学传统，中、老年作家如何会有如此显著的成果。他们也许不会忘记，自己最初的创作冲动是如何迸发的。

我们头脑里有一种陈旧的观念，在谈少数民族文学时，首先要评述汉族文学的影响，而对国外的影响，只能轻淡地注一笔，或者闭口不谈。正是在这种观念的束缚下，我们曾经违心地虚构过自己的历史。我国是一个地域非常辽阔的多民族的国家，有的民族和汉族杂居，彼此间的文化交往源远流长。有的民族却远在祖国的边疆，和邻国同一民族住地接壤，历史给了他们相互交往的便利条件。如实地反映这些历史真实，不仅不会影响汉族文学在我国多民族文学中的主导地位，而且会显示我国多民族文化和世界各个民族互相交往的历史。正是出于这种想法，我认为有必要在我国的哈萨克文学史中写进江布尔及哈萨克斯坦其他作家的影响。

（四）

20 世纪二三十年代，我国哈萨克地区的文学艺术呈现发展趋势，阿肯的文艺活动也显得活跃。这期间出现了许多知名度较高的作家和阿肯，可惜有关他们的记载太少，而他们的作品还有待于收集和整理。1983 年湖南人民出版社出版了毛星主编的《中国少数民族文学》。因为这是历史上第一部介绍我国各少数民族文学的著作，引起了人们的关注。这本书评介了 21 世纪初我国哈萨克作家和阿肯阿合特·卡力木萨克、努苏甫别克·夏依柯斯拉木、托列拜·布杰克等人。可以看出，编者主观上在力求对这些作家和阿肯做出不偏不倚、公正的评价。也许正因为资料短缺，对某些作家在文学史中的地位，没有做出充分的肯定。有个别应当着重评介的阿肯，甚至未能得到提名，如塔城地区的阿日甫渐阿肯。因而人们希望正在编写的哈萨克文学史，能够比较全面地介绍各个时代的作家和阿肯。

阿合特的名字，对于 30 年代生活在新疆的人不是很陌生。他不仅写过许多教育诗，而且为普及教育、宣传科技文化做出了贡献。他早期的作品，虽然带有宗教色彩，但后期作品的民主倾向却很鲜明，而这类作品在他的全部创作中占主要部分。他的几部长诗曾在苏联鞑靼自治共和国的首都喀山出版，这在当时是一种难得的荣誉，也是跨境民族中特有的现象。

阿合特在20世纪30年代的哈萨克作家中有某种程度的代表性，指出这一点是很重要的。阿合特是在学习阿拜方面比较突出、较有成效的阿肯。他晚年的哲理诗不仅构思和阿拜相似，某些句子的结构甚至词汇的运用都酷似阿拜。因此，通过对阿合特的研究可以更好地了解阿拜对我国作家产生的影响。

阿日甫渐是20世纪二三十年代塔城地区颇有影响的阿肯，是著名当代诗人、叙事诗《赛里木湖》的作者苏里唐的启蒙老师。苏里唐多次讲过，在我国流传最广、规模最大的黑萨（传奇诗）《巴合提亚尔的四十枝》是阿日甫渐的父亲渐乌扎克编唱的，而阿日甫渐却是这部鸿篇巨制唯一的传承人。另外，他在即兴吟唱和背诵英雄史诗方面的成绩也是显著的。在我国现代哈萨克文学中，尤其是在阿肯文学中显然应当有阿日甫渐的席位。

这里再着重提一个问题。三四十年代的哈萨克斯坦作家中，有些人的中青年时代是在我国度过的。他们曾在这块文艺园地辛勤地耕耘，并把自己的作品奉献给我国的读者。这些人中，有的人选择在晚年时、有的人选择在成年后到哈萨克斯坦定居，这种现象在五六十年代也曾出现过。在跨境居住的民族中，这其实是一种普通的现象，但却一度被人为地扭曲了。我们的文学史应当用一定的篇幅评介他们对人民有益的创作活动，肯定他们在我国居住时所写的有影响的作品和为人民所做的有益的贡献。

（五）

在许多民族的文学史中有这种现象：不同时代的两位作家，不但风格相似，爱好相同，而且走过的生活道路也有某些相似之处。在唐加勒克和艾赛特之间就可以找到这种相同的地方。比如他们都善于像民间阿肯那样即兴吟唱，都特别讲究诗的节奏和韵脚，而且两人都是对唱的能手。艾赛特和额尔斯江的对唱诗被认为是谜语诗的绝唱。唐加勒克的对唱诗虽然影响没有这样大，但他和阔衣顿姆、乌勒加勒尕斯的对唱，也都是上乘之作。

更令人惊讶的是，两人都是阿拜的崇拜者。艾赛特是阿拜的学生，自不待言。唐加勒克则“一向把阿拜的诗当作自己学习的楷模，尊阿拜为自己的师长”[①]。艾赛特从阿拜的故乡到我国哈萨克地区传播文化，唐加勒克则千里迢迢到哈萨克斯坦去学习，带来了那里的进步文学。在两国人民的文化交流中，二者都起到了相同的作用。从时间推算，唐加勒克的文学活动，紧跟着艾赛特。因此有理由相信，唐加勒克是刻意向艾赛特学习的。

1983年在唐加勒克诞辰80周年之际，新疆维吾尔自治区文联举行了相当规模的纪念活动。接着出版了他的文集，他的诗歌也被译作汉文发表，唐加勒克遂引起学术界的注意。其实早在50年代，著名的哈萨克作家布哈拉、民间文艺工作者乌拉赞拜即着手搜集、整理唐加勒克的作品，研究他的文学活动。只是由于60年代那段特殊的历史时期，迫使他们中断了这项有意义的工作，这不能不令人惋惜。

最近几年，地方报刊上连续发表了评介唐加勒克的文章，对唐加勒克的革命活动和文学创作做出了高度评价。我认为目前最重要的是要深入研讨唐加勒克各个时期文学活动的意义。近几年发表的文章虽然不少，但有的文章只侧重于介绍唐加勒克诗歌的艺术风格，而有的文章着重介绍了他入狱前后的革命活动和狱中斗争的情况。这对了解唐加勒克的革命生涯固然重要，然而要肯定他在文学史中的重要地位，主要的根据应当是他的文学活动在现代哈萨克文学的形成和发展中产生的作用和影响。

阿拜的成就是多方面的。在哈萨克民族中，他对哲学、政治、经济、科学、文化教育、宗教等方面的论述都达到了那个时代的高度，因而被尊为伟大的思想家、民主主义的先驱。在文学方面，阿拜是哈萨克书面文学的创始人，他的诗歌创作和诗论开辟了一代新风。因此我觉得，在研究唐加勒克时，联系阿拜对他的影响，了解阿拜的现实主义创作方法，以及他

---

① 引自新疆文联原副主席、著名诗人库尔班·阿里在乌鲁木齐市民族文学讨论会上的发言《阿拜的生平及其作品的价值》（译者张世荣，见新疆社会科学院发行的单行本第3页）。

的诗论和审美理想在我国三四十年代哈萨克知识界的传播情况和产生的影响是非常有意义的。但不要在他们之间排座次，比高低。他们之间的座次唐加勒克生前已经排定：阿拜是“自己的师长”，那么他应该是阿拜的学生。对哈萨克民族熟悉的人都会知道，在哈萨克文学史中被承认是阿拜的学生绝不是一般的荣誉。我在这里是指阿拜和唐加勒克两人的具体情况而言的，该不会触犯韩愈老夫子“弟子不必不如师，师不必贤于弟子”[1]的古训。下面引一段前面提到过的史话，以结束本文：

> 1940 年在阿拉木图开展了阿拜诞辰 95 周年纪念活动。当人们搀扶着九十四岁高龄、德高望重的江布尔走进会场时，他肃穆地站在阿拜的像前，以虔诚的语气吟唱了一首诗：
>
> 这镜框里的肖像可是阿拜？
——诗和文章稀有的天才；
他是智慧、信念和勇气的象征，
谁能不对他由衷地爱戴！……
对他的思想要加深理解，
他恰似一片深沉的大海……[2]

从上面的诗行不难看出，阿拜在这位民间文学泰斗的心中占有何等的位置；也不难理解，他在哈萨克人民的心目中又占有何等的位置。

1995 年 8 月

① 见唐朝著名诗人韩愈《师说》。

② 引自 1985 年 8 月 2 日出版的《哈萨克文艺》周报（作者：尼散别克·特列库洛夫）。

附录五：跨世纪的阿拜现象

——阿拜 150 周年诞辰纪念活动回顾

1991 年 12 月 16 日哈萨克斯坦在苏联解体后宣告独立。哈萨克作为独立国家的主体民族出现在国际舞台上，开始国际间的交往。随着各国之间频繁的文化交流，哈萨克民族的诗圣阿拜·库南拜耶夫的名声已经传扬到世界各地。

1995 年联合国部分成员国遵照教科文组织的决议开展了纪念阿拜 150 周年诞辰活动。阿拜作为一名伟大的诗人已跻身世界名人的行列。今天，爱好和平的各国人民已经不满足于从一般意义上了解阿拜，而希望更全面地了解阿拜的身世和他的业绩，了解他的文化遗产为促进人类文明和各国人民之间的友谊在起着怎样的作用。

在苏联各加盟共和国，阿拜已是家喻户晓的人物。在阿拜的祖国哈萨克斯坦，在中国、蒙古国，以及散居在世界各地的哈萨克人中，甚至和哈萨克杂居的其他民族中，只要提起阿拜的名字，人们会肃然起敬。在阿拜的故乡斜米地区，连五六岁的学前儿童，都知道阿拜是他们的诗圣，能熟练地背诵阿拜诗歌中的许多短句，就像我们的孩子背诵“床前明月光，疑是地上霜……”一样。阿拜哲理诗中的一些警句，像“只有打开心灵之窗，才能迎进真理之光”“人应当像一块砖瓦，嵌在最需要的地方”已经像格言被人们在生活中引用。

早在阿拜在世的 19 世纪后期，他的诗歌已在群众中流传。随着读者的增多和接连不断的传抄，许多地方出现了阿拜诗歌的读者群，越来越多的人被阿拜诗歌的魅力所吸引。阿拜的政治抒情诗因为关系到哈萨克民族的盛衰荣辱，引起了人们的广泛注意；而抨击买卖婚姻、鼓吹个性解放的短诗，在青年人心目中引起了强烈反响。热恋中的青年男女把阿拜的诗抄在丝绢上寄给相爱的人，作为爱的信物和定亲的礼品。由阿拜亲自配曲的抒情诗《我眼中的瞳人》等，成为节日和人们聚会时必唱的歌曲，唱遍了哈萨克草原，又从草原唱响大、小城镇。19 世纪末出现的“阿拜热”很快席卷了哈萨克大地。

到 20 世纪初已有出版单位把阿拜的作品汇集成册出版。十月革命后阿拜作品的发行量逐年增多，据阿拉木图 1988 年出版的《阿拜研究书目》记载，阿拜的全集当时已出版 12 次，各种诗文选集出版过 20 多次。随着阿拜作品的普及和逐日扩大的影响，文艺界开始研讨阿拜诗文的学术价值和对他的历史定位。到 20 世纪 30 年代阿拜在哈萨克文化史上至高无上的地位已被他的民族确认。虽然有个别学人曾持不同意见，但广大人民群众已公认“阿拜是伟大的人民诗人”——在哈萨克历史上第一次这样尊称一位诗人，在以后的年代，能够表达哈萨克人民敬仰和爱戴阿拜的各种称谓不断出现，如启蒙者、教育家、哲学家、思想家、敬爱的导师等。人们已赋予阿拜的名字“吉祥”“幸福”“昌盛”等含义。到 20 世纪中叶在哈萨克斯坦领土上已出现以阿拜名字命名的“阿拜山隘”“阿拜高峰”，阿拜出生地所在的青格斯县正式改名为“阿拜县”。1944 年在哈萨克斯坦科学院语言文学研究所设立了阿拜研究室，大专院校的文科把阿拜学列为必修课。1960 年在首都阿拉木图市的中心广场上竖起高达 13.7 米的阿拜铜像。到 20 世纪末报刊上发表的评介和研究阿拜的论文近 3000 篇，由出版部门出版的专著和文集近 30 部。在文艺界，纪念阿拜的各种活动不断涌现。小说、戏曲、电影、阿肯弹唱等都在塑造阿拜的光辉形象。1941 年在当时的首都阿拉木图成立了阿拜歌剧舞剧院，在这里编排和演出的剧目经常到外地演出。由阿拜学的奠基人、哈萨克当代著名作家穆合塔尔编写的歌剧《阿拜》在莫斯科及各加盟共和国首都演出时都曾引起轰动。穆合塔尔根据阿拜生平撰写的四卷集长篇历史小说《阿拜之路》从 1942 年到 1956 年陆续出版，获得了苏联最高文学奖和列宁文学奖。

19 世纪末在哈萨克斯坦出现的“阿拜热”成为经久不息的阿拜现象，阿拜的名字随之成为哈萨克民族新文化的象征。然而在哈萨克斯坦独立前阿拜的作品和他所代表的哈萨克民族新文化因人为设置的障碍未能广泛地介绍到世界各地。哈萨克人民为此感到痛惜。他们渴望阿拜的名字和著作从他家乡的青格斯山飞向世界的高峰[1]。他们也相信，终会有一天通过阿拜现象不断扩展所产生的巨大影响会实现他们多年的愿望。

正是在这种信心的激励下在阿拜 150 周年诞辰前四五年，额尔齐斯河两岸的群众已开始酝酿开展纪念阿拜的活动。1988 年时任阿拜基金会主席的哈菲孜·玛塔耶夫和阿拜博物馆馆长吐坎·伊布拉向前哈萨克斯坦文化部上书，建议及早为阿拜 150 周年诞辰纪念活动做准备。哈萨克斯坦共产党中央及中央政府随即做出相应决议。然而，纪念活动的准备工作在哈萨克斯坦独立以前未能有效地开展，在哈萨克斯坦独立后才真正提到共和国的议事日程上。1993 年联合国教科文组织第 27 次会议通过了关于“阿拜 150 周年诞辰时和各国名人同样在全世界开展纪念活动”的决议，极大地鼓舞了哈萨克人民，成为他们开展大规模活动的良好契机。按照共和国总统纳扎尔巴耶夫的话说，这是“对于刚刚取得独立，成为国际社会平等一员的我们的古老民族和年轻国家的巨大关怀和在政治上、精神上的有力支撑”[2]，然而要在全国范围内开展规模空前的纪念活动还有一定困难。由于共和国刚刚成立，百业待兴，国家还缺少雄厚的资金，一时无法筹措到足够的活动经费。这时年轻共和国的人民发出了强有力的呼声：“愿意尽一切力量承担纪念活动的经费，减轻政府的负担！”由于人民群众和政府部门齐心合力，所遇到的各种困难都迎刃而解。新闻出版部门把有关纪念活动的工作当作压倒一切的中心任务，出版了近百种宣传、评介阿拜的作品。《阿拜百科辞典》正是在这期间出版的——这在哈萨克出版史上具有不寻常的意义。在临近阿拜诞辰时，计划中的各项筹备工作已准备就绪：扩建的阿拜博物馆已全部竣工，只待节日期间剪彩。而最引人注目的是新

① 《从青格斯山飞向世界高峰的阿拜》，见前注《阿拜诗人全集》。

② 译自哈萨克斯坦首任总统努·纳扎尔巴耶夫在阿拜诞辰 150 周年庆祝大会上的讲话（见北京民族出版社 2000 年 5 月《前进中的哈萨克斯坦》一书《论阿拜》182 页，译者师忠孝）。

建的阿拜和他的学生恰克日木的陵塔，从远处望去仿佛矗立在千里草原中心的两座巨峰，吸引着过往行人的目光和遐想。

哈萨克斯坦把1995年定为“阿拜年”。全国所有大小城镇、乡村都开展了不同形式的纪念活动。其中产生了巨大影响，值得人们回顾的是在当时首都阿拉木图、斜米市及阿拜县的卡拉吾勒大草原举行的活动。

为了共和国纳扎尔巴耶夫总统和各国外宾能依次参加在三处举行的有着不同特点的纪念活动，组织部门特意错开了这三处主要活动的时间。

在阿拜诞辰前五六天，前首都阿拉木图即开始了阿拜纪念活动周。内容包括学术报告、诗歌朗诵、音乐演唱及歌剧、芭蕾舞演出等。首都所有的著名学者及文艺界人士几乎都参加了长达一周的纪念活动。在这期间，阿拜广场出现了以穆合塔尔的历史小说《阿拜之路》内容为背景组成的诸多毡房群。阿拜广场真正变成了哈萨克群众向往的文化乐园。8月9日在国家大礼堂召开了纪念大会，共和国总统纳扎尔巴耶夫和联合国教科文组织总干事马约尔及众多外宾都参加了大会。纳扎尔巴耶夫总统和出席大会的各国领导人先后在会上讲了话，总统在讲话中尊称阿拜为“伟大的思想家、民主主义者和伟大的精神改革者……”①，这可以认为是从法定意义上确认了阿拜的历史地位，也充分表达了人民群众对阿拜的敬仰和真诚的爱戴。在参加了首都的纪念大会后，纳扎尔巴耶夫总统及众多外宾立即乘飞机抵达斜米市。总统在这里为扩建的阿拜博物馆剪彩，并和群众一同参加了纪念活动。

斜米市是州政府所在地，这里的接待工作极为热情。而形式多样的演出及文艺节目的安排也别具匠心。额尔齐斯河两岸及船舶舞台上的演出活动，由8月10日晚开始，断断续续延长到11日黎明才结束。

如果说首都阿拉木图纪念活动浓郁的文化氛围显示了哈萨克民族的睿

① 译自哈萨克斯坦首任总统努·纳扎尔巴耶夫在阿拜诞辰150周年庆祝大会上的讲话（见北京民族出版社2000年5月《前进中的哈萨克斯坦》一书《论阿拜》197页，译者师忠孝）。

智、自信与自强不息的精神，斜米市的纪念活动则凸显了哈萨克人淳朴、诚恳、热情好客的另一面。它向世人宣告，年轻的哈萨克斯坦共和国会成为世界大家庭中坚持团结、和平、友谊的成员；哈萨克人民会遵循阿拜的教导，成为“爱自己，也爱其他民族”的民族。

斜米市的纪念活动还有一层更深的含义。因为阿拜青年时曾在这里求学，这里也是他从事政治活动和传授诗艺的地方。他在斜米市通过和周边兄弟民族的比较找到哈萨克民族和其他民族之间的差距，由此立志要让“哈萨克成为一个真正的民族；学会自己不懂的东西，加入先进民族的行列”。阿拜和斜米市的情结，会让世人从历史发展的角度去认识阿拜。从某种意义讲，可以把斜米市看作广义的阿拜博物馆，把这里的演出看作展示阿拜生活里程的艺术活动。

从内容的丰富和规模的宏大看，在阿拜县卡拉吾勒大草原举行的纪念活动可以算哈萨克斯坦纪念阿拜 150 周年诞辰活动的中心，最能体现哈萨克的民族特色及草原文化独特的风韵。

按照哈萨克草原文化的传统，人们习惯用支起毡房数量的多寡衡量活动规模的大小。纪念阿拜 150 周年诞辰时，在卡拉吾勒草原支起了 1356 顶洁白崭新的大毡房。这在哈萨克民族的历史上是空前的。庞大的毡房群按阿吾勒划分了几个小区，人们把连片的毡房小区叫作“毡房小镇”。小镇周边竖起的圆柱上挂满了路灯。每到夜晚，灯火辉煌，毡房天窗上飘荡着扩音器传出的歌声。阿拜的诞辰令茫茫草原变成了童话世界。

每天约有十多万人参加纪念活动，这也是辽阔大草原上罕见的现象。这里有共和国纳扎尔巴耶夫总统和来自五大洲的贵宾，也有国家机关领导干部和从全国各地来参加盛会的群众。有许多哈萨克青年为了表达对阿拜的敬仰，从大草原的另一端徒步走到阿拜县。如阔斯塔奈的 15 位青年步行走了 15 昼夜，跑了几千里，才到达卡拉吾勒。

纳扎尔巴耶夫总统的出现，使参加活动的群众喜出望外。人民群众充分意识到，阿拜在这位开国总统心目中的位置和他们对阿拜崇敬的情感是完全一致的。

卡拉吾勒纪念的艺术活动包括诗歌朗诵、对唱、赛马、姑娘追及跨鞍拾银元等。所有节目都围绕一个主题：怀念和歌颂阿拜。

最能体现草原文化及诗歌民族特点的是阿肯对唱。由于充分运用了现代科技手段，对唱的场面、阿肯的表现、听众的情绪等所有一切都通过广播、电视及时传达到了世界各地。而每一位歌手都通过自己的创作和演唱尽情表达了他们对阿拜的敬仰和怀念。

因为卡拉吾勒是阿拜的出生地，在阿拜诞辰之际，哈萨克斯坦全国人民都在向往卡拉吾勒的纪念活动，收听从这里传出的声音。这里的活动实际是全国各地纪念活动的核心，是哈萨克人民向全世界展示民族精神、信仰和团结的一次盛典。

联合国教科文组织关于在世界各地开展纪念阿拜活动的决议，无疑扩大了这次活动的规模和影响。大约在20多个国家的首都或著名城市如北京、伊斯坦布尔、巴黎、新德里等都召开了纪念大会。哈萨克斯坦政府还特地派出本国的文艺团体在这些国家演出或举行其他艺术活动。在苏联的几个加盟共和国开展的活动更引人注目。比如在俄罗斯的许多大城市，像莫斯科、圣彼得堡、奥伦堡、新西伯利亚等都有大规模的纪念活动。而周边具有血缘关系的乌兹别克斯坦、吉尔吉斯斯坦、土库曼斯坦和阿塞拜疆等国的某些城市，不同形式的纪念活动持续一周左右。可以想象阿拜在中亚地区的深远影响。

阿拜诞辰150周年纪念，因为是在哈萨克斯坦独立后举行的第一次大型活动，哈萨克人民尽情宣泄了积压在他们心底的火一般的感情。而这次活动的重大意义，用哈萨克人自己的话说是“让世界认识了阿拜”“认识了哈萨克民族”“提高了哈萨克斯坦的国际地位”。可以说，阿拜诞辰150周年纪念活动是跨世纪阿拜现象中最能充分展示阿拜光辉形象的一次盛会，是最能体现哈萨克人民爱戴和敬仰阿拜的全民性活动。

19世纪末在哈萨克草原上出现的阿拜现象，到20世纪末竟然放射出令世人惊羡的火花，无疑是人间奇迹。回顾这一过程是有意义的。它会引导人们了解阿拜的业绩，了解他的文化遗产。让人们从历史的高度深思阿拜现象丰富的文化内涵；关注被历史的风尘所掩盖的少数民族、小语种民族的历史文化。

哈萨克也是我国多民族大家庭中的古老成员之一，人口超过 150 万。在我国的历史档案中保存有大量的哈萨克历史和文化典籍。我们应当领先开展有关阿拜的研究，积极支持并参与国际间有关阿拜的各种活动，更多地了解阿拜和阿拜所代表的哈萨克新文化。可以预见，随着时间的推移和国际间频繁的文化交流，阿拜学将成为了解中亚，甚至了解东方诸多民族历史和文化的有影响的学科。建议科研部门及有关学术单位多关注这项研究，有条件时为阿拜研究立项，否则我们将在理应领先的这一领域处于落后状态。

（本文参照哈萨克斯坦阿拜基金会主席哈菲孜·玛塔耶夫谈话整理）

1996 年 12 月于北京

结　语

浏览过本书的人可能意识到，穆合塔尔·阿乌埃佐夫的研究文集《阿拜·库南拜耶夫》和传记性历史小说《阿拜之路》是确立阿拜学的两块奠基石。我是在退休后着手翻译《阿拜之路》的，译稿付梓后曾打算全译穆合塔尔的研究文集，但觉得卷帙浩繁，工作量太大，遂决定另写一本浅释阿拜生平事迹和诗文的作品，将穆合塔尔两部经典著作的主要内容纳入拙作。其实，这对我同样是繁重的劳动。当全书写到过半时，我已开始犹豫，常停笔琢磨：任何年逾耄耋的老人，当回忆一生走过的路时总会有一点儿遗憾。我留下未写完的书稿作为遗憾，有何不可！当我把这个想法告诉长孙哈北辰时，他讲了下面一段话：遗憾是老人余热耗尽时无奈的叹息；特意给自己留一份遗憾，放弃快要完成的书稿可不好！——这几句话促使我重新握笔，继续涂抹几乎要中断的作品。

我能愉快地接受晚辈意见的另一个原因，是对自己长年絮叨的这位哈萨克诗人——阿拜的敬佩。他那些富有哲理的教育诗及译作，正如他为诗歌制定的高标准，充溢着“黄金的意蕴与白银的光泽”。只是我的译文和评介由于力不从心，未能尽显阿拜作品的质量和风格。我曾经讲过，当丝绸、呢绒上市以前，土布是唯一供人们使用的衣料。我翻译和评介阿拜的作品就像呢绒未上市以前的土布，权且供急于了解阿拜的人选读。如今从中央到地方都不乏精通汉哈双语的学者和作家，相信他们会奉献高质量的译文和专著，为拓展阿拜学做出贡献。

我国党和政府对少数民族的文化教育事业极为关心和爱护。“十年动乱”刚结束阿拜的作品就被解禁，还在北京朝阳公园竖起一座阿拜塑像，并定期举行阿拜诗歌朗诵。部分大专院校的文科还将阿拜学作为选修课。自己能为具有世界意义的文化工程添砖加瓦我感到很荣幸。最后要说的是，本书草稿的打印和校对都是哈北辰帮助完成的，如果没有他的协助，我也只能无可奈何地悔恨和叹息！

2018 年 7 月 31 日于北京

主要参考文献

1.［哈］哈萨克大百科词典［M］．阿拉木图：阿拉木图科学出版社，1975.

2.［哈］阿拜百科词典［M］．阿拉木图：阿拉木图文化遗产出版社，1995.

3.［哈］穆合塔尔·阿乌埃佐夫．阿拜·库南拜耶夫［M］．阿拉木图：阿拉木图科学出版社，1988.

4.［哈］穆合塔尔·阿乌埃佐夫．阿拜之路［M］．阿拉木图：阿拉木图科学出版社，1988.

5.［哈］穆合塔尔·阿乌埃佐夫．未发表的阿拜研究资料［M］．阿拉木图：阿拉木图科学出版社，1988.

6.［哈］白山拜·肯捷拜耶夫．文学的发展历程［M］．阿拉木图：阿拉木图作家出版社，1986.

7.［哈］阿汉渐诺夫主编．阿拜的生平和著作（文集）［M］．阿拉木图：阿拉木图科学出版社，1954.

8.［哈］对山巴耶夫主编．十九世纪的哈萨克阿肯［M］．阿拉木图：阿拉木图科学出版社，1962.

9.［哈］托略根·渐哈里耶夫．玛塔耶夫［M］．阿拉木图：斜米出版社，2008.

10.［哈］喀依木·穆哈买提汗主编．阿拜的阿肯学生（文集）［M］．阿拉木图：阿拉木图时代出版社，1995.

11.［哈］居麻力耶夫主编．哈萨克文学史［M］．阿拉木图：阿拉木图科学出版社，1961.

12.［哈］喀依木·穆哈买提汗.阿拜的继承人［M］.阿拉木图：阿拉木图时代出版社，1995.

13.［哈］喀力渐·别柯夥劲.诗的渡槽［M］.阿拉木图：阿拉木图作家出版社，1986.

14.［哈］塔坎·阿里木库洛夫.深沉的人［M］.阿拉木图：阿拉木图作家出版社，1972.

15.［哈］依里亚斯·沃玛若夫.文学创作的灵感［M］.阿拉木图：阿拉木图作家出版社，1988.

16.［哈］聂塔力耶夫主编.阿合买提·白吐尔逊文选［M］.阿拉木图：阿拉木图作家出版社，1989.

17.［哈］沙比特·多干诺夫.财富［M］.阿拉木图：阿拉木图作家出版社，1987.

18.［哈］莫尔扎合买托夫主编.阿拜学的拂晓［M］.阿拉木图：阿拉木图国语出版社，1993.

19.［哈］别依布特·萨帕尔阿里.库南拜哈吉［M］.阿拉木图：阿拉木图出版社，1995.

20.努·纳扎尔巴耶夫.前进中的哈萨克斯坦［M］.北京：民族出版社，2000.

21.贾合甫·米尔扎汗.哈萨克族文化大观（哈文）［M］.乌鲁木齐：新疆青少年出版社，2006.

22.卡哈尔曼·木汗.阿拜·库南拜（哈文）［M］.北京：民族出版社，2000.

图书在版编目（CIP）数据

阿拜与阿拜学 / 哈拜著. —北京：中国国际广播出版社，2019.9
ISBN 978-7-5078-4521-1

Ⅰ. ① 阿… Ⅱ. ① 哈… Ⅲ. ① 阿拜·库南拜耶夫（Abai Kunanbaev 1845-1904）—诗歌研究 Ⅳ. ①I361.072

中国版本图书馆CIP数据核字（2019）第169220号

阿拜与阿拜学

著　　者	哈　拜
策划编辑	张娟平
责任编辑	高　婧　张娟平
版式设计	国广设计室
责任校对	张　娜
出版发行	中国国际广播出版社［010-83139469　010-83139489（传真）］
社　　址	北京市西城区天宁寺前街2号北院A座一层 邮编：100055
网　　址	www.chirp.com.cn
经　　销	新华书店
印　　刷	天津市新科印刷有限公司
开　　本	710×1000　1/16
字　　数	200千字
印　　张	14.5
版　　次	2019 年 9 月　北京第一版
印　　次	2019 年 9 月　第一次印刷
定　　价	59.00 元

CRI 中国国际广播出版社 欢迎关注本社新浪官方微博 官方网站 www.chirp.cn